小公爺別慌張

3

完

風文創 1273

寄蠶月 著

風文創
1273

目錄

第二十一章

允棠坐進馬車後，只覺得整個車廂裡暖洋洋的，掀開手爐一看，裡面的炭也是新換的。

聽見北風呼號，她掀開厚厚的帷幔，冷風帶著雪花一下子灌了進來，她瞇了瞇眼，抬頭見蕭卿塵脊背挺直，端坐在馬上，耳朵凍得通紅，忍不住喚了他一聲。

蕭卿塵轉頭，朝她笑了笑。「快進去，仔細凍著。」

「你也上來吧，我有話問你。」

蕭卿塵撇撇嘴。「我不敢，怕妳說我有輕薄之意。」

「那算了！」允棠賭氣似的放下帷幔，才這麼一會兒，她的手都僵了，忙捧起手爐。

車子忽然停下，她身子向前一聳，隨後一個裹著冷氣的人兒鑽了進來。

蕭卿塵搓搓手，笑道：「裡面還真暖和啊！」

「你怎麼知道我在瑄王府？」

「妳之前不是說了今天要去大獄嗎？」蕭卿塵吸了吸鼻子。「我有事耽擱，去時妳已經走了，守門的獄卒說妳跟瑄王走的，我便來了。」

「找我有事？」

蕭卿塵委屈地道：「沒事我還不能來看看妳啊……」

「今日是冬至，你該跟國公爺吃頓團圓飯的，他才凱旋歸來，你若能去，他一定很高興。」

「妳怎麼也開始替他說話了？」蕭卿塵的臉拉得老長。「不去，我一個人挺好的。」允棠無語。明明生理年齡她才十五歲，蕭卿塵已經二十了，可每次見面她總是忍不住這樣苦口婆心是為什麼？活像個老媽子。罷了、罷了，關她什麼事。

見她把頭轉過去不說話，蕭卿塵以為她生氣了，開始試著找話題。

「對了，運送縈竹的車壞了，可能還要在路上耽擱一日。」

「嗯。」

「軍中將領倒是有幾個姓萬的，可沒有叫萬起的。」

「知道了。」

蕭卿塵忍不住，伸手扳過她的身子。「妳不要生氣啊，我去就是了。」

「嗯？」允棠還在狀況外。

「我說，一會兒把妳送回去後，我就去國公府。」蕭卿塵鬆開手，委屈道：「我今天在外面奔走一天了，來接妳不過是想多看妳幾眼，聽妳說說話，妳再多氣一會兒，崔府就要到了。」

「我若不喊你上來，不是也說不上話？」允棠哭笑不得，見他嘴癟得更厲害了，無奈地道：「好，你想聽什麼？」

蕭卿塵往她身邊湊了湊，咧嘴笑道：「說什麼都行。」

她歪頭想了想，輕嘆口氣。「谷平顯這條線索也斷了，雖然他說的話我還沒查證，不過這件事八成跟他沒什麼關係。倒是瑄王妃……」

聽到這裡，蕭卿塵嚴肅地板起臉。「他們夫婦都狡猾得很，我不希望妳總跟他們來往。」

允棠笑笑。「瑄王立功心切，我還指望著他給我盯死崔清瓔呢！還有，下迷藥的事，很可能跟楚家有關係。」

蕭卿塵驚道：「楚家？楚翰學？」

「沒錯。」

「我早就知道他不是個好東西！」蕭卿塵握拳在膝上一頓，咬牙道：「要不明天我把他劫來，暴打一頓，看他說不說！」

允棠當然知道他在哄自己開心，噗哧一笑，嗔道：「別胡說八道！」

她低頭嫣然一笑，搖曳的燭火柔和了她的輪廓，更增添幾分柔情綽態，蕭卿塵看得癡了。再想起那日捏過的小手，他心癢癢的，鬼使神差地又伸出手去……

「崔府到了！」車夫喊道。

蕭卿塵的手懸在半空，只得轉而撓撓頭，掩飾尷尬。

允棠努力壓平嘴角，忍笑道：「我走了。」

他懊惱地轉身下了車，又候在一旁，伸出手臂留給她攙扶。

允棠瞥了他一眼，手故意前移，一把抓在他的大手上。

蕭卿塵驚喜地抬眼，可大拇指剛在她蔥尖似的小指上摩挲過去，她便抽回手。

「快去吧，別讓國公爺等急了。」允棠拋下一句話，便進了門。

蕭卿塵站在原地，看著自己的手傻樂。

「小公爺？小公爺？」緣起在他面前擺擺手。

蕭卿塵回過神來，皺眉道：「幹麼？」

「您是騎馬呀，還是坐車？」

「當然坐車！冷死了！」他裹了裹衣裳，轉身上車。

兩日後的夜裡，縈竹一入汴京，便馬不停蹄地被送到開封府。

本以為死裡逃生，遠離汴京便安全了，誰知又被捉回來。縈竹沒等到第二日審訊，便嚇破了膽，直嚷什麼都肯招，只求能饒她一條賤命。

有瑄王的壓力在，司勛郎中沈居正也顧不得正在休沐，連夜趕到關押縈竹的大牢，與開封府知府莊瑎聯合審訊。

縈竹招供道：「事發前幾日，大娘子私下裡找到我，說老夫人已經發現了我跟田晉有私，喔，田晉是教習，平日裡負責帶護院們操練的。我與田晉確實情投意合，可卻從未踰矩。他說他願意等我到了年紀，再求老夫人和大娘子放了我。

「大娘子說，老夫人平日最恨這些男女私相授受之事，把田晉狠打了一頓攆出去，並且說要留著我一輩子在府裡伺候，我自然又氣又恨。可大娘子又說，她已經將田晉安頓好了，只需要我幫她做件事，事後便會給我一筆錢，讓我跟田晉遠走高飛。

「我承認我是鬼迷了心竅，其實平日老夫人有時候雖然嘴毒，可心卻是好的，但那日我就是氣昏了頭，便答應了大娘子的要求。她說，我要做的事很簡單，就是老夫人頭暈的時候不要扶，讓她摔倒。只要她傷了動不了，大娘子便能名正言順地再把管家大權拿回來，就能放我走了。

「平日姚嬤嬤幾乎是寸步不離老夫人，事發那日突然叫我，說要跟大娘子去拿東西，我隱約感覺到就是這回了。我當時是有些想退縮的，可又心存僥倖，老夫人那些日子身子都好著呢，怎地那麼巧就頭暈呢？誰知道剛站了沒多久，老夫人果然站不穩，眼看就要摔倒。

「我當時猶豫了一下，再想扶便來不及了。老夫人直直跌倒，頭重重磕在臺階上，還、還流血……我當時害怕極了，便找地方躲起來，想等一等再趁亂逃出去。誰知沒一會兒，姚嬤嬤便趕了回來，發現了受傷的老夫人。」

沈居正問道：「妳說的是受傷的老夫人，妳如何知道她還活著？」

縈竹道：「姚嬤嬤喊了半天也沒人應，便衝出院子去找郎中，我便趁著那時候逃走了，臨走時還聽到老夫人呻吟，所以那時候老夫人定是還活著的。」

「妳說喊半天也沒人應，那妳是如何被抓回府的？」

「我一出角門，便被人按住了。聽那些小廝的意思，是大娘子早讓他們候在那兒的。隨後我被捆了關進柴房，再被拉出來時，就聽說老夫人已經死了。大娘子一口咬定是我殺了老夫人，大人，我真的沒有啊！不關我的事，人不是我殺的！」

莊瑎的指節在案上敲了敲。「妳冷靜一下，陳述事實就行了，妳若無罪，自然不會冤枉妳。接著說，然後呢？」

「然後，然後大娘子就叫人把我往死裡打，實在太疼了，我暈過去幾次，都被潑醒了接著打，後來我就裝死，大娘子身邊的楊嬷嬷過來探我鼻息，我努力屏住，也不知道是騙了過去，還是她故意放了我，總之，就沒再打了。我就直挺挺地等到晚上，來了兩個人把我當作屍體收走了，後來見我沒死，又把我賣了，之後的事，大人們也就知道了。」

沈居正轉頭問：「這婢女是怎麼找到的？」

莊瑎答道：「是皇太孫洗馬蕭卿塵，派人抓了送回來的。」

沈居正抽了口氣，壓低聲音問：「怎麼，太子殿下和皇太孫殿下也在關注此案？」

「這……」莊瑎面露難色。「不好說啊！」

「行了，先讓她簽字畫押，帶下去吧。」

看著旁邊的獄卒都忍不住打哈欠，莊瑎試探地問道：「沈大人，那我們今日……」

「今日就回去歇了吧，明天一早提審嫌犯崔清瓔。」沈居正正色道：「雖然現在還沒直接證據能證明是她殺了晁老夫人，可根據婢女的證詞，加上之前的物證，她下藥試圖毒害婆母的罪是跑不掉了，看看明日能不能設法撬開她的嘴。」
莊瑎點點頭。「那瑄王殿下那邊……」
「如實說。這案子，我們沒什麼好隱瞞的。只是太子殿下和瑄王殿下都如此關注，我們得盡快破案才行啊！」
「可這嫌犯畢竟是崔家人，即便上頭示意，她已與崔家斷絕關係，可崔家在軍中的威望極高，而且她現在還有誥命在身，這個尺度還是不太好把握啊！」
沈居正皺眉。「莊大人是何意？天子犯法與庶民同罪，我們專心查明真相便是，其他的，沈某一概不考慮。」
莊瑎聞言，忙點頭稱是。
翌日，得了消息的瑄王趕來旁聽審訊，一同來的，還有太常博士路毫。
路毫在瑄王身旁落坐，把炭火往瑄王身邊挪了挪，奉承道：「殿下昨日提出的『三推之限』，限制翻異別勘的次數，官家幾番誇讚，稱殿下一心為民，秉公任直，實乃皇子之典範。今日殿下又不顧休沐，頂著風雪來旁聽審訊，實在令路某佩服啊！」
瑄王十分受用，抿嘴笑道：「替父親分憂，為百姓做事，本就是應當的，要論辛苦，諸位大人昨晚連夜審訊，更是辛苦。放心，我今日所見，一定如實稟明父親。」

眾人忙拱手作揖。

「喔對了，一會兒文安郡主也會來，讓她坐我旁邊就行。」瑄王左右看看。「炭火再加一個吧，小女兒家的，別在這裡凍壞了。」

眾人一時間面面相覷。

沈居正率先開口，疑惑地問道：「文安郡主來此是做什麼？」

瑄王回道：「郡主與晁老夫人是忘年交，所以對此案頗為重視，另外也是替中宮娘娘聽聽的。」

既然提到聖人，沈居正不好再駁斥。

路毫卻來了精神，比劃道：「聽到沒有？趕緊給郡主搬個舒服點的椅子來，鋪上厚些的墊子，還有炭火，炭火！」

沈居正眉頭擰得跟麻花一樣，眼底盡是嫌惡之色，一拍案。「先把昨日堂審晁府婢女縈竹的供詞，給在座諸位誦一遍！」

堂官得令，忙正色朗聲誦讀起來。

在座的都聽得聚精會神，連案上的茶水也顧不得喝，冒著熱氣的茶很快便涼了。

堂官誦畢許久，也沒人出聲，只有窗外偶有積雪從樹枝上整塊落下的悶響。

「把嫌犯崔清瓔帶上來吧。」沈居正道。

不一會兒，便聽到鐵鏈拖在地上的聲音，眾人抬頭，只見崔清瓔身著囚服，手上戴著枷銬，頭髮胡亂披散在肩，臉上髒污卻難掩眉目清秀。

「跪下！」獄卒喝道。

見堂內這麼多人，崔清瓔先是一驚，隨後嗤笑。「我現在還有誥命在身，憑你們幾個就想讓我跪？」

莊瑎使了個眼色，身後獄卒朝她腿彎一踹，待她一矮身，便伸手壓住她的肩膀，不讓她起來。

「放開我！你們大膽！」崔清瓔拚命扭動身體，試圖掙扎起身。

「晁崔氏！」沈居正一拍驚堂木。「妳如今已是戴罪之身，褫奪誥命是遲早的事，妳不必再頑抗，如實招來也許能爭取到從輕發落……」

「戴罪之身？」崔清瓔呸了一口。「敢問大人，我何罪之有？」她眼睛掃了一圈，又問：「上次我喊冤，怎麼這次沒換主審大人？你們連這個都敢欺瞞，不怕——」

「這就不勞妳費心了，官家昨日便已下令修改了此條，如今有『三推之限』，妳早已過了限制次數，再作不得數了。」沈居正打斷她。

崔清瓔一怔，呼吸明顯急促起來。

沈居正繼續喝斥道：「昨日晁府婢女縈竹也找到了，她的供詞就擺在妳面前，妳設計毒殺婆母，還有什麼好說的？」

「縈竹?!」崔清瓔錯愕。「不可能，她早就死了！」

「她是怎麼死的？」

一個清冷的女聲從門口傳來，眾人聞聲望去，允棠竟不知什麼時候站在那裡。

「她……」崔清瓔啞然。

路毫忙起身作揖。「太常博士路毫，見過文安郡主。」

見沈、莊二人也一一拜過，這下輪到崔清瓔驚駭了。「郡主？妳竟是郡主了？」

身後獄卒用力一搡。「休得對郡主無禮！」

允棠摘下風帽，向前逼近一步，目光凌厲。「說啊，妳一口咬定縈竹已經死了，那她是怎麼死的？」

沈居正本對這位郡主的到來感到心煩，本以為是驕縱的高門小姐，閒著無聊跑到刑堂來看熱鬧的，聽允棠這麼一問，不由得恍然大悟。「是啊，妳為何認定她已經死了？」

「我……我不過是看見了。」崔清瓔搪塞道。

「看見？」莊瑎捏住她之前的供詞，抖得嘩嘩直響。「上次妳承認責打了縈竹，然後被她跑了。整個晁府的下人們都說，妳口口聲聲要打死她和姚嬤嬤，妳這是殺人未遂啊！」

「我不過是氣急了才說的，怎麼？誰還沒說過氣話嗎？大人難道只因為我說過要打死奴婢，便判我的罪嗎？」

小滿上前一步，將一本冊子放在案上。

允棠朗聲道：「諸位大人，馬行街有家鐵匠鋪，暗地裡專門為官宦顯貴人家處置失手打死的奴僕屍首，這本冊子上清楚記錄了十月廿八，他們曾去過晁府，抬走一具屍體。」

沈居正忙拿起來翻開，果然如郡主所說。「如此一來，與縈竹所說的『來了兩個人將她抬走，後又把她發賣』便吻合了。」

「這是假的！這都是妳這個小賤種偽造的！」崔清瓔發了瘋地要起身去搶，又被獄卒死死按住。

瑄王冷聲喝道：「掌嘴！我朝郡主豈能任由妳辱罵？」

話音剛落，獄卒便揚手，左右開弓，搧得崔清瓔暈頭轉向。

「夠了。」允棠出聲。「別打得狠了，叫人以為我們屈打成招。」

沈居正聞言，不得不開始正視這個還稚氣未脫的新郡主。

崔清瓔勉強撐起身體，低頭嗤嗤地笑了兩聲，而後仰頭笑道：「就算我叫人打了縈竹，那又怎麼樣？舊法曰『有愆犯決罰致死者，主人免刑責』。」

允棠咬牙。

「就算是新法，『主因過毆決致死』也不過徒一年。縈竹是個賤口奴婢，她又沒死，諸位大人怎麼也不該用新法這一條判我吧？」崔清瓔索性坐在地上，眼睛死死盯住允棠。

這一番話，讓在座人都驚愕不已。

一位深居簡出的國子監司業夫人，竟將刑法研究得如此透徹！

瑄王捏了捏眉心，現在他總算知道，之前莊堦說這個案子難搞，到底是何緣故了。

「怎麼都不說話了？」崔清瓔聳聳肩，譏諷道：「這就沒了嗎？」

允棠在瑄王身旁的空位坐下來，不疾不徐地道：「好，那請輔錄記下第一條，崔清瓔已經認了毆打婢女的罪。」

輔錄後知後覺，忙頷首奮筆疾書。

見崔清瓔的笑容漸漸消失，允棠也笑了一聲。「怎麼不笑了？不好笑了嗎？」

「跪好！」路毫喝道。「不然再給妳加上冒犯宗室、藐視公堂的罪名！」

崔清瓔從鼻子裡不服氣地哼了一聲，雖不情願，但還是起身，跪坐於地。

見允棠沒有再開口的意思，沈居正清了清嗓子。「晁崔氏，妳再講述一次，妳發現晁老太太身亡的經過，要事無鉅細。」

崔清瓔不屑地抬眼。「這段我不是講過無數次了？」

路毫喝了一口早就冷掉的茶，吐了兩口茶沫，不耐煩地道：「妳也可以不說，反正之前妳也認過罪了，既然已經過了翻供的次數，那是不是我們從之前的供詞裡隨便摘抄幾句，就可以結案了？」

崔清瓔怒斥。「你敢！」

路毫向椅背上一靠，揚了揚下巴。「妳可以試試。」

崔清瓔氣了半晌，也無更好的主意，只好忿忿地開口。「那日我在院中練字，沈浸其中，一篇字寫下來，卻發現姚嬤嬤在我院中鬼鬼祟祟，我便問她怎麼不在母親身前伺候，誰知她吞吞吐吐，問什麼也答不上來，我覺得蹊蹺，忙趕她回去。誰知她走了不一會兒，便嚷嚷著母親受傷，隨後也不知道跑到哪兒去了。等我趕到母親的院子裡，就見母親已經倒在血泊中，我忙命人找縈竹，那賤婢剛出了角門，便被抓了回來。大人，見到母親因賤婢過失身亡，這種憤怒的心情是人之常情，我打她也是——」

「妳可有遣人去醫館找大夫？」允棠打斷她。

「什麼？」崔清瓔一怔。

「妳說毒打賤婢是人之常情。」允棠搖搖頭。「不是的，正常人見到母親倒在血泊之中，是會想要立刻找大夫，而不是抓婢女。」

「不是我不去尋，當時姚嬤嬤已經去尋大夫了！」

沈居正質疑道：「妳剛說姚氏不知道跑到哪兒去了。」

崔清瓔語塞。

允棠「嘖嘖」兩聲。「崔清瓔，剛聽妳說新法、舊法，我還以為妳條理清晰，計劃縝密，誰知竟漏洞百出，我還真是高看妳了。」

崔清瓔氣得瞬間紅了眼，用手上枷銬撐地就想起身，身後獄卒忙將她壓住。

「我再怎麼樣，也輪不到妳這個小賤種來置喙！」

瑄王正示意身後下人換上熱茶，聞言無奈地回頭，抬了抬指。「再掌嘴！」

「啪啪」兩聲，崔清瓔臉上又多了幾道指印。

沈居正偷瞥了允棠兩眼，她被罵了幾句竟也不發怒，還拿起案上卷宗翻看起來。他當下明白，郡主這是要激怒崔清瓔，使得嫌犯無法自圓其說。

莊瑎道：「在妳院子裡的一堆其他花種中，已經找到幾顆曼陀羅花種，妳就是用這個在晁老夫人的茶飲中下毒，致使她昏厥，對嗎？」

崔清瓔昂起頭。「我沒有！我根本不知道院子裡都有什麼花種。」

莊瑎皺眉。「這曼陀羅花種乃是西域來的，普通鋪子根本就沒賣，我們已經查實，是妳身邊的楊氏親自去購買的，妳還有什麼要說的？」

「大人也說了是楊氏親自去買的，我哪知曉她要做什麼？沒準兒是她要毒死母親也未可知啊！」

「妳都聽到了嗎？」沈居正朝門口問了一句。

有獄卒將同樣身戴枷鎖的楊嬤嬤帶上來，楊嬤嬤滿眼震驚。「大、大娘子……」

崔清瓔沒想到還有這麼一齣，登時傻住。

「楊氏，妳為什麼去買曼陀羅花種？」莊瑎問道。

楊嬤嬤看了崔清瓔好一會兒，眼淚含在眼眶中，隨後把頭深深低下，默不作聲。

路毫看不下去。「妳不說話，是任由她將屎盆子往妳頭上扣，妳知道嗎？」

楊嬤嬤還是不說話。

允棠放下手中卷宗。「楊嬤嬤，妳知道殺害晁老夫人的凶器，是在妳房間內搜出來的嗎？」

楊嬤嬤身子一抖，不敢置信地抬頭看向崔清瓔。

崔清瓔拚命搖頭。「什麼凶器？妳不要聽她胡說！」

允棠的聲音裡透著無盡的寒意。「就是她見晁老夫人沒死透，往晁老夫人腦後釘鐵釘的凶器啊！」

角落有窗子沒閉緊，北風起，發出尖哨般的呼號，尤其在這句話之後，如鬼魅般響起的聲音，讓人不寒而慄。

「大娘子……」楊嬤嬤的聲音不住地顫抖。

「楊嬤嬤，妳不要聽她胡說！人不是我殺的，是縈竹，是縈竹那賤婢！」崔清瓔雙膝向前蹭了蹭。「妳抬頭看看我，我是清瓔啊！自我十歲起，便是妳陪著我的！」

楊嬤嬤眼角落下淚來，哽咽道：「姑娘啊，妳走到今天這一步，我早該想到的。是我懦弱，勸不住妳，才任由妳越走越遠，回不了頭……」

「妳別說，別說了！我什麼都沒做，都是他們冤枉我的！」

「姑娘，事到如今，妳已是業障難消了，還是早日認——」

崔清瓔見阻攔不成，便歇斯底里喊道：「妳閉嘴！妳胡言亂語，是要害死我嗎?!」

楊嬤嬤被吼了個激靈，呆呆地癱坐在地上。

允棠輕嘆。「其實妳應該感激楊嬤嬤的，要不是她故意放走縈竹，現在妳身上已經有兩條人命了。」

崔清瓔轉而朝楊嬤嬤怒目而視。

「楊氏，妳要與她陪葬嗎？」沈居正問道。「聽說妳還有一個已出嫁的女兒，妳就不為妳女兒和外孫想想？」

「我……」楊嬤嬤泣不成聲。

「不許說！妳敢說一個字，我讓妳女兒死無葬身之地！」崔清瓔面目猙獰地道。

「大膽！我們都還在呢，就敢口出狂言！」莊瑎暴喝。

沈居正安撫道：「楊氏，妳知她罪孽深重，她如今既已起了殺心，妳若讓她安然無恙地走出這裡，妳女兒必定要受牽連。」

「放心說吧，只要妳如實說來，本王保妳女兒平安。」瑄王也淡淡地開口。

楊嬤嬤轉頭看了看崔清瓔，一咬牙，沈聲道：「花種是大娘子讓我買的，之後剩餘的也是她讓我處理掉的。在姚嬤嬤衝出去找大夫的時候，大娘子也的確去過老夫人的院子，但是她將我支開了，我並沒親眼所見，雖然我發現院子裡多了把錘子，卻沒往那處想。」

「妳——」崔清瓔眼看就要撲過去，又被獄卒死死按住。

楊嬤嬤哭道：「姑娘，認罪吧！」

「想要我認罪？作夢去吧！」崔清瓔惡狠狠地道。

「把楊氏帶下去。記下第二條：下毒毒害婆母。」莊瑎說完將頭轉回。「證據確鑿，也不是非要妳認罪才能判。」

「證據？什麼證據？我就算去過怎麼樣？在我院中找到錘子又如何？」崔清瓔冷哼。

「你們若是真的找到了證據，還能在這裡與我費口舌？當我崔清瓔是蠢的嗎？」

「我來，自是要看妳辯無可辯的表情。」允棠緩緩起身，拍了兩下手，從門外進來兩個小廝，一個端著裝著土的木盆，另一個拎了兩個罈子。

「這罈子裡面是釅醋和酒，有顯現血跡的作用。」允棠又指著木盆。「昨夜我事先在土裡灑了些血，諸位大人放心，是我自剜手臂放的血。」

小滿將釅醋和酒灑在土的表面，濃烈的醋味和酒味刺鼻，熏得眾人睜不開眼。

「這……能行嗎？」路毫探頭問道。

眾人皆屏息以待，可半炷香的時間過去了，土面卻絲毫沒有變化。

崔清瓔越發得意起來，嗤之以鼻道：「搞這些糊弄人的把戲做什麼？」

「有了！」沈居正驚呼。

眾人忙再探頭，只見土面上竟然顯現了清晰可見的血跡！

允棠冷聲道：「我來之前已經將大量釅醋和酒送往晁府了，由皇太孫殿下與蕭洗馬親往驗證，相信很快便會有好消息傳來。」

「皇太孫殿下……」路毫吞了吞口水。

瑄王一琢磨，拍案而起。「晁崔氏，妳還有什麼好說的？」

崔清瓔看著木盆裡的血跡，不住地搖頭。「不可能，這不可能！妳這是什麼鬼把戲？妳這是騙術，是妖術！」

瑄王怒喝。「妳若是現在認罪，我還能賞妳個體面痛快的死法，等真的在妳院中驗出血跡，必將妳凌遲於市！」

「哈哈哈哈！」崔清瓔狂笑起來，聲音淒厲。「一樣都是死，我還在乎臉面嗎？我雙眼一閉，什麼都不知道了，丟臉的是崔家和晁家吧！」

外面有小廝來傳信。「晁家已送來休妻書，崔氏惡毒弒母，不可再冠晁家姓！」

崔清瓔的笑聲戛然而止。

允棠居高臨下，看了她一眼。「妳也不可再用崔姓，妳的名字已從族譜上劃去了，結案書上會稱妳為無名氏。」

「妳有什麼權力！」崔清瓔失聲尖叫。

允棠聲聲悲壯地道：「煩勞輔錄記下第三條：罪婦無名氏，十五年前在邊關與將士苟且，假傳軍令，散布謠言，侮辱永平郡主！」

輔錄抬頭看向莊瑎，見後者點頭示意，忙拾筆記下。

「第四條！」蕭卿塵氣喘吁吁趕來，扶著門框道：「謀殺晁母，惡逆重罪！」

沈居正倏地起身。「當真？」

皇太孫撩袍入內，點頭道：「沒錯，我親眼所見。」

眾人忙起身行禮。

崔清瓔聞言，雙肩一塌，無力地歪坐在一邊，再提不起一絲氣力。

「行了，把罪婦無名氏帶下去，好生看管，準備明日移交大理寺。」莊珝擺擺手。

兩名獄卒將人拖了下去。

「是弘易啊！」瑄王的笑容不及眼底。「這大雪天的，你怎麼來了？」

皇太孫作揖。「見過三叔！得知此案棘手，父親命我時時關注，看看有沒有能幫上忙的地方。恰巧卿塵知道這個令血跡重現的方法，怕耽誤審訊，我們便直接去了，還好有用。」

「案子正進退兩難，多虧皇太孫殿下適時出現！」路毫諂媚道。

瑄王不甘心地皺眉。「行了，罪已經定了，剩下的交給大理寺裁決，各位都辛苦了，我們就散了吧。」

「請皇太孫殿下、瑄王殿下、郡主和蕭洗馬先行一步吧。」沈居正拱手道：「我們這兒還有些收尾工作要做。」

「沈大人辛苦了。」允棠頷首後，隨眾人出了門。

棉絮般的雪依舊飄著，風卻停了，積雪已深，寒鴉在乾枯的枝頭上嘶啞鳴叫。

允棠看著面前一片縞素，鼻腔被凜冽的空氣刺痛，口中緩緩呼出白霧，心中酸楚膨脹到了極點。

天，快晴了。

臘月初三，大理寺對晁家弒母案做出最後裁決。

罪婦無名氏，犯惡逆重罪，判遊街示眾，凌遲處死；從犯楊氏，責脊杖二十，配役一年；婢女縈竹受無名氏蠱惑，責臀仗二十，以儆效尤。

判決告示一張貼出來，街坊四鄰無不高呼大快人心。

載著罪婦的囚車在汴京最熱鬧的街道緩緩駛過，百姓們也不顧冬日嚴寒，都擠在街道兩側圍觀。

罪婦披頭散髮，身著單薄髒污的囚服，十根手指的指甲都被啃得血肉模糊，滿是污穢的臉上已沒了往日趾高氣揚的氣焰，空洞的雙目呆呆地盯著木製牢籠的橫梁。

有人帶頭朝罪婦頭上扔去雞子，黏稠的雞子黃順著頭髮流下。其餘人也紛紛丟出手中的青菜、果子，更有甚者竟扔出孩童手中把玩的陶哨，奮力一砸之下，罪婦眼角血痕立現。

一旁的解差忙去阻攔，奈何百姓人數眾多，情緒又越發激烈，不過才行了百尺的距離，罪婦無名氏儼然已成了過街老鼠，辱罵聲不絕於耳。

在這個深受儒家思想影響的時代，連目不識丁的粗人都知道百善孝為先，如此惡毒弒母的禽獸行徑，再殘酷的刑法也難以洩民憤。

所以當罪婦無名氏被縛在刑架上，刑部侍郎親宣「凌遲三百六十刀」時，人群中竟不斷爆發出叫好聲。

無名氏最終沒能堅持到行完刑便斷了氣，結束了怨懟的一生。
蕭卿塵帶來「罪婦已伏法」的消息後，晁家上下哭成一團，停靈已月餘的晁老夫人，終於能夠安心下葬了。
允棠跪在棺槨前的蒲團上，亦紅了眼眶。
而在親眼看了罪婦行刑之後，姚嬤嬤在城郊的一棵樹上，上吊自殺了。

人們的悲喜本不相通。
晁家這邊捧喪駕靈，一片哀號；魏國公沈聿風卻領著夫人，帶著官媒和數十車聘禮，招搖過市，來到崔府門前。
既是官家賜下的婚，瞧著允棠自己又願意，崔奉本沒什麼好說的。
可見國公府的人進進出出，搬了一個多時辰還沒搬完，本來挺肅靜的院子硬是被豬牛羊鵝和一雙大雁搞得雞飛狗跳，過往的路都被箱子、錦盒堵得死死的，只能側身通過時，老爺子有點坐不住了。
崔奉負手來到沈聿風身側。
沈聿風正挽著袖子指揮著。「欸欸欸，小心點，那箱子裡可都是玉器啊！」
崔奉見對方沒察覺，握拳在嘴邊輕咳兩聲。
「哎喲，老將軍，您先在堂內稍坐哈，就快搬完了！」

「還未納采、問名，便急著送來這麼多聘禮，國公爺是不是有些太心急了？」

沈聿風擺手示意鄧西盯著，笑道：「前面這幾項都好辦，既是官家賜的婚，自然官家就是媒人了。」見崔奉臉色稍變，又忙道：「不過我今日也帶了官媒來，等東西搬完咱們再坐下細說不遲。這幫小兔崽子不看著不行啊，手腳重得很！」說完便又去忙了。

崔奉的嘴張了又張，一個人站在路中間，跟幾撥搬東西的小廝迎了個對臉，左躲右躲之後差點一腳踩進積雪裡，自覺礙事，只好悻悻地進了門。

祝之遙跟沈連氏兩人正在談笑品茶，崔奇風坐在一旁也是渾身不自在，見父親進門忙起身去迎。

崔奉問道：「允棠呢？」

「出門去晁府了，說是要送老夫人最後一程。」

「遣個人去知會一聲，沒事就早些回來吧。」

茶盞裡的茶換了又換，崔奉正襟危坐到脊背發疼，沈聿風才搖晃著進了門。

沈聿風剛要把手裡數十頁的聘禮清單奉上，忽然想到什麼似的，手指在空中點了點。「老將軍說得對，第一項：納采！」

三位身著紫褙子的官媒見狀，急急上前，妳一言、我一語，將早就準備好的漂亮話全說了一遍。

先是誇讚魏國公三次勤王救駕，如何高門顯貴、功勛榮耀，而後又翹起大拇指，說嫡子蕭卿塵是如何貌賽潘安、英雄少年。
一番話說得沈聿風搖頭晃腦，崔家眾人則是面面相覷。
崔奉應允之後，官媒吆喝一嗓子，一行小廝魚貫而入，雁、羔羊、酒黍稷稻米麵各一斛，納采禮被一一奉上。
之後便是問名，祝之遙拿了寫有允棠八字的名帖，官媒們拿到一旁去合算。
崔奇風撓了撓頭，疑惑地問道：「就、就在這兒算啊？」
沈聿風不以為然地點點頭。「是啊，要不了多久，省得一來一回的麻煩。」
「這……是不是該等允棠他們兩個小的在場？」
「無妨，父母之命，媒妁之言嘛！何況還是官家親賜的婚，錯不了、錯不了！」沈聿風樂得嘴都合不上了。
沈連氏歉意地朝祝之遙笑笑。「他是有些心急了，還望親家多擔待。」
祝之遙遲疑道：「我們畢竟不是允棠的父母，也不知道她還有什麼想法沒有，就這樣貿然過了禮，總覺得不太妥當……」
沈聿風聽了忙道：「無妨，日後允棠再有什麼要求，讓她開口便是，就算她想要天上的月亮，我也去為她摘來。」
聽他這麼說，祝之遙也不好再開口了。
就這樣又過了一盞茶的時間。

「恭喜國公爺、恭喜老將軍！」三位官媒齊齊轉過身來，異口同聲道：「此婚大吉，乃天作之合啊！」

「哈哈哈！」沈聿風爽朗大笑。「賞，重重有賞！」

隨後起身將聘書和清單畢恭畢敬地交到崔奉手中。「請老將軍過目，咱們是不是抓緊定個日子，好把喜事辦了？」

崔奉眉頭一皺。「令郎曾說與允棠立下三年之約，國公爺難道不知情？」

「三年？」沈聿風的眼睛瞪得老大，看看沈連氏，又遲疑地道：「他是如何說的？」

崔奇風剛要張口，就見鄧西神色慌張地跑進來，在沈聿風耳邊低語幾句，隨後沈聿風無奈地扶額。

「沈兄？」崔奇風試探地喊道。

「那個……」沈聿風乾笑兩聲。「既然有三年之約，我們今天就先這麼著。老將軍，六禮已過了四禮，我再來可便是要請期了。」隨後朝沈連氏招招手，又陪笑道：「今日突發狀況，我得、我得去看看，就不多打擾了，嘿嘿，告辭！」說罷轉身，險些把疊得老高的錦盒撞倒，忙伸手扶住，之後拉著夫人，匆匆離去。

留下崔家人大眼瞪小眼。

崔奉的神色越發凝重，一言不發，崔奇風見了大氣也不敢喘。

「父親，還得您作主，這些聘禮……該如何處置才好啊？」祝之遙問道。

「點清楚，先收起來吧。此親事若成，都給允棠當作嫁妝帶走；若不成，便原封不動給他退回去。」

祝之遙應聲，起身拿了清單，吩咐婢女給崔奉換些降火的茶後，便裹了披風出門了。

崔奇風猶豫半晌後，開口道：「父親，沈兄性子就是如此，沒規矩慣了，並非有意唐突，且看樣子，今日是真的有事……」

「我豈會不知道他是什麼性子？」崔奉嘆了口氣。「只是你當那國公府是好地方？那國公夫人看起來人畜無害，可若沒點心計，就憑她的家世，如何當得了魏國公的繼室？」

崔奇風回想起剛才，沈連氏從一進門便一直扯著笑臉，覺得父親有些小題大做了，但也沒敢反駁，只道：「卿塵那小子對棠姐兒還是挺好的，會護著她的。」

「婆母為難，要如何護？難道夫婦二人一同違逆不成？那樣只會給我們家允棠添個不孝的名聲。」

「不孝就不孝唄，反正那蕭卿塵也沒孝順到哪兒去……」嘟囔完這句，見父親瞪過來，崔奇風忙話鋒一轉。「我們棠姐兒再怎麼說也是郡主啊，有官家和聖人在背後，誰還敢造次？再說，我們棠姐兒也不是個蠢的，到時候誰為難誰還說不定呢！」

「罷了罷了。」崔奉擺擺手起身。「現在想再多也是徒勞，你去幫遙兒吧，那麼多東西，點到天黑也點不完。」

沈聿風急急拉著沈連氏出了崔府的門，把人塞到馬車裡，便帶著鄧西策馬而去了。

呂嬤嬤疑惑地問道：「國公爺這是怎麼了？」

沈連氏低頭整理裙襬，輕描淡寫道：「還能是怎麼了？那個豎子又闖禍了唄！」

街上的積雪已經大部分清理乾淨，臨近年關，街上行人眾多，沈聿風只得放慢速度，他扭頭問道：「現在人在何處？」

「緣起說，小公爺正在大鬧軍巡院大獄。他不知為何，把楚翰學捉去，非要關押起來審訊。軍巡院的人不敢得罪，只得按他說的做，但也少不了要給楚家兩位王妃通風報信。」

聞言，沈聿風勒馬。「你說，是緣起來報的信？」

鄧西不明所以，忙不迭點頭道：「是啊，是緣起親自來的，說請國公爺快去看看。」

沈聿風低頭一琢磨，咒罵道：「這個豎子，把我當傻小子遛啊！」

「國公爺這是何意？」

「沒什麼！走，咱們先去茶樓吃個茶、聽個曲，再去不遲。」

沈聿風說完一夾馬肚，直奔正前方的趙氏茶樓。

「啊？」鄧西滿腹疑團，見他走遠，只得跟了上去。

軍巡院獄要比之前去過的開封府獄小得多，且院中來往的也大多是軍巡院的官兵，軍紀嚴明，雷厲風行。

允棠和蕭卿塵來了這麼久，竟聽不到一句說笑閒聊的話。

她打頭走在昏暗狹窄的甬道裡，邊走便回頭，不放心地問道：「這……能行嗎？」

蕭卿塵點頭。「妳就放心問，剩下的交給我，我要是擺不平的，還有魏國公呢，我讓緣起去叫他來了。」

「啊？」一驚之下，她腳下一個趔趄。

蕭卿塵忙伸手擎住她。

她剛換上紅色戎裝，頭頂簡單綰了個髮髻，以紅色絲帶繫住，平添幾分英氣。

蕭卿塵對上她的眼，眉眼含笑道：「妳平日總穿青色，其實妳穿紅色也很好看。」

按照計劃，蕭卿塵獨自一人拎著木桶，來到關押楚翰學的牢房。

楚翰學鼻子都快氣歪了，見了他當即破口大罵。「蕭卿塵！你又發什麼瘋？我是掘了你們家祖墳還怎麼著，你怎麼就非得咬住我不放呢？我正吃酒呢我——」

正說著，角落裡突然有窸窸窣窣的聲音響起。

楚翰學立刻噤了聲，脊背僵硬地回頭一看，那裡竟然一直坐著一個人！

那人的身影隱在黑暗裡，一動也不動，以至於楚翰學光顧著對外叫嚷，絲毫都沒察覺。

楚翰學嚇得打了個酒嗝，躡手躡腳，俯下身去看。

看身形，好像是個羅鍋，背駝得很嚴重，一頭亂蓬蓬的頭髮掩住面容，破衣襤褸，草鞋的大腳趾處破了個大洞，也不知是冷還是怕，正蜷縮在角落裡瑟瑟發抖。

不知道為什麼，這身形他總覺得很眼熟。

「喂！」楚翰學試探地喊了一聲，那人也不抬頭，反倒蜷縮得更厲害了。

楚翰學失了興趣，轉頭問蕭卿塵。「這誰啊？哎呀，甭管是誰了，我警告你啊，趕緊把我弄出去，不然等我大姊來了，讓你吃不完兜著走！」

蕭卿塵卻二話不說，提起木桶，將裡面的水盡數朝牢房裡面潑去。

「你你你，哎——」楚翰學躲無可躲，還是被冷水潑個正著，登時打了個寒顫，破口大罵。「蕭卿塵，你他娘——」

「我什麼都不知道！不關我的事！」

一聲淒厲的呼喊打斷了楚翰學的咒罵，角落那人發瘋似的從地上彈起來，不住地來回瘋跑，試圖找個能隱匿藏身的地方。

不但如此，那人還用力抓自己的頭髮，口中唸唸有詞。「不關我的事，我真的什麼都不知道！」

楚翰學藉著外面照進來的光亮，瞇著雙眼去看，待看清楚那人的臉後，面色瞬間大變，直接後仰跌坐在地上，還手腳並用，向後蹭了好幾步，直至退到牆邊才停下。

「羅、羅鍋？你是羅鍋？」

羅鍋身形一震，慢慢轉頭，兩人視線相對。時間彷彿靜止了，誰也沒有再動。

「呼」的一聲，近處的油燈好像被風吹滅了，頓時間幾個人都陷入黑暗裡。

第二十二章

半晌後，楚翰學盯著那熟悉的輪廓，聲音顫抖地問道：「你、你是人是鬼？」

羅鍋驚恐萬狀，擺手道：「谷（楚）衙內，不要殺我，我什麼都不知道！」

躲在暗處的允棠聽到這句話，心跳都漏了一拍。

原來羅鍋一直說的都是楚衙內，可天意弄人，好在雖兜兜轉轉，最後還是讓她找到了。

「你、你——」楚翰學倉皇起身，瞇著眼睛，在昏暗的牢房裡四處尋找能用來防身的東西。

允棠定了定心神，從暗處輕手輕腳走出，悄悄站到蕭卿塵身側。

找了半天，一件能用的東西都沒有，楚翰學氣血上湧，酒氣也漸漸侵了心神，開始頭重腳輕起來，不住地晃著腦袋，自我安慰道：「一定是我喝多了，這都是幻覺，沒錯，是幻覺。」

「楚衙內，在找什麼呢？」

聽到蕭卿塵問話，楚翰學抬眼就想罵一句，卻看到他身邊一襲紅衣、臉色慘白的女子，嚇得冷汗頓時就下來了。

「崔、崔……啊——快放我出去、快放我出去！」

話雖這麼說，可人卻跑到牢房角落，蜷縮成一團，眼睛都不敢睜。

同樣被嚇到的還有羅鍋，他也匍匐在地上，褲子下又濕了一片，不斷哀求道：「不要來找我，是谷（楚）衙內，妳赤（去）找他！」

允棠看著面前狼狽不堪的主僕二人，嗤笑出聲。

萬事皆有因，萬般皆是果，這讓魑魅魍魎都無所遁形。

「楚翰學，膽敢對我下迷藥，行不軌之事，卻不敢正視我嗎？」

冰冷的女聲，迴盪在牢房中。

「這事是我姊逼我的，藥是她下的，真正行不軌之事的也不是我！待我去時，妳都已經被人截走，人都不知去向了，我還、還怎麼不軌？這一切都與我無關！」楚翰學緊閉雙眼，雙手合十舉在頭頂上，不停地膜拜。「菩薩、佛祖和三清真人都能作證，我說的千真萬確，絕無虛言！況且、況且妳死了也不是我殺的啊！咱們冤有頭債有主，該找誰就去找誰，好不好？」說完，又口無遮攔地胡亂唸起佛來。

等了半晌，也沒再聽到動靜，楚翰學試探地半睜一隻眼，探頭向外望去，只隱約看到蕭卿塵的身影，在木桌旁用火摺子點著燈。待重新恢復光亮，楚翰學忙衝到柵欄邊，尋找那抹紅色身影，可除了蕭卿塵，哪還有其他人。「人呢？」

蕭卿塵似笑非笑地問：「什麼人？」

「就剛才——」

「人呢？人在哪兒？」一道嬌媚卻怒氣沖沖的女聲從門外傳來。

蕭卿塵將火摺子收起來，笑道：「你姊來得還真快！」

很快地，瑄王妃便帶著一群人衝了進來，見楚翰學被關在裡面，登時大怒，質問道：「小公爺，你這是何意？我弟弟他犯了什麼罪，要這樣折磨他？」

「折磨？」蕭卿塵從腰間掏出一把鑲了寶石的匕首，拿在手裡把玩，嗤笑道：「我碰都沒碰過他，這也叫折磨？」

「他平時衣來伸手、飯來張口的人，你把他拉到這種地方來做甚？還搞得渾身濕透！抓人也總要有個理由吧？」

「我作為皇太孫洗馬，發現有人拿真金白銀來買官做，自然不能坐視不理。」蕭卿塵義正辭嚴地說。

瑄王妃一怔。「什麼買官？」

「那我倒要問問瑄王妃了。楚翰學一無蔭封，二無科舉功名，三無高官引薦，如何就做得一州的主簿了？若非買官……」蕭卿塵略一遲疑。「難道是瑄王殿下以權嚇之？」

「你休要血口噴人！這其中緣由，自然不必與小公爺分說！」瑄王妃秀目一瞪，對跟著來的獄卒喝道：「還不快把門打開！」

「這……」獄卒偷偷瞥向蕭卿塵。

瑄王妃更氣了，尖聲喝道：「怎麼？你耳朵是聾了嗎？」

蕭卿塵陰陽怪氣地附和。「是啊，快開門，得罪了瑄王妃，小心你的腦袋。」

「你——」

獄卒聽了，忙扯下腰間鑰匙將門打開。

門一開，楚翰學就衝出來，扯著姊姊的衣袖，號哭道：「大姊，我剛才看到鬼了！」

聞到滿嘴的酒氣，瑄王妃皺緊眉頭，怒喝道：「你還不快閉嘴！」

「是真的，還有裡面那個人……」

似乎聞到了尿騷味，瑄王妃嫌惡地朝牢房裡面看了一眼。「這關的都是什麼人？」

蕭卿塵笑了笑。「喔，這人是從越州來的，偷了東西，從抓進來後就得了風寒，時時高熱，又喘咳不止……」說完，眼睛向楚家姊弟瞥去。

瑄王妃聞言臉色一變，忙拉著楚翰學退了一步，並裝作不經意地用袖子掩住口鼻，道：「關也關了，小公爺是不是可以放我們走了？至於出任主簿一事，我們自會跟官家交代，不勞小公爺費心了。」

「大姊，妳聽我說——」

「快走！」也不等蕭卿塵開口，瑄王妃拉著楚翰學就急急離開了。

直到腳步聲遠到聽不見，允棠才從暗處閃身出來。

她咬緊牙關。「竟真的是她！」

「是啊！」蕭卿塵也嘆道。「竟真的是他。」

兩人站在原地，唏噓了好一陣。

蕭卿塵見允棠穿得單薄，忙捧了她冰涼的小手，哈了口熱氣。「冷嗎？快回車上把衣裳換了，小心著涼。」

「嗯。」

「咳咳！」

兩人抬頭，見沈聿風正半側著身子，一臉想看又不敢看的樣子，瞧著十分滑稽。

蕭卿塵沒好氣地道：「才來？人都走乾淨了！」

沈聿風探頭朝裡頭看看，樂了。「你這不是用不著我嘛！」

蕭卿塵又湊近了問：「去喝茶了？」

「你小子是屬狗的啊？」沈聿風在自己身上聞了聞。「也沒什麼味道啊……」

父子倆終於不拌嘴了，允棠才欠了欠身。「見過國公爺。」

「嗯！」沈聿風滿意地點頭。「允棠啊，晚飯去家裡用可好？」

「不去！」蕭卿塵毫不留情面地拒絕。

「我又沒問你！你還嫌我來得晚，我今日可是做了一件大事，幫你這臭小子提親去了！」

「提親?!」

異口同聲的兩個人，一驚一喜，當然，驚的人是允棠。

「崔老將軍說了，你和允棠有什麼三年之約，這是怎麼回事啊？」
「阿嚏——」
見允棠打了個噴嚏，蕭卿塵也來不及回話，急急拉著她離開。
「喂！晚飯到底回不回來吃嘛！」

臘月初八，下了好幾日的雪，終於放晴了。
汴京各大寺院都舉辦起浴佛會，並施臘八粥給信徒們，街上也頻見僧尼化緣，集市上早早販賣起了除夕、元宵要用的門神、桃符和麥芽糖等等，百姓們呼著白氣沿街採買，年味十足。
太陽曬過的雪更「黏」，允棠難得清閒，跟雙生子在院子裡塑雪獅。
二人本說要比賽誰塑得更快些，可賽事過半，崔北辰一個雪團丟過來，挑起戰爭，就又變成了打雪仗。
雖是親姊弟，可互相扔起雪團來卻是絲毫不留情，一個把另一個抱起來往雪地裡丟，趁對方沒起身還用雪去埋，沒一會兒，兩人便滿頭滿臉都是雪。
允棠堆了一半的雪人，成了炮灰，被砸得面目全非，索性起身到一旁坐下，曬曬冬日暖陽。
笑著笑著，她便又笑不出來了。

下迷藥的事，是瑄王妃做的；行不軌之事，是瑾王做的。那如果按照之前的推斷……追殺她和母親的，不是太子黨，便是瑞王了。

事情越來越棘手，她忍不住抬手，摁了摁眉心。

真正給了允棠提醒的，還是谷平顯的一句話——

我成日在汴京城裡晃，若我帶過他，一定有人認得出的！

記得第一次和蕭卿塵去白礬樓時，那裡的小二不但認得各位達官顯貴，就連常在他們身邊的小廝都如數家珍。

於是她設法打聽了幾位以前在有名的茶樓、酒樓、瓦子裡負責迎客的小二，拿了羅鍋的畫像挨個兒去問，果然有人認得。

可如今下一步該如何做，她卻犯了難。

果然還是陷入到她最不願看到的境地啊！

說實話，在官家的眾多皇子中，允棠最喜歡的便是瑞王了。

瑞王有股清冷的書生氣，常年臥病讓他的膚色偏白，更增添幾分儒雅，本是手不能提的弱質書生，可矛盾的是，他身上還有著只屬於帝王家的霸氣。

他也是少有的聰明人。

他主動提出要幫她，是真心還是假意，允棠已經不敢想了。

而太子，她也曾見過數面，更是從旁人口中數次聽說過太子的事蹟。

都說太子懦弱，可她覺得，太子是心懷大愛的——至少表現出來的是這樣。身處帝王家，卻仁善到連隻螞蟻都不忍踩死，更是見不得一點人間疾苦。

作為君王，太子欠缺的是殺伐決斷，可若單純作為親王，便沒什麼可挑剔的了。

太子身後便是中宮聖人，半年來，她花了大半時間陪伴的祖母，視她母親如同親生女兒一般，她不願相信這狠絕的追殺，是出自太子黨之手。

這看似平靜的水面下，實則暗潮湧動。她曾利用瑄王達到自己的目的，又怎知這過程中，沒淪為其他人手中的利刃呢？

這個想法讓她不寒而慄。

那宛如月影的冬日，再也無法帶給她一絲絲暖意。

忽然感覺有東西落到臉上，冰冰涼涼的，一抬頭，是崔北辰捧了一抔雪，正興奮地喊她看。

允棠起身，驚喜地發現，那抔雪中間，有一枚晶瑩剔透、形狀完整的雪花。

見她展開笑顏，崔北辰一臉滿足，忽地又無比認真地道：「允棠，妳不要不開心，要是蕭卿塵對妳不好，就告訴我，我們把這親事退了便是。」

允棠不由得啞然失笑。

「你當允棠是你呢，天天只知道兒女情長？」崔南星翻了個白眼，活動活動有些凍得僵硬的手指，道：「很明顯她在為姑母的事發愁嘛，不知不覺都過去五個月了。」

允棠呼出一口灼熱的霧氣。是啊，時間如白駒過隙，她只知道過了好多個日夜，卻還未曾仔細數過。

當逝去的時間有了具象的數字時，就好像腦海裡憑空出現了一個正在倒數計時的時鐘，每秒都在不斷變化，連她熟睡時也不會停止。

「我怎會不知？」崔北辰紅著臉爭辯。「可妳這樣扳著手指替她數日子，豈不是令她更心焦？」

崔南星一怔，隨後悄悄去瞥允棠。

焦慮果然是會傳染的。

「你們不用這麼緊張，我不過是發會兒呆罷了。」允棠笑笑。

崔南星提議道：「不如我們出去玩吧？今日外面可熱鬧了，我們也買些儺面具戴戴！」

「好啊！」崔北辰附和。

允棠想起去年臘八，那時還在揚州，她領著小滿和白露，戴了鍾馗、判官的猙獰面具，去街上轉，玩得不亦樂乎，如今卻是物是人非了。

兩人期待的眼神，讓她很難拒絕，於是點點頭。「好。」

立即引來一陣雀躍聲。

民間的儺俗，本是由乞丐戴上邪祟的面具，敲鑼打鼓，逐門逐戶乞討財物，有驅邪祟的意思。

後來年輕男女和孩子們覺得好玩，也都爭相仿效，商賈們更是抓住商機，集市上開始出現各式各樣的儺面具，也就不侷限於邪祟了，美的、醜的，一應俱全。

三人在琳琅滿目的面具攤間流連，崔南星為允棠挑了個白狐的面具，那白狐眼角上挑，妖媚異常。

「哎呀小娘子，真是好眼光啊！」攤主誇讚道。「這個白狐的面具，我今年一共就做了兩個，剛被人買走了一個。」

「那是，我眼光一向很好的！」崔南星得意地應聲，用肩膀撞了撞崔北辰。「怎麼樣？是不是很好看？」

「好看……」崔北辰露出癡傻的笑。

允棠今日穿的是珠白色暗紋短棉襖，外罩緋色鑲狐狸風毛的比甲，配上白狐面具眉上左右各兩個硃砂紅點，真是宛如靈動的狐仙本尊一般。

她摘下面具，朝身後一指。「快挑，那邊人多，我們去那邊看看！」

崔北辰挑的是面部猙獰的十八羅漢之一，崔南星則選了青面獠牙的小鬼。

戴好面具來到人群聚集的街道，才發現這裡有各種街頭表演，有噴火的、耍彩球的，還有牽著猴子做各種動作表演的，拍手聲、叫好聲不絕於耳。

崔南星拉著弟弟和允棠擠到人群前面，只見賣藝人將火把舉到面前，呼地用力一吹，一道火舌噴湧而出。

「好！」崔南星大聲拍手叫好。

「好什麼呀？」旁邊一名戴方相氏面具的藍襖小娘子嗤笑道：「沒見識的鄉巴佬，年年都是這幾樣，看都看膩了！」

「我願意叫好，關妳屁事！」崔南星也不示弱。

不等藍襖女子反駁，另一名粉緞斗篷的女子突然驚呼道：「縣主，妳看，她的白狐面具跟妳的是一樣的！」

縣主？允棠探頭去看，果然看到另一名戴白狐面具的女子，就站在藍、粉二人中間。

「真晦氣，早知道我就兩個都買下了！」女子將面具一把扯下，丟在地上，還踏了兩腳，然後轉身擠出人群。

不是新城縣主是誰？

好端端被掃了興，再看也只覺得無趣，崔南星一跺腳，拉著弟弟和允棠去看耍猴兒的老翁。

剛擠出人群，便聽粉斗篷女子道：「縣主，怎地還如此悶悶不樂的？若覺得這裡沒意思，那還是找個地方打扇牌如何？」

「扇牌更無聊！」新城縣主沒好氣地道：「都怪我父親，非要臨在我出門前，跟林側妃說那些話，搞得我一整天心情都不好。」

「瑾王殿下說什麼啦？」

藍襖女子道：「嗐！還不是除夕家宴的事，新晉的文安郡主也會去不說，還要帶著未來郡馬……」

「未來郡馬……蕭小公爺?!」粉斗篷女子掩口驚呼。

「可不正是嘛！」

崔南星扭頭看看允棠，隔著面具看不到她的臉色。

「走吧，聽這些無聊的做什麼？」崔北辰欲拉她二人離開。

允棠腳下卻不動。

提了蕭卿塵的名字，新城縣主更加氣憤，臉都皺成一團了。

藍襖女子又陰陽怪氣地道：「妳說她一個連生父都不知道是誰的野種，怎麼好意思招搖過市的呢？有娘生，沒娘教，果然臉皮是要厚些！」

崔南星怒不可遏，幾步衝到跟前，甩了藍襖女子一個耳光，連臉上的面具都打飛出去老遠。

新城縣主三人都被這突如其來的動作嚇了一跳，還是藍襖女子率先反應過來。

「妳、妳竟然敢打我?!」

「我不知道妳有沒有娘教，不過妳娘就把妳教成這副德行嗎？」崔南星插著腰，怒目而視。

藍襖女子捂著臉質問。「妳到底是誰？」

「我是妳姑奶奶！」崔南星呸了一聲。

崔北辰忍不住笑出聲。

「妳知道她是誰嗎？」粉斗篷女子厲聲詰問。

崔南星嗤笑道：「行吧，說說，看是誰家的女兒這麼沒教養，我們郡主好上門親自去問問！」

粉斗篷女子露了怯，沒敢再繼續說下去。

幾人的目光齊齊聚在允棠身上，她卻陷入了沈思。

對啊，之前怎麼沒想到？

想要報楚家的仇，不是非得硬碰硬、從瑄王夫婦身上找入手點。

眼前這新城縣主和她母親瑾王妃，不正是送上門的肥肉嗎？

見她不動也不說話，藍襖女子頓時慌了神。「郡主您誤會了，我不是在說您，我是在說別人！」

「我——」

崔南星不依不饒。「在說誰？都有名有姓的，說出來讓大家聽聽啊！」

「妳若是敢做敢當，我還能高看妳一眼。」崔南星不屑地道。

粉斗篷女子氣不過。「妳也不過是仗著郡主的勢力咬人罷了，有什麼資格說她？」

崔南星氣笑了，扯下面具往地上一丟，指著自己的鼻子。「我？我崔南星做事還需要仗著誰？」

眼看事情越鬧越大，已經開始有人過來指指點點，允棠上前一步，「啪」的一聲，又甩了藍襖女子一個巴掌。

「若是再讓我聽到妳們說我母親，就不是掌嘴這麼簡單了！」

這次藍襖女子沒敢吭一聲。

新城縣主從鼻子裡哼了一聲。「姊姊好大的威風，剛當了郡主，就學人家殺雞儆猴啊！」

允棠湊近一步，壓低聲音譏笑道：「對，沒錯，妳就是需要警告的那隻猴，妳最好學乖一點。」

新城縣主瞪眼。「妳說誰是猴？」

「說妳啊，這都聽不出來嗎？」允棠雲淡風輕地說。

可新城縣主卻嗅到一絲熟悉的味道，她這表情跟那日在宮裡撿蓮子時如出一轍！

「我知道，妳是想故意激怒我。」新城縣主看了一眼越聚越多的人們，忿忿道：「一樣的虧我還能吃兩次嗎？」

「喲！」允棠用誇張的語調說：「還真是難得，學聰明了呢！」

「咱們走著瞧！」新城縣主狠狠地瞪了她一眼後，轉身走掉。

藍、粉二人也忙跟了上去。

眼看圍觀人們交頭接耳的，崔南星忙拉著允棠擠出人群。「哎呀，我都動手了，妳又何苦衝出來？妳剛封郡主，這下傳出去，又要被人說了。」

崔北辰沒好氣地道：「妳看不出，允棠是為了維護妳才動的手嗎？這樣一來，大家的注意力都集中到她身上，就沒人注意妳先前的一巴掌了。」

聞言，崔南星一臉歉疚。「都怪我，不該衝動的。」

允棠卻像是在想什麼，並不作聲。

「允棠，咱不跟她們一般見識。」崔南星寬慰道，心中暗自懊惱，本是好意，見允棠心中鬱悶，才拉她出來逛逛，誰知一出門便撞見這幾個瘟神，看來下次出門要看看黃曆才行了。

允棠卻是面色平靜，輕聲道：「南星，我可能要搬出去住一陣子了。」

「搬出去？」雙生子異口同聲。

崔南星面露焦急之色。「為什麼呀？雖說官家賜了妳好大的府邸，可也沒修繕完？再說，妳一個人住也無聊不是？」

「就是啊！」崔北辰也附和道。

「只出去住一陣子，很快會搬回來的。」允棠看著新城縣主遠去的背影。「我想要弄清楚一些事情。」

除夕夜，家宴設在紫宸殿。

雖早就有令一切從簡，可畢竟是皇家筵席，流水一樣的宮女、內侍們，手中還是捧著各色珍饈魚貫而來。

殿內香煙繚繞，鼓瑟吹笙，更有教坊歌舞樂伎使盡渾身解數，賣力表演。

官家授意，菜單中特意加了立過功的「飛蝦」，有嚐過的知道是難得的極品美味，也有不少女眷心中惶恐，卻不敢表露半分。

在座的娘子和親王們，也都看出官家的心意，頻頻舉杯向允棠敬酒。允棠自知酒量淺，早就讓小滿將酒壺中的酒換成了白水，這樣一來，便也就能應對自如。

她身邊坐的是幾位郡主，除了和長寧郡主有過幾面之緣之外，其他的都不認得，偶有眼神交會，則相互頷首示意，並未有過多交流。

新城縣主坐在尾席，離她遠遠的，這點讓她很滿意。

她忍不住將目光瞥向瑞王，瑞王妃正在認真布菜，而後停手抬頭，夫婦倆相視而笑，如膠似漆。

再看瑾王和瑾王妃，便都是各吃各的，貌合神離。倒是一旁的林側妃，不時會為瑾王挾幾道菜，耳語幾句，神態更輕鬆些。

「妳夫君呢？」一個清洌的女聲突然闖了進來。

原來是長寧郡主。

允棠不由得辯解一句。「什麼夫君？我們還沒成親呢！」

「嗐，還不都一樣！」長寧往她那邊湊了湊。「老早我就聽說蕭卿塵會來，還是以妳未來郡馬的身分，那新城縣主的鼻子還不得氣歪了啊？哈哈哈，想想就開心！」

說話間，皇太孫和蕭卿塵匆匆進了殿，二人向官家行禮。

「孫兒有事耽擱了，祖父恕罪。」

「無妨，快坐。」官家面頰微紅，顯然心情大好，才開席不久便已微醺。

皇后忍不住勸道：「還是少喝些吧。」

「知道。」官家乖乖應著，見有司膳端來滴酥水晶鱠，忙道：「這放到聖人面前，她愛吃。」

蕭卿塵來到允棠身邊坐下，還未坐穩便急道：「我都好幾日未見妳了……」

「要不要這麼肉麻？」長寧裝模作樣地撫了撫手臂，假意抹掉一身雞皮疙瘩，又想到什麼似的趕緊扭頭朝尾席望去，果然，新城縣主的臉都綠了。長寧捧腹笑得前仰後合，舉起杯盞道：「蕭卿塵，我今天是真高興，必須敬你一杯！」

蕭卿塵看了看允棠，搖頭道：「我不跟女人喝酒。」

「你——」長寧差點噴出一口老血來，咬牙道：「你要不要聽聽自己在說什麼？」

蕭卿塵懶得答，在几案下摸索，找到允棠的小手後，寬大的手掌整個覆了上去。

「你幹麼？」允棠齒間擠出幾個字。

蕭卿塵一副無辜的樣子。「沒幹麼啊！」

她將手用力抽了幾下，也沒抽出來，只得放棄掙扎。

蕭卿塵如願以償，無盡笑意在唇邊蕩開。

剛巧皇太孫看到這一幕，無奈地搖頭，嘖嘖稱奇。

「父親，允棠和卿塵真是郎才女貌，佳偶天成啊！」太子讚嘆道。

官家點頭稱是。

魏國公更是樂得合不攏嘴，忙舉起杯盞。「太子殿下果然慧眼！來，下官敬您一杯！」

皆大歡喜之時，唯有瑾王黯然神傷，聞言更是將杯中酒一飲而盡。

酒入愁腸愁更愁，親生女兒就在面前卻不得相認，就連婚事也是從外人口中知曉的，這個中滋味，真是苦不堪言。

淑妃盈盈笑道：「既然是要成親的人了，就別給他安排什麼實職了，本也不是什麼要緊的。整日風風火火在外面奔波，文安郡主少不了要跟著擔心。」

覆在允棠手背上的手指一震，她扭頭看去，果然，蕭卿塵的面色沈了下來。

「淑妃娘娘說笑了，既然拿了這份俸祿，自然不能尸位素餐。」

淑妃掩口笑，眼波流轉間卻多了幾分不屑。「都是自家人，用不著說這官場上的話。有你父親在，你自然是不必刀口舐血爭功名的。」

此言一出，就連皇太孫心裡都捏了一把汗。

蕭卿塵將手中筷子輕拍於桌上，輕笑一聲。「在官家都為我們訂親高興之時，淑妃娘娘堅持要給我這個下馬威，我真是百思不解呢！讓我猜猜原因，難道是因為，楚翰學的官是您安排的？」

淑妃面色微變。「小公爺扯到哪兒去了？官家和聖人這麼疼文安郡主，定是也見不得她憂心，我也是為了官家和聖人的身子考慮，才這麼說的。」

「也是。」蕭卿塵點點頭。「淑妃娘娘關懷備至，倒是卿塵不懂事了。」見淑妃面露得意之色，他又道：「那不如，讓官家把瑄王殿下的實職也一併去了吧？也免得淑妃娘娘勞心了。」

「噗——」沈聿風剛喝進去的酒，原封不動全部噴了出來，忙道：「豎子，不得放肆！」

席間眾人都努力壓平嘴角，不讓自己笑出聲來，估計是把這輩子所有難過的事都想了一遍了。

「你——官家！」淑妃嗔道：「如今這小輩也敢頂撞我了！」

沈聿風擺手。「哎，淑妃娘娘此言差矣！不過是閒聊，怎麼就是頂撞呢？」

官家淺笑。「淑妃妳也是，卿塵在允棠面前賣力表現還來不及呢，妳非在這時候說他沾父親的光，他不急才怪。」

「蕭卿塵，你不能總是這樣狂悖無禮。」瑾王突然開口。「你要好好對待允棠，不然……不然官家和聖人都不會放過你。」

蕭卿塵知曉其中真相，自然也就聽懂了瑾王的潛臺詞，他認真地點頭道：「我會的。」

「多謝瑾王殿下關心。」允棠抬眸道。

瑾王不由得苦笑，就這樣輕飄飄一句話，便將兩人的距離推開老遠，對女兒的關心，竟變成了來自陌生人的善意。

「看來鉞哥兒，是真的很喜歡允棠啊！」長公主意味深長地說。

這看似無意的話一出，氣氛瞬間冷了下來，瑾王妃甚至已經紅了眼眶。

官家適時開口。「朕還有件事要宣布。」

程抃忙擺手屏退舞伎。

眾人也收了心神，翹首聆聽。

「多年來我朝與遼國戰事不斷，朕想收復故土，他們想奪回關南，可都無功而返，真可謂旗鼓相當。但戰事勞民傷財，朕與遼帝都深諳其道。

「起初遼國想以和親為媒介，就此休戰，可用小女兒家的一生來換取大國和平，朕深以為恥。所以朕派出副相曹壬為國使，隨遼國使團回遼談判，經過數月努力，最終與遼帝達成共識，明年寒食節時，立誓結盟，共用百年太平！」

太子激動萬分。「太好了，這於百姓來說，是天大的好事啊！」

瑞王卻遲疑了下，問道：「父親，代價是什麼？」

官家沈吟了會兒。「每年予遼國歲幣十萬兩銀、二十萬疋絹。」

「什麼?!」瑾王猛地起身，因跛腳還晃了兩晃。「區區遼國，竟要我們向他們納貢？」

官家皺眉。「並非是納貢，不過是看他們地處苦寒之地，以金帛濟之罷了。」

「父親，萬萬不可啊！」瑾王忿然作色。「此盟一結，萬千將士們都會寒心，他們寧願戰死也不願受此屈辱！」

璟王沈默了半晌，終於開口道：「區區十萬兩，倒是也沒什麼……」

瑄王也起身，沈聲道：「這次我贊同秉鉞的看法，別說十萬兩，就是一萬兩也不該給！我們又不是兵敗，非要忍辱求和不可！」

官家轉向皇太孫。「弘易，你認為如何？」

皇太孫剛喝了口茶潤潤喉嚨，忙放下茶盞道：「孫兒倒是覺得，這個代價可以接受。」

「詳細說來聽聽。」

「每歲用在戰爭上的銀子，沒有千萬也有八百萬，何況還要死掉那麼多將士，如今只花一點銀錢，便能解決問題，讓邊關百姓得以發展生產，是划算的。」

官家滿意地點點頭，又想到什麼似的轉向允棠，笑吟吟地問道：「平日數妳鬼點子最多，妳又如何說？」

允棠一怔。

官家非得把這個事情拿到家宴上來說，說不想試試各位皇子對政事的敏感程度，她都是不信的。

太子只顧將士和百姓的性命，卻不顧代價，錯。

瑾王和瑄王只顧大國之尊嚴，卻罔顧人命，亦是錯。

同樣身為儲君的皇太孫，答得漂亮，官家毫不掩飾滿意之色。

可問到她，這算什麼？

她何德何能，竟能跟儲君站在一列了？

但既然官家問了，她也不能不答，只得清了清嗓子，不疾不徐地道：「遼國以游牧民族為主，農耕和手工自是不如我朝的，若是休戰之後還能通商，興許、興許這給出去的錢不但能賺回來，還能剩餘好多補充國庫呢！」

「哈哈哈哈！」官家拍案放聲大笑。「程抃，把那座安南進貢的珍珠舍利寶塔請上來！」

蕭卿塵偏過頭去看允棠，她肌膚透著淡淡的粉色，近距離看起來，連臉上的汗毛都清晰可見，好像熟透的桃子，讓人恨不得湊上去咬上一口。

看見她的耳垂被耳鐺微微拉長，他忍不住輕聲問一句。「痛不痛？」

「什麼？」允棠茫然。

他抬手輕撫她的耳垂。

在碰觸到的一瞬間，她觸電般彈開，心跳彷彿都漏了一拍，道：「你、你說耳洞嗎？不痛啊，打了很久了。」

說話間，幾名內侍小心翼翼地抬了寶塔上來，置於殿正中的高臺上。

寶塔高三尺有餘，造型華麗精緻，每層雕刻都不盡相同，且栩栩如生，其間更是用琥珀、瑪瑙、珊瑚、綠松石等名貴寶石裝飾，極盡奢華，美輪美奐。

程抃介紹道：「據說在寶塔頂層，還放置有一枚舍利子。」

「這真是世間罕見的寶物啊！」璟王嘆道。「我遊歷世間，見過無數珍寶，都不及眼前這寶塔的一分。」

官家撫鬚笑道：「待筵席過後，命人將此塔送到文安郡主府去。」

這一番操作下來，官家偏重文安郡主的心已是眾目昭彰，可偏偏有人不信邪。

見允棠出盡了風頭，又與蕭卿塵耳鬢廝磨，新城縣主氣得跺腳，跑到母親瑾王妃身邊去訴苦。

瑾王妃又何嘗不是心如刀絞？見女兒淚眼婆娑依偎在身側，登時萬般委屈湧上心頭，攬住女兒，紅著眼道：「即便有官家偏愛，文安郡主也應潛心篤志，砥節礪行才是！」

此言一出，嘈亂的殿中瞬間靜了下來。

瑾王喝斥道：「妳醉了！」

「我壓根兒就沒吃酒，如何醉？」瑾王妃胸口劇烈起伏，憤然駁斥道。「我就連為慧姐兒說兩句話也不能了嗎？」

「妳是瘋了嗎？」瑾王齒間擠出幾個字。

瑾王妃昂首，一副豁出去的模樣道：「父親，臘八那日，慧兒同監察御史劉迎家五姐兒一同出門看儺戲，不知怎的言語間衝撞到文安郡主，劉家五姐兒被掌摑，慧兒在一旁什麼都沒說也被辱罵訓斥一番，當時有眾多百姓圍觀。我朝皇室向來低調內斂，郡主如此囂張行事，豈不讓百姓在街頭巷尾議論？皇室顏面何存？」

說話間，瑄王妃幾次使眼色，輕搖頭試圖制止，可瑾王妃心意已決，聲聲以血淚控訴。

官家皺眉。「允棠，可有此事？」

允棠毫不避諱。「沒錯，確有此事。」

「這……」沈聿風左右看看。「這中間怕是有什麼誤會吧？」

「文安郡主掌摑劉家五姐兒時，那麼多雙眼睛都看著！」瑾王妃怫然道。「怎麼可能是誤會！」

「瑾王妃不如說說，到底是如何言語衝撞到郡主的？」蕭卿塵冷聲道。「總不能如此斷章取義吧？」

「幾個女兒家不過就是在閒聊，文安郡主便衝過去……」

「閒聊？聊些什麼？」蕭卿塵逼問。

「這我如何知曉？」瑾王妃惱羞成怒。「我又不在現場！」

瑄王妃無奈地閉上雙眼。

蕭卿塵嗤笑。「剛剛瑾王妃說得繪聲繪色，我還以為是您親眼看著呢！」

新城縣主指天道：「我在，我親眼看著呢！我發誓，她真的動手打人了！」

「我從未否認我動過手。」允棠轉向官家。「祖父，那日劉家娘子說，我是連生父都不知道是誰，有娘生、沒娘養的野種。」

砰！

官家怒喝一聲，拍案而起！

「劉迎就是這麼教育女兒的？如此品行，怎堪監察御史重任？傳朕口諭，監察御史劉迎教女無方，落為京畿縣令，罰俸一年！」

新城縣主被嚇得一個激靈，眼淚還在眼眶裡打轉。

允棠繼續道：「新城縣主當日還在一旁嗤笑我耍威風，我便一併警告了她。若當朝郡主都能隨意被人當街辱罵，皇室才真是顏面不保。」

瑾王也暴起青筋，罵道：「妳成日和那些不明事理的小娘子在一起廝混，竟連長幼尊卑都不懂了嗎？光是警告都便宜妳了！」

「父親?!」新城縣主不敢相信自己的耳朵，眼淚撲簌簌地掉下來。

瑾王妃也沒想到會搬起石頭砸自己的腳，一時間反應不過來，怔在當場。

「我當街動手打人，的確有做得不妥的地方，」允棠垂眸。「望祖父責罰。」

「妳何錯之有？妳是官家親封的郡主，」皇后冷聲道。「藐視妳便是藐視官家！」

劉迎乃是貴妃遠房的姪兒，貴妃聞言忙陪笑道：「貶也貶了，罰也罰了，不然就算了吧？若是處理得太過了，反倒對郡主有不好的影響。」

見瑾王妃母女還愣在那兒，又道：「慧姐兒，還不快給姊姊賠個不是？」

新城縣主看看父親，又看看允棠，一跺腳，轉身哭著跑了出去。

「妙君，還不快跟過去看看？天寒地凍的，免得慧姐兒再得了風寒。妳也是的，允棠好歹也是……」貴妃欲言又止，頓了頓才又道：「都是小姊妹，也沒什麼深仇大恨的，平時該多往來，讓她們親近些才是。」

「是。」瑾王妃依言追了出去。

讓她們母女這麼一鬧，再可口的酒菜也變得索然無味了，官家長嘆一口氣。

程抃見狀，忙拍手喚雜劇表演入場。

表演誇張滑稽，數次引得眾人哄笑，見允棠席間也不斷掩口展笑顏，官家的面色才逐漸和緩起來。

子時正一到，爆竹聲響起，眾人三三兩兩來到殿外，看絢爛煙花綻放在宣佑門上空。

新年伊始。

希望自己事事都順利。

允棠合掌、握拳、合眼，默默許下新年願望。

再睜眼，彩炫星空下，蕭卿塵正含笑看著她，眸子裡映著一朵朵稍縱即逝的煙花。

「新年快樂，蕭卿塵。」她莞爾道。

蕭卿塵一愣，旋即也學她道：「新年，快樂。」

允棠一路上昏昏沈沈，靠在蕭卿塵的肩膀上半寐半醒，回了崔府更是一頭扎在床榻上，沈沈睡了過去。

除夕守歲直至三更天，睏意襲來，越發覺得冷得刺骨。

天還未亮，文武百官已冠冕朝服，齊齊候在皇城門外，等待朝拜天子。

而官家此時也沒閒著，鐘鳴之後焚香祭天，祈求風調雨順，百穀豐收。

最後還是團子把她蹭醒的。

昔日的小茸球，因伙食太好，已經變得渾圓，毛髮柔順閃亮，手感極佳。

「嗯……別鬧，讓我再睡會兒……」允棠呢喃著翻了個身，還不忘伸手摸摸團子安撫一下。

只是這一摸，卻沒摸到剛從臉上蹭過的毛髮，團子好像鑽到被子裡了。捏一捏，布料下的肌肉倏地收緊，手感變得堅硬起來。

她睜眼緩了緩神，睡眼惺忪地回頭，卻對上蕭卿塵略顯緊張的雙眸。

兩人都低頭向下看去，允棠發現自己的手還在他的大腿上揉捏，忙抽了回來，慌亂道：

「你、你怎麼在這兒？」

蕭卿塵的喉結上下滑動了下。「咳，我來拜年啊！」

「我是問你為什麼在我房間裡？」允棠忙把被子扯到胸前。

「是崔二娘子要我叫妳起床的，說是午飯已經好了。」蕭卿塵見狀，忙別過頭去，倉皇起身。「那、那我到外面等妳。」說完也不等她回答，逃也似的出了門。

碧空如洗，纖雲不染，日頭帶來的熱少得可憐，可蕭卿塵立在寒雪地裡，卻覺得周身燥熱難耐。

即便是崔二娘子有意撮合，他從小受的教誨也知道此行為不妥，可還是鬼使神差地進了門。

他只是想看她的睡顏，如同數月前在莊子上，在國公府一樣。

大腿被她捏過的地方，彷彿還能感覺到她手的溫度，他的心越跳越快，索性俯下身抓了把雪拍在臉上。

屋內的允棠傳了盥漱，很快有端了水盆的女婢前來。

小滿見蕭卿塵臉上盡是濕雪，貼心地遞了乾帕子，他胡亂地抹了把臉，這才靜下心來。

再次喚他進門時，允棠已換好了新製的妃色短襖，綰好了髮髻，正坐在銅鏡前，等小滿為她簪頭飾。

「你已經給我外祖父他們拜過年了嗎？」她偏頭戴上羊脂玉耳墜，頭又歪向另一邊。
「嗯。」蕭卿塵道：「我是早上來的，連院子裡的翟嬤嬤都問過好了。」
「早上？」她驚訝道。「那你沒睡覺嗎？」
「睡了一會兒，天亮就急忙起來了。」蕭卿塵如實答道。「我作為未來女婿，總不能睡到日上三竿才來，不成體統。」
允棠有些訕訕的。「原來你是這麼講體統的人，那我才睡醒，現在去給魏國公拜年，是不是不太好？」
「妳不必想這些，即便日後成了親也是一樣，想多晚起都可以，沒人敢說妳半句。」
小滿聽了，都忍不住抿嘴笑起來。
「不說是不說。」允棠從奩盒裡挑出一個玉鐲，坦言道：「心裡還不得認為我們崔家人沒家教？」話音剛落，她自己也怔住了。
從什麼時候開始，竟能如此自然地與他談論起婚後生活了？
她抬手撥弄頭上的金鑲玉排簪，來掩飾發燙的臉頰。
這時，翟嬤嬤風風火火地進門。「姑娘，瑾王殿下來了，將軍讓喚妳過去。」
「瑾王殿下？」小滿疑惑地說：「他來做什麼？」
允棠笑笑，起身整理衣裳下襬。「還能做什麼？替妻女道歉，想方設法與我親近，接我去他府上住。」

「妳真要去他府上住？」蕭卿塵急道。「那母女倆一肚子壞水，妳去不是自討苦吃嗎？」

「我明知迷藥是楚家下的，可我若就這樣將此事報與祖父，很可能打幾板子就不了了之，我處心積慮，要的可不是這樣的結果。」見他不語，允棠又繼續道：「你不也是嗎？明知道太子被引到有瘟疫的村子，是有人故意為之，可你沒證據，就只能繼續蟄伏。我要的，是一擊必殺，不是撓癢癢。」

蕭卿塵的嘴張了又張，最終也沒再說什麼。

「你放心，事到如今，她們母女也不能把我怎麼樣了。你也不必去見他，就在這裡等我吧。」說完，允棠領著小滿出了門。

第二十三章

來到正廳，瑾王正在獨自飲茶，無一人作陪。

見到她的身影，瑾王急急起身，關切地問道：「睡得可好？昨晚有沒有著涼？」

「見過瑾王殿下。」允棠也不行禮，只是冷眼看著面前的人。

瑾王期盼的眼神逐漸被失落和沮喪代替，嘆了口氣道：「妳也不必總是疏遠我，我不過是想彌補妳，盡盡做父親的——」

允棠硬生生打斷他。「殿下來找我到底有何事？不妨直說。」

瑾王一瘸一拐地坐回去，猶豫片刻後說道：「慧兒她年紀小、不懂事，妳做姊姊的多擔待。」

允棠嗤笑出聲，點點頭。「我還以為你是來替她道歉的，原來是要我多擔待。我知道了，殿下請回吧。」說罷轉身便要走。

「允棠！」瑾王急忙喊住她。「我自然是來替她道歉的，她口不擇言，有錯在先。可妳若站在她的立場想，憑空出現——」

「笑話！我為何要站在她的立場想？」允棠轉頭逼問。「於我而言，你們又何嘗不是憑空出現的？有人站在我的立場想過嗎？」

瑾王啞然。

「事情變成今天這個樣子，難道不是你咎由自取嗎？」允棠厲聲詰問道。「你無非是想讓我和瑾王妃各退一步，好讓你過得不那麼辛苦。可善惡報應，禍福相承，身自當之，無誰代者，你早該知道有今天的！」

「妳說得對，都是我咎由自取。」瑾王悲從中來，言辭懇切地道：「可妳總要給我機會彌補，昨夜家宴上，我聽到別人那樣說妳……我、我心如刀割，我只是不想妳再受那樣的委屈。」

「你不過才聽過一句，就受不了了？可我已經聽過成千上萬句了，比這難聽的數不勝數。」允棠自嘲地笑笑。「況且我現在有祖父、祖母，有外祖父和崔家上下，他們都不會讓我受委屈，我實在不缺你一個。」

「允棠，我知錯了，我真的知錯了……」瑾王紅著眼眶。「妳母親說得對，我就是個懦夫，我該親自下去向她賠罪的……」

「行了，瑾王殿下，你若是真的想去死，就不會穿著新衣坐在這裡了。」允棠不為所動，眼神逐漸變得狠戾。「半年前瑾王妃將我捉去，言語辱罵不說，我離開汴京了還窮追不捨，燒了我的莊子，害死莊頭以及和我從小一起長大的貼身侍女！」說到這兒，她激動到雙手發抖，她暗暗握拳，強壓下情緒。「此事你若不給我個交代，就別來上演這種舐犢情深的戲碼了，我與你，沒什麼好說的！」

瑾王垂眸。「那妳希望我如何做？」

「你什麼時候才能明白，沒人要求你做任何事，明明是你自己貪心，想要更多，那便要付出相應的代價。話不多說了，你慢慢想，我還有事。」

說完，允棠便頭也不回地轉身離去。

小滿剛跟著出了門，就被懷叔攔住。

懷叔看著屋內痛苦抱頭的瑾王，面露難色。「這……這好歹是個皇子，主子們一個個都走了，就把他一個人晾在這兒，不好吧？」

小滿也回頭看看，哼了一聲。「晾著吧，活該！」

許是年歲大了，又日夜操勞，剛過了初五，官家就病倒了。

病去如抽絲，這一病便是十幾日，官家無法上朝，每日送來的摺子，不食不寢也看不完，逐漸堆積如山，只得由太子監國，代為處理。

原定正月十五元宵節登樓觀燈，與民同樂，也改為由太子代替。

去歲秋日，太子親自南下賑災捕蝗又對抗瘟疫的事蹟早已傳遍大街小巷，所以當太子站在宣德樓上揮手時，出現了一呼百應的盛況。

而這，自然是瑄王最不願意見的。

於是還沒等出正月，便屢屢傳出太子妃虐待下人、太子妃的哥哥無功卻平步青雲的流言。

這些流言，較真起來根本無從考證，可卻沒頭沒尾地在坊間流傳開來，屢禁不止。

彷彿不過十來日，百姓們便忘了太子事必躬親的功勞。

太子妃的哥哥為了避嫌，也為了自證清白，自請貶官，回到駐守了十幾年的官職上。

太子妃更是自罰抄書以正德行，每每與下人相對時都誠惶誠恐，不願再多發一言。

皇太孫見母親越發沈默寡言，心裡焦急卻無計可施。

蕭卿塵命人在城中各處擺上糖人攤子，上面插滿各種戲劇糖果，又將太子南下賑蝗災的事蹟編成幾首歌謠，教給孩子們傳唱下去。

「誰唱對了便有糖吃」的消息一出，頓時門庭若市。

不出三日，整個汴京城便都耳熟能詳，做工的雜役閒來無事，張嘴哼唱的都是太子的豐功偉績。

另一邊，瑾王四處招募幕僚，其中不乏一些手作大家。

又選了一日，將教坊樂妓請到家裡表演，哄得瑾王妃和新城縣主高興，而後在晚飯時，提起了允棠的要求。

席間瑾王妃只覺得心口堵得慌，無奈瑾王搬出官家，她不得不低頭應下來，等到晚上臨安置時，她越想越氣，最後怒不可遏，將頭上的金簪一把扯下，丟在桌上。

李嬤嬤正在試水溫，聽見「哐噹」一聲，嚇了一跳，扭頭見瑾王妃滿臉怒氣，忙過去安撫。

「非要我去崔府賠罪，這要是傳出去，我這老臉也別要了！」

李嬤嬤將簪子撿起來，仔細檢查沒磕壞，才放回妝奩裡收好。「王爺不是也說了，這事官家早就知道了，遲遲不發落，看來也是文安郡主的意思。」

「她天天在宮裡伺候，沒事吹吹耳邊風，我還不是那案板上的肉？想告就告去吧，我受著就是了！」

「王妃糊塗！」李嬤嬤拉了椅子過來，在她身前坐下，語重心長道：「她為何不發作？難道是她不氣嗎？當然不是。官家在乎的是她，可她安然無恙，就是燒再多的莊子、死再多的婢女，官家也不會動怒。若現在發作，不痛不癢，她這是攢著呢！」

瑾王妃一怔，又咬牙咒罵道：「我就看她不是省油的燈，小小年紀，心機這麼重，這長大還得了？」

「其實這事說小不小，說大也不大，咱們就一口咬定是個誤會，處罰幾個下人，賠些錢就把事情化了，她再想攢也是不能。原本我們要是突然上門，還顯得突兀，現在借坡下驢，不是正好？」

「妳的意思是讓我去一趟？」瑾王妃遲疑，想了想便賭氣地搖頭。「我可不去，這以後簡直無法見人了。」

李嬤嬤拖了椅子往前湊近，壓低聲音道：「王爺的腿，便是那崔老將軍下的手吧？」

瑾王妃點頭如搗蒜。

「王爺自己也說了，原本官家是打算將他貶作庶人的。崔老將軍這樣一動手，貶黜的事也就不會再提了。那崔老將軍是故意網開一面，放過咱們王爺嗎？」

瑾王妃愣了好一會兒，遲疑道：「他應該恨還來不及吧？畢竟糟蹋了他的女兒。」

「對啊，那為什麼這麼做呢？」見她答不上來，李嬤嬤道：「還不是顧及到文安郡主嗎？怕有個被貶黜的爹，她會抬不起頭來。與她羈絆越深，越會顧及；反之，您讓她恨得牙癢癢的，會是什麼下場？」

「這……」

「官家也自覺對她有愧，才會寵愛有加，破格給她那麼多封地。這麼一個大紅人，就連那瑄王殿下都紆尊降貴去討好，您真的要為了幾分薄面，甘願與她結下仇怨嗎？」

瑾王妃心亂如麻，絞著手指。「可……我若上門賠罪，她便能洩憤了嗎？」

李嬤嬤搖頭。「難，但是為了慧姐兒，總要試一試。您也該告訴慧姐兒，不要再與她正面衝突了，討不到好處的。」

「慧兒喜歡蕭卿塵，妳又不是不知道。」瑾王妃嘆氣。「從小她便要什麼有什麼，如今……這怕是難以釋懷。」

「慧姐兒還小，不過就是看小公爺有幾分顏色罷了，等長大些就會懂什麼樣的才算是良配了。」

瑾王妃點點頭，旋即又捂著胸口。「我這心頭，總像是堵著一塊，難受得緊。」

李嬤嬤抬頭替她撫了兩下。「大丈夫都能屈能伸呢，不過一時捨了臉面，總好過硬碰硬，若是最後什麼都剩不下，誰都能來踩咱們幾腳，那才真的沒臉了呢！」

瑾王妃一臉落寞，沒再說話。

李嬤嬤起身，將她頭上剩餘的髮飾一個個摘下。「另外，您也要有個心理準備，王爺年前收拾的那個院子，八成是給文安郡主留的。」

「什麼?!」

瑾王妃猛地回頭，李嬤嬤沒防備，扯到她的頭髮，她「嘶」了一聲，卻也再顧不上，忙問道：「妳是說，王爺要把她接回來住？」

李嬤嬤點點頭。「不是我說，您也太鈍了些，那外面早就傳遍了，文安郡主喜歡擺弄些小玩意兒，王爺找了那麼多手作大家，不就是為了討她歡心嗎？還有那院子，您什麼時候見王爺對內宅的事這麼上心過？」

「家裡有個林側妃，處處壓我一頭也就罷了，兩個兒子打完仗回來，天天在家裡晃，如今又來了個郡主。」瑾王妃忿忿道：「這日子，真是一點盼頭都沒有了！」忽又想到什麼似的。「我若是上門去賠罪，那大姊還不得氣死啊！」

李嬤嬤沒好氣地道：「瑄王妃自己還不是巴巴地給文安郡主送禮？王妃啊，日子都是過自己的，您還是想想如何應對文安郡主吧！」

瑾王妃一夜輾轉反側，次日天不亮，便同瑾王說願上門賠罪。

瑾王大喜過望，忙準備了些財物、禮品，去登崔府的門。

正如允棠所料，夫婦倆一唱一和，態度倒是放得頗低，胡亂找了藉口，又當場處置了兩個下人，最後雙手奉上萬兩銀子，以慰未亡人。

允棠喚來翟薛氏和茯苓母女兩個，將銀錢大半都給了她們，只留下一小部分用來修繕莊子，撫慰佃戶。

本就沒指望瑾王能真做出什麼大義滅親的事來，不過是住進去前的下馬威，因此面對瑾王妃口是心非的賠罪，允棠也就含糊地應下了。

幾人各懷心事，只有瑾王異常興奮，當即提出要允棠搬去小住，正中允棠下懷。

裝模作樣地推諉了幾次後，允棠勉為其難地應承下來。

待瑾王夫婦離開後，小滿噘起嘴。「姑娘，我們真要去瑾王府住嗎？」

「當然了。」允棠勾起嘴角。「不然怎麼替白露報仇呢？」

簡單收拾了點東西，允棠正看著之前給晁老夫人做木船時剩下的零件發呆，忽然被人從後面熊抱住。

「我捨不得妳！」崔南星抱著她搖晃。「不要走好不好？」

允棠無奈地道：「我又不是不回來了。」

「妳到那裡住一陣子，等郡主府收拾好了再搬到郡主府去，沒兩年妳就要出嫁了，我呢？我怎麼辦啊？」崔南星的雙手緊緊錮住她，耍賴道：「我不管，妳走了都沒人陪我玩了！」

「我只是晚上住在那裡，又沒說白天不能出來找妳。況且我還有事要妳幫我做呢，妳想躲清閒也沒那麼容易。」

聞言，崔南星才展顏，鬆開手，跳到她身前。「真的？」

「當然是真的了。」

崔南星又撥了撥小滿手裡的物件。「妳就帶這麼點東西去啊？」

「姑娘說了，咱們去，他們定是要一應俱全，什麼都挑上好的準備著，所以不用帶太多東西。」小滿得意地道。

崔南星齜牙。「是，妳們姑娘最厲害了！行了吧？」

主僕兩人慢吞吞的，不疾不徐地抱著團子出了門。

瑾王的車駕已經在外面候了小半日，也沒有半點不悅，見人就要從臺階上下來，有侍女忙上前將小滿手中的東西接過，畢恭畢敬地伺候兩人上車。

瑾王府距離崔府也不算遠，不到一盞茶的工夫就到了。

瑾王正在門口盤桓，忽聽見身邊小廝驚呼一聲「來了」，一抬頭，馬車已到了跟前，忙歡天喜地將人迎進門。

允棠不動聲色地掃視著，一路上所遇下人皆垂手而立，恭順地輕喚「郡主」，想必已是提前訓過的。

過了遊廊，來到正廳，屋內連主子帶僕人，坐著的、站著的，加起來足足有十幾個，聽到腳步聲齊齊朝門口看過來。

瑾王逐一介紹，瑾王妃和新城縣主她都認得，自然不必多說。

其中身著絳紫色梅花暗紋長褙子的淡然婦人，便是林側妃了，允棠在除夕宴上曾遠遠見過。雖略施粉黛，可在所有見過的一眾官宦家的夫人中，算是相貌普通的。

林側妃身後站著兩名公子，年紀與允棠相仿的是弘業，稍小些、雙目灼灼的是弘石，眉眼間都神似母親。

弘業常年隨軍，氣質硬朗，允棠見了十分親切，便微笑著頷首示意，弘業本板著臉，見狀先是一怔，隨後也不自然地笑了笑。

瑾王還有兩名妾室，高些、氣質清冷些的趙氏身邊無子女；矮些、一雙眼睛滴溜溜亂轉的喻氏，則伸手攬著一個十一、二歲的姑娘。

允棠看著這滿滿一屋子人，個個衣著華貴，心中蕩起一絲難以名狀的怒意。

母親啊，若是真的在天有靈，您便睜眼瞧瞧吧，這一個又一個兒女，便是他所謂的深情。

才站了沒一會兒，新城縣主便揉著鼻子打了好幾個噴嚏，允棠瞥過去，若有所思。

瑾王沒發覺她神色間的異常，喜道：「走，我帶妳去看看妳住的院子。」

瑾王跛著腳在前面帶路，過了穿堂，又進遊廊，允棠想起上次走在這裡時的狼狽模樣，一時間神色複雜。

忽然，懷裡的團子掙扎起來，她只得鬆手。就見團子朝院子中間奔過去，原來是那裡有兩隻金絲雀，正在石桌上的籠子裡歡叫。

見團子跳上石桌，伸出爪子去掏金絲雀，她忙喚了聲。

「無妨，牠喜歡便讓牠玩吧。」瑾王揮手招來一名侍女。「看住郡主的貓。」

又行了幾步，便到了瑾王為她準備的院子，這裡比崔府住的還要寬敞許多。

「這院子還未取名字，妳想好了叫人告訴林側妃便是，以後妳隨時都可以回來住。」瑾王指著候在門前的四名侍女。「梅香、蘭香、竹香、菊香，這四個都很機靈，就留在妳院子裡伺候。」

「殿下費心了。」允棠淡淡地道。

瑾王幾番欲言又止，勉強扯了扯嘴角。「那妳先休息，有什麼需要的再找我，或者找林側妃都可以。」

讓小滿送走瑾王後，她才仔細端詳起屋子來。寬大的描金楠木床上，鋪著柔軟的妃色緞面，床頭放著青白釉的孩兒枕，床裡疊放著各色嶄新的被褥。

這孩兒枕受文人雅士追捧，重金難求，是好東西沒錯，可惜她一直用不慣。

屏風外有一張大大的几案，几案後是一面牆的景泰藍書櫃，上面除了一些書籍，還有玉器跟瓷器點綴著。

篆式瓷爐裡燃著一種味道很甜的香，她還算喜歡，不過為了謹慎起見，還是讓小滿滅了送出去。

隔窗有侍女問：「郡主是不喜歡這種味道嗎？要不要換別的來？」

小滿答道：「郡主不喜香，屋內以後都不必再燃。」

「是。」

沒一會兒，又聽小滿喚道：「姑娘，林側妃來了。」

林側妃領著兩個兒子款款而來，輕笑道：「除夕那日便想跟郡主打招呼，一直沒機會，今日總算能說上話了。」

這種場面話，自從入宮以來沒少聽過，允棠笑笑沒說話。

「這院子王爺沒少花心思，那時候他腿傷還沒好，每日還是堅持來看雜役們修繕，這院子裡的每一株花，屋裡的每一件擺設，都是他親自挑選的。」林側妃的目光投向窗外的院子。「我說這些也沒別的意思，只是希望郡主能知道，王爺他在背後為您所做的事。」

聽起來像是一個感人的故事，可惜允棠內心一點波瀾也沒有。

世間從來就沒有做了就必須領情的道理。
她之所以沒有開口駁斥，只是因為現在還不清楚這位林側妃的立場。
瑾王不止一次表示，有事可以找林側妃，那麼就不難推斷，這個家是由林側妃操持，那瑾王妃這個正妃必然心中不服，兩人若是敵對的關係，沒準兒從林側妃口中能得到有用的消息。
弘石笑道：「母親，這些事還是以後再說吧，今日我先帶允棠姊姊四處轉轉。」
看得出他性子十分活潑，言語間叫得如此親暱，惹得允棠多看了好幾眼。
「是了，瞧我。」林側妃笑笑。「還有一事，我們府上，用飯都是每個院子各用各的，有年節了才會聚在一塊兒。可郡主一個人用也寂寞，不如以後都到我們院子裡用吧？」
允棠不假思索地說：「好，那就叨擾林側妃了。」
林側妃本以為要費一番口舌，誰知她竟一口應承下來，微怔之後又把兩個兒子拉到身前。「弘業雖木訥了些，但辦事還是妥當的，郡主有事盡可交給他去辦；弘石是個話癆，郡主若是覺得煩，直接訓斥便是，不必忍著。」
弘石抗議道：「我方才不過說了一句話！」
「好好好！」林側妃寵溺地笑笑。「那我就不多逗留了，你們兩個帶郡主逛逛，熟悉一下，晚飯前回來。」
「是，母親。」

目送林側妃出了門，弘石立即眉飛色舞地道：「允棠姊姊，我帶妳去那邊園子裡轉轉吧，前些日子，有人送來幾隻梅花鹿，可漂亮了！」

「好啊，煩勞二公子帶路。」

「哎呀，什麼二公子？姊姊還是喚我弘石吧！」

枯木逢春，枝椏間隱隱泛出綠色，桃花還未開。

一路上，弘石說個不停，時時逗得允棠發笑，而弘業只是亦步亦趨地跟在二人後面，也不作聲。

「出門前，母親還再三囑咐，跟姊姊說話時要注意分寸，我還以為姊姊是多不好相處的人呢！」弘石倒退著走在允棠身前，咧嘴笑道。

「你好好走路，小心摔著。」允棠裝作不經意地問道：「什麼樣的人，才算不好相處啊？」

「王妃和縣主那樣的！」

「弘石，不得放肆！」弘業忙開口喝斥。

弘石不服氣，腳下頓住。「我說錯了嗎？就因為那耀武揚威的王妃，還有那蠻橫無理的縣主，你我吃的苦頭還少嗎？」

允棠低頭笑了笑。果然如此，這樣的話，事情就好辦多了。

「噓！」弘業做出噤聲的動作。「有沒有聽到什麼聲音？」

眾人皆屏息去聽，果然隱約聽到似有女子在哭喊。

弘業皺眉。「走，過去看看！」

循著聲音來到一處空地，就見一隻巨大的無毛凶犬正在撕咬一名侍女，新城縣主領著婢女站在數十尺外，雙手環抱胸前，饒有興趣地看著，彷彿在看什麼精彩的表演。

「縣主饒命，饒命啊！」侍女一邊掙扎，一邊歇斯底里地哭喊著。

「住手！」弘業喝道。

新城縣主充耳不聞，翻了個白眼，哼了一聲。

弘業解下腰間長鞭，朝凶犬奮力一甩，「啪」的一聲，凶犬身上血痕立現，吃痛之下忙鬆口，齜著獠牙轉向他。

「你竟敢打我的狗?!」新城縣主尖聲叫道。「蕭弘業，你吃了熊心豹子膽了！」

侍女乘機匍匐著向前爬去，懷裡突然竄出一道黑影。

允棠定睛一看，不由得驚呼出聲。「團子！」

團子明顯受了驚嚇，竄出之後慌不擇路，尾巴上的毛高高炸起，允棠又喊了好幾聲，這才朝她跑過來。

允棠俯身抱起牠，一下下撫著牠的毛髮安撫，瞥見侍女的腿上血跡滲出，又把團子交到弘石手裡，低頭去查看侍女的傷口。

「妳竟縱容惡犬傷人！」弘業怒氣沖沖。「侍女也是人！」

新城縣主不以為然，抱臂囂張地道：「我又沒讓狗咬她，是她非要護著那隻畜牲的！誰讓那畜牲去掏我的金絲雀，掏得羽毛都掉了好幾根！」

那隻畜牲，指的自然是弘石懷裡瑟瑟發抖的團子。

允棠見侍女腿上傷口血肉翻飛，還不住地流出血來，忙道：「弘業，把侍女帶下去，盡快找大夫醫治；弘石，速向瑾王殿下稟明此事。」

弘石應了一聲，抱著貓跑開。

弘業將人扶起，腳下卻猶豫了。

「快去啊！」見侍女臉色漸白，允棠催促道。

弘業扭頭看了看新城縣主，不放心地道：「惡犬凶猛，郡主還是跟我一道走吧？」

「無妨，你放心去。」允棠斜睨新城縣主一眼。「我有話要對她說。」

侍女身子癱軟，弘業一把將人抱起，低聲說了句。「那郡主千萬小心。」之後便匆匆離去。

「哼！」新城縣主嗤笑。「妳以為找我父親告狀，我就會怕了妳？」又轉頭叫身邊的婢女。「去找我母親！」

婢女惶恐，忙點頭應下，不敢耽擱，提著裙裾一溜煙地跑走。

「妳真的從不讓我失望，」允棠緩緩向前走去。「還是一如既往的蠢。」

新城縣主聞言，目露凶光，眼睛不由自主地落在惡犬身上。

「我勸妳不要輕舉妄動。」允棠暗暗地摸了摸腰間那把蕭卿塵給她用來防身的匕首。

「若牠咬不死我，死的可就是妳了。」

新城縣主略一遲疑，見她快步來到身前，警戒地問道：「登堂入室住到我家裡來，妳到底要做什麼？」

「那還用問嗎？自然是要將妳和妳母親掃地出門了。」允棠湊近，譏笑道。「我要妳父親追封我母親為正妃，將她的牌位迎進門、入祠堂，受後世香火，等妳父親死了，再將兩人合葬。」

「妳想得美！」新城縣主咬牙切齒。「有我在，不會讓妳得逞的！」

「就憑妳？」允棠噗哧一下笑出聲來，又朝惡犬努了努嘴巴。「不然妳朝牠借點腦子吧！」

「妳——」新城縣主氣得呼呼直喘，惡狠狠地盯了她半晌，彷彿下定決心一般，怒道：「這是妳逼我的！」說罷喚了聲「癩痢」，將惡犬喚到身側。

允棠暗暗攥住匕首，挑釁似的問道：「想好了？」

新城縣主一怔，分明在她眼中看到了一絲狡黠。

聽到眾人凌亂的腳步聲，允棠提起裙襬朝聲音傳來的方向跑過去。

惡犬見狀，下意識地奮起直追，新城縣主心道不妙，忙大聲喚，可是已經來不及了。

瑾王拖著殘腿快步上前，一把抽出佩劍，用力一揮，竟將惡犬的脖頸砍斷！

頭顱滾到一邊，沒了頭顱的身子向前衝了兩、三尺，才栽倒在地上，血流了一地。

瑾王身後的女眷們見了，紛紛忍不住乾嘔起來。

「癲痫！」新城縣主驚呼著跑過去，看到滾至一邊的頭顱，不禁瞪大雙眼，不敢相信地叫喊。「父親！」

瑾王提著劍，額頭青筋暴起，怒喝道：「我就不該縱容妳養這惡犬！傷了侍女不說，如今還驚嚇到允棠！妳、妳知不知錯？」

「父親都未曾問過事情始末，便殺了我的狗！」新城縣主的呼吸逐漸濁重起來，氣道：「父親既然已經認定了是我的錯，我認不認又有什麼要緊？」

瑾王妃剛吐了些黃水，聞言撫著心口起身。「慧兒，好好同妳父親說話！」

「母親！」新城縣主聽到母親的聲音，眼淚似斷了線的珠子流下來。「妳快將這個毒婦從家裡趕出去！」

「放肆！」瑾王怒火中燒。

「母親，這個毒婦就是想把我們母女倆掃地出門，好把她死去的母親扶為正妃，進我們家祠堂！」新城縣主哭紅了眼，抽噎道：「妳快把她趕出去！」

瑾王妃知道其中曲折，女兒這些話明顯荒唐無比，遂無奈地嘆了口氣。「慧兒，休要胡說！」

「我沒……沒胡、胡說！」新城縣主哭得上氣不接下氣，呼吸急促，連聲音都斷斷續續的。

瑾王扭頭怒斥。「妳看看，這就是妳教出的好女兒！」

瑾王妃不敢出聲。

允棠站在一旁冷眼旁觀。

弘業從遠處跑來，看了看鬧劇主角，又湊到允棠身邊，輕聲問：「沒事吧？」

「沒事。人怎麼樣了？」

「血止住了，但要好生將養一陣子。」

允棠點點頭，伸手接過弘石手裡的團子，前進了些。

「妳給我到佛堂跪著去！沒我的命令不許起來！」瑾王喝道。

「我……不、不去！我又沒做錯，憑什麼罰……罰我？」新城縣主突然掐住自己的脖子，呼吸很困難的樣子，嘴巴一張一翕，好像溺水的魚，身子也難以維持平衡，慢慢地歪了下去。

「慧兒！」瑾王妃大驚失色，衝上前去抱住女兒。「妳怎麼了慧兒？」

「裝！每次罰她跪，她都裝病！」瑾王拂袖。「不要管她，抬也給我抬到佛堂去！」

允棠抱著團子向後退了幾步。

新城縣主的脾氣，光靠瑾王妃一個人是寵不出來的，只看她頤指氣使、直呼蕭弘業全名的樣子，便知不是頭一次了。

若沒有瑾王的默許，又怎會造成今日的局面？可說他寵溺女兒吧，女兒就倒在眼前，快要喘不過氣了，他竟也覺得是裝的。

掃視一周，其他人皆面面相覷。這母女倆平日作惡太多，此時沒人願意開這個口。最後還是林側妃看不下去。「慧姐兒可能是真的不舒服，要不先找大夫看看吧？若是真無大礙，再罰也不遲啊！」

瑾王妃抱著女兒忙點頭，一臉期盼地看著瑾王。

瑾王斜睨了一眼，臉上怒氣未消，甕聲甕氣道：「好，就找個大夫看看，她要是沒事，我非家法伺候不可！」

聞言，瑾王妃像得了大赦似的，喚了幾名下人連抬帶抱，把新城縣主弄走了。

林側妃用袖子掩住口鼻，擺手叫來幾名下人，示意他們把惡犬的屍體清理掉。

「允棠啊，嚇到沒有？」瑾王的語氣和緩了許多。「慧兒頑劣，我會好好教訓她的，今日的事定不會再發生了。」

允棠胡亂搪塞了幾句，目光卻被狗的屍體吸引住，她注意到狗身上有一些零星細碎的傷口，於是蹲下來細細凝視。

下人們見她如此動作，一時不敢搬動。

那傷口整齊，纖細如髮，要不是結了痂，估計很難發現，看著像是剃毛的時候留下的。

既然是故意剃了毛，便說明新城縣主對動物毛髮過敏的事，是有人知道的，可剛才大家的表現卻不是如此。

依著瑾王妃的性子，估計在她抱貓進門的那一刻便會叫嚷起來了，哪能任由團子出入院子呢？

剛才她故意湊到新城縣主身邊去，也是為了證實此事。

「郡主……」林側妃不解。「您在看什麼？」

「喔，沒什麼。」允棠起身。

下人們忙七手八腳地將屍體裝進袋子裡，留下一地血跡。

「王爺，您還是跟去看看吧。」林側妃道。

瑾王一思量，輕嘆口氣。「行，那妳好好照顧允棠。」說罷轉身離去。

趙氏、喻氏也跟著散了。

弘業及弘石畢恭畢敬地道：「父親慢走。」

目送瑾王走遠後，允棠問弘石。「你知道這狗是哪裡來的嗎？」

「是前些日子，瑾王妃帶縣主去瑄王府，好像是長寧郡主豢養了一群凶獸吧，縣主喜歡，便強行要來一隻。」弘石疑惑。「這狗有什麼不妥嗎？」

「來的時候就沒毛嗎？」

弘石答道：「自從送來就一直養在籠子裡，由專人看管著，我從未如今日這般近距離看過。不過牠的名字叫癩痢，應該是生病導致的毛髮全脫吧？」

允棠不禁腹誹：長寧郡主那麼討厭新城縣主，竟然還會送禮物？

她能猜到的，有兩種可能。

一是迫於父母親的壓力，不得不送，畢竟大人們面子上還是要過得去的；二是明知道新城縣主過敏，卻順水推舟，本意一定是想叫新城吃些苦頭。

這狗被剃了毛才送過來，如若不是因病脫毛，勢必過些日子便會再長出新的毛髮來，屆時……允棠瞳孔一震。

之前還擔心楚家姊妹的關係牢不可破，如今眼前這境況，可不是老天開眼嘛！

剛來第一天，便收穫頗豐啊！

撥雲見日，允棠的心情都跟著晴朗起來。「弘石，不是要帶我看梅花鹿嗎？」

弘石與弘業對視一眼，莞爾笑道：「對啊，梅花鹿。」

林側妃見幾個孩子的心情都沒受影響，也放下心來。「那你們繼續玩，我便先回去了。」

「林側妃，」允棠輕喚。「今日護住團子的那名侍女，叫什麼名字？」

林側妃看向身邊的孫嬤嬤。

孫嬤嬤忙欠身答道：「回郡主的話，她叫庭月，大約是兩、三年前買進府裡的。」

「把庭月給我吧，傷也讓她在我院子裡養。」

「是，郡主。」

晚飯時得知，新城縣主得了風疹，又起了桃花癬，好在已經脫離危險。

原定瑾王要到林側妃的院子跟允棠一起用飯的，結果大家翹首等了半晌，有人來傳話，說瑾王不過來了。

林側妃難掩落寞，但還是強顏歡笑道：「估計是見新城縣主病得可憐，便不忍走了。來，都餓壞了吧？快吃吧！」

弘石挾了塊魚肉給林側妃。「母親吃魚。」

「好，你也吃。」

弘業則不動聲色地把面前的盤子都朝允棠這邊挪了挪。

林側妃柔聲道：「郡主嚐嚐看，還吃得慣嗎？」

允棠象徵性地挾一口菜，旋即問道：「兩位公子的年紀都不大，便跟著出入沙場，側妃不擔心嗎？」

「唉，做母親的，別說上戰場，就連出趟遠門，心都放不下。」林側妃嘆氣。「可王爺說了，男兒郎，不拚點功名回來，如何抬得起頭來？」

「也可以讀書啊！參加科考，不也一樣能為國效力？」

「郡主有所不知，王爺對文官成見頗深，覺得他們是幫投鼠忌器又腐化無度的庸人，我不過一個婦道人家，不懂這些大道理，只能聽王爺的。」

允棠轉向兄弟倆。「那你們呢？喜歡隨軍出征嗎？」

弘石毫不猶豫地搖了搖頭。

弘業思索片刻後說：「也沒什麼喜歡不喜歡的，若是能得了軍功，為父親長臉，父親高興，母親便高興，皆大歡喜。」

允棠不禁皺眉，她研究當朝政治的時間也不短了，官家明顯重文輕武。

朝局安穩，官家想花更多的心思在民生上，這無可厚非。

可瑾王偏偏要逆其道而行，將言官痛斥得一無是處。該說他碧血丹心、滿腔赤誠呢，還是冥頑不靈、愚不可及呢？

她目光瞥向兄弟二人，弘業穩重，看上去還成熟些，弘石則明顯還是個孩子，不由得悵然道：「可兩位公子再怎麼說都是皇孫，累茵而坐，列鼎而食，不冒死爭功名，也會比很多詩禮簪纓家的公子要活得好。」

林側妃向她投去感激的目光，又有些無奈地道：「可我出身低微，他們背後沒有家族可依仗，我又不是正妃，說起來也不過是不得寵的庶子，他們不靠自己，又能靠誰呢？」

允棠不置可否。她心中波瀾迭起，卻又說無可說。

燭火搖曳，襯得林側妃臉上的哀色更重了。

細雨朦朧，允棠側頭繞過竹傘，去看門上寫著「瑾王府」三個字的大匾。

馬蹄聲得得，由遠及近，有人迎著雨跑過來，到了跟前又撣了撣衣裳。

「不是讓妳在裡面等嗎？」蕭卿塵從小滿手中接過竹傘。「怎麼在這兒站著？」

允棠扔抬頭望著，像是在自言自語，又像是在問他。「你說，普通百姓誰不希望能託生到帝王家？可又有誰知道，帝王家的米也不那麼好嚥呢！」

蕭卿塵毫不遲疑地說：「撐死總比餓死強。」

她先是一怔，垂眸想了一會兒，輕聲笑笑。「也是。」

「走吧，聖人還等著呢。」

今日是春分，後苑的桃花前幾日便開了，皇后便命人採了些，做成各式各樣的桃花菓子和佳釀，傳她和蕭卿塵一同進宮去品嚐。

一路上，蕭卿塵似有心事一般，不如往日健談，允棠的腦子也亂亂的，便沒去擾他。

兩人就這樣緘默良久，直到他伸出手來，攥住她的，力道比平時大很多。

她不明所以，抬眼去看他，只見他眉間無限淒涼。

究竟發生什麼事了？這句話她到底沒問出口，最後還是皇后給出了答案。

「卿塵啊，其實前些年我便想這麼做了，叫你來嚐嚐桃花酥，可惜不是你不在京中，就是我身子不濟，總也碰不到一起去，今日你能來，也算是了了我一個心願了。」

蕭卿塵盯著面前的桃花酥，睫毛微微顫動。

皇后拿起一塊，在手中相看，輕嘆道：「你母親生前最愛吃我宮裡的桃花酥，每次我知她要來，都會命人多多備著，好能帶回去一些，可她最後那年……冬日綿長，桃花開得晚，她竟沒等到……」說著，便紅了眼眶。

蕭卿塵喉頭哽住，強壓下情緒。「多謝聖人偏愛，我替母親謝過您了。」

原來如此。他母親喜歡桃花酥，又歿在春天，難怪他心情不好。

「你無論什麼時候想吃了，就到我這裡來。」皇后道。「眾人一起緬懷，總好過一個人傷心。」

蕭卿塵悶頭「嗯」了一聲。

允棠拿起桃花酥咬了一口，只覺得表皮酥脆，裹著桃花的餡料甜而不膩。

「沈夫人是個什麼樣的人啊？」

皇后沈吟了下。「她呀，可謂是位才女了，無數詩詞至今還在文人墨客間傳誦，又寫得一手好字，性子柔而不屈，強而不剛。忌日就在這幾天了吧？允棠，你們既然已經訂親，妳也該跟著去看看。」

「是，祖母。」

「對了，官家前幾日還說，等妳再進宮，看看什麼時候有空了，也去貴妃處瞧瞧。」

允棠不著痕跡地搪塞道：「孫女愚笨，這宮中規矩還未學全，去了恐怕唐突冒犯了貴妃，給祖母丟臉，還是日後再說吧。」

皇后哪能不懂她的意思？寵溺地笑笑。「也好。」

訾榮走近，低聲道：「娘娘，長公主殿下來了。」

皇后收起笑容，淡然道：「讓她進來吧。」

「還是我來得巧，有口福！」長公主搖著團扇，笑吟吟地進門。「給母親請安。」

蕭卿塵和允棠忙起身行禮。

「坐、坐，別因為我擾了大家的興致。」長公主拿了一塊菓子。「母親宮裡的桃花酥，味道可是一絕啊！」

皇后眉頭微蹙。「怎麼許久未見駙馬了？」

「他呀，」長公主在桌前坐下，團扇往桌上一擱。「他不是整日忙著修仙嗎？沒準兒躲在哪個道觀裡煉靈丹呢！」

「不回府上住？」

提到傷心處，長公主也沒心情吃菓子了。「這一、兩年回府的次數，一隻手都數得過來。」又看看兩個小的。「不說這些煩心事了！卿塵，我可得把你好好誇一誇，關於太子妃流言的事，你做得漂亮，該賞！」

蕭卿塵忙拱手。「長公主殿下言重了，職責所在，應該的。」

「雖是職責所在，還是要賞罰分明。」長公主道。「去年瘟疫之事，父親就該重重賞你的。」

蕭卿塵扭頭看了看允棠，嘴角揚起。「官家已經賞過了。」

長公主稍一思索。「這樣吧，年前我封地山上採出一塊玉石，我命人雕了濟公，改日送到你府上去。」

皇后的眉頭皺得更緊了。「妳和駙馬兩人的俸祿加起來也不及魏國公，怎麼還賞到沈家頭上了？」

「不過是當長輩的給小輩一些玩意兒，作不得數的。」長公主道。「我就這麼一個弟弟，心思還過於單純，你和弘易務必要護好他才是啊！」

「是。」

「說到太子……」皇后遲疑道：「聽說你們回程途中還曾遭到阻截？」

蕭卿塵點頭。「沒錯，我們雖做商人打扮，仍被一行死士追殺。我方因瘟疫死了幾個，其餘人又大病初癒，筋疲力竭，情況一度十分危急。」

雖然已經明知道結果，可皇后還是忍不住面露焦急之色。「然後呢？你們是怎麼脫身的？」

「後來，」蕭卿塵至今也十分困惑。「又來了一夥人，都著玄衣，遮面，幫我們脫了險，事後又神秘地退出去，完全不知道是何人所為。」

皇后撫著心口點頭。「菩薩保佑。」

允棠將目光停留在長公主臉上，若按前面說的，長公主十分心疼這個唯一的弟弟，那麼聽到蕭卿塵此時的敘述時，該是和皇后一樣的神情才是。

可長公主面上露出的似乎是……得意？

允棠藉著整理髮簪的動作又看了幾眼，自己確實沒看錯。

可長公主不是皇子，膝下又只有兩個女兒，爭權奪勢毫無意義。而且之前在獄中，瑄王妃的一舉一動，幾乎可以確定，是瑄王在越州使了手段，想讓太子有去無回。

那長公主又在得意什麼呢？

允棠輕啜了一口桃花飲，心中暗嘆：怕是最近事情想得太多，神經衰弱，所以看誰都像是別有用心吧？看來得好好休息幾天才是。

長公主又問道：「誆騙太子去到有瘟疫村子的孩子，可處置了嗎？」

蕭卿塵一愣，悄悄與允棠對視一眼。

允棠瞬間明白了他的心思——太子是被人故意騙去的這件事，並未大肆對外宣揚過，畢竟茲事體大。

蕭卿塵很快回道：「並未處置。那孩子還小，不過是受人誘騙，且又在瘟疫中失了祖父和弟弟，已經很可憐了。」

「即便如此，也該杖責，免得有人仿效啊！」長公主忿忿地道。「父親就是心太軟了，對有些不知尊卑，妄圖僭越的奸臣，就該嚴懲，以儆效尤的！」

在當今這個太平盛世，「奸臣」這個讓人膽戰心驚的詞，已經好久沒聽到過了。

而「僭越」這個詞，不知道為什麼，竟讓允棠想到瑄王。

「那些朝堂上的事，就讓他們男人去想。」皇后雙手交握在胸前，不悅地道：「妳知道的，妳父親一向不喜妳過問太多。」

「哪是男人和女人的事？」長公主悻悻地道：「與遼國結盟的事，不是還問了允棠的想法嗎？父親不過是不喜歡我罷了！」

皇后沈下臉來。「當著小輩的面，口出善妒怨懟之言，妳覺得妥當嗎？」

長公主見狀，慌忙起身，頷首道：「女兒失言了，女兒知錯。」

「馬上就是清明了，這些日子妳也別出門了，回去抄寫《大正藏》，留待祭祀時用。」

長公主領了罰，直到退出去，皇后再沒抬過眼。

有陽光順著窗縫斜斜地灑了進來，解嬤嬤輕聲道：「娘娘，雨停了，要不要去後苑走走？桃花開得可好看了。」

皇后擺擺手。「不去了，我乏了，你們兩個小的去轉轉吧。」

第二十四章

春雨過後，視野中的一草一木似乎都明亮了幾分，潮濕的空氣裡除了泥土的味道，還夾雜著一絲桃花香。

允棠近乎貪婪地吸了一大口，頓時覺得心曠神怡。

見蕭卿塵還在盯著桃花發呆，她湊過去，摘了一朵簪在頭上，若無其事地道：「我都沒見過我的母親。」

蕭卿塵聽了，心頭一緊，轉過頭去看她，歉疚地道：「對不起。」

允棠一怔。「為什麼要道歉？」

「我只顧自己，沒考慮妳的感受。」

她忙擺手。「不要緊啊！思念母親是人之常情，你不需要跟任何人道歉。」

「我只是……」蕭卿塵有些無所適從。「只是……」

「覺得很憤怒？」她用指腹從花瓣上接下一滴雨水。「她那麼好的一個人，為什麼偏偏活不長，反倒很多壞事做盡的人，都在安享天倫？」

蕭卿塵咬牙，用力點點頭。

「人間是地獄，好人刑期短。」允棠將指間的雨水彈開，轉過身道。不過剛說完，她又覺得似乎哪裡不對，若按這個說法，自己明明已經掛了，為什麼又加刑了？

蕭卿塵一臉認真，若有所思地點頭道：「我倒是第一次聽到這樣的說法。」

允棠努力壓平嘴角，管他呢，能安慰到他就行了。

蕭卿塵又開口問道：「妳怎麼想？」

允棠知道他指的是剛才長公主說的話，遲疑地抿了抿嘴，搖頭道：「不好說。你先跟我說說，關於長公主殿下的事。」

「她是官家的長女，自小也算是集萬千寵愛於一身的吧，據說在她幼時，官家還特地請了太子太師來為她講學，為此言官還曾鬧得不可開交，禮部尚書嚴淞嚴大人甚至一度氣得要辭官。」

允棠疑惑地問：「可她剛說祖父不喜歡她，可是發生什麼事了嗎？」

蕭卿塵道：「聖人穩坐中宮，親弟又為儲君，長公主殿下失寵，只能是她自己的原因。」

「她自己的原因……」允棠默默地重複道。「祖母說，祖父一向不喜歡她過問太多，難道，她妄議政事？」

「很有可能，畢竟承自名師，又著述等身，太子殿下初入主東宮之時，面對諸多繁雜事物皆一籌莫展，還是長公主殿下言傳身教，事事替他拿主意，這才勉強過關。後來被官家發現，重重斥責了姊弟兩個，之後便刻意讓長公主殿下淡出，不能再接觸朝政。」

允棠不由得仰天長嘆。誰說女子不如男？可再優秀，在這個時代生為女兒身，也是注定與社稷無緣的。

說來也是天意弄人，本朝歷來立長，可偏偏太子卻是眾多皇子、公主中最平庸的一個。好在皇太孫才思敏捷，也算是給了官家一點安慰吧！

「上次我們試探楚翰學，他們可能有所察覺了。」

「哦？」允棠來了興趣，嗤笑出聲。「也是夠遲鈍的。」

「昨日派去越州的探子回來了，說官府在城郊發現數具屍體，皆是被利刃割喉，看身量與追殺我們的死士相符，甚至有些傷痕也對得上。事情過去這麼久了才滅口，我能想到的原因，只能是被驚動了。」

見蕭卿塵一臉嚴肅地行至樹下，允棠玩心大起，一把扯住桃花枝幹用力一抖，無數雨滴盡數順勢而下，她則開懷地大笑起來。

蕭卿塵傻傻地站在原處，躲也不躲，任憑雨水淋濕衣衫，頭上玉冠還被桃花沾染。

她忍不住調侃道：「你傻嗎？不知道躲啊？」

「早知道這樣便能讓妳開心，方才我就不撐傘了。」他眉眼含笑。「看得出妳的心情比來時好多了。」

「只是覺得未來變得可期了吧。」她莞爾道。「你呢？好些了嗎？」

「嗯……」蕭卿塵勾了勾嘴角。「我可能還需要一個擁抱來安慰一下。」

允棠白了他一眼。「你想得美！」

兩人又在園子裡逛了好一會兒，才依依不捨地折返。

「我先送妳回去吧？」蕭卿塵道。

「不必了，我看祖母也鬱鬱寡歡的，今夜我還是住在她那兒吧。」

蕭卿塵點點頭。「也好。」想了想又補充道：「聖人真的是很好的人。」

行至仁明殿前時，已是日暮西山，遠遠地見到殿門前，瑄王負手而立，影子被拉得老長。

允棠稍一思量，扭頭道：「你去吧，我同他說幾句話。」

蕭卿塵望了望遠處的身影。「好，我去找皇太孫議事，明日午後來尋妳，我們一起出宮。」

目送他離開後，允棠理了理思緒，深吸了一口氣，這才昂首迎上去。

「我聽說郡主也進了宮，便知道在此處能等到郡主，」瑄王哈哈大笑。「果然！」

「殿下是在等我？」允棠故作驚訝。

瑄王點頭。「這是自然！我有好消息要告訴郡主。」

「哦？願聞其詳。」

瑄王左右看看，又屏退了下人，這才神秘兮兮地開口。「其實郡主不說，我也知道，郡主為母親蹊蹺離世一事，始終耿耿於懷。」見允棠倏地抬眸，又忙道：「郡主莫慌，上次弒母案雖然太子來插了一腳，可父親還是誇讚我事必躬親。既然郡主幫了我這麼多，禮尚往來，我也應當為郡主盡心盡力才是。」

允棠遲疑道：「殿下的意思是？」

「其實當年聽說永平郡主跌落懸崖時，我是怎麼也不願相信的。」瑄王煞有介事地道：「那條路，永平郡主跟著崔家軍出征，走了無數次，怎會突發意外？於是我便留意查證了一番。」

允棠覺得自己渾身的肌肉筋骨都緊繃起來。

「當年魏國公沈聿風的得力副將晏博，事發時正帶兵在蘭考縣休整，那蘭考縣，可就在大堯山附近啊！」瑄王意味深長地說。

允棠後背一僵。

沈聿風三次勤王救駕，與官家的關係也非比尋常。蕭卿塵自小便跟著皇太孫，沈家明顯是太子的擁護者。

瑄王的意思，再明顯不過了。

可蕭卿塵剛說瑄王已經有所察覺，在這個當口，瑄王跑來說了這麼個消息，動機實在令人懷疑。

看來她與瑄王，不約而同選擇了相同的對敵策略——離間計，試圖從敵人內部瓦解。

儘管瑄王用心昭然若揭，可她心底還是隱隱升起一絲異樣。

見她沈思不語，瑄王又道：「郡主已經同蕭小公爺訂親，要我說，這件事還是儘早查清的好，免得——」後面的話，瑄王沒明說，留給她自己去想。這時，有細碎的腳步聲從殿內傳來，瑄王忙道：「天色已經晚了，我得走了。郡主好好想一想，有用得著我的地方，儘管開口。」說罷，匆匆離去。

解嬤嬤跨了門檻出來，瞥了眼瑄王的背影，朝允棠笑道：「娘娘就知道郡主今日會留下，晚膳都已經備下了。」

允棠忙跟著進門。「祖母的心情可好些了？」

解嬤嬤嘆氣。「官家的身子總是不好，娘娘也鬱鬱寡歡的，近日裡總是想起些故人，暗自傷懷，我們勸了都沒用，還得是郡主您去。」

「我知道了。」

新城縣主的病足足躺了七、八天才好。

見女兒病懨懨的樣子，瑾王也沒了當日的氣勢，又是端水、又是餵藥，仍是被折騰得瘦了一大圈。

重新得父親的寵愛，新城縣主不免又得意起來，趁著瑾王出去給她買吃的，拉上瑾王妃便朝允棠的院子走去。

到了院子門口，瑾王妃說什麼也不肯進去，無奈地道：「我的小祖宗，妳就不能消停幾天嗎？」

「母親，妳怕她做什麼？妳是父親的正妃，這個家妳說了算！我們現在就把她的東西都扔出去，再找侍女傳個話，讓她以後都不必再回來了！」新城縣主忿然作色。「妳不去是吧？那我自己去！」說著便作勢要衝進去。

「看縣主神采奕奕的樣子，想來是無大礙了。」允棠的聲音從身後傳來。

瑾王妃一驚，回頭見允棠領著小滿徐徐走近，忙扯住女兒的袖子，將女兒拉回。

新城縣主拂袖，氣道：「妳拉我做什麼！」

「大夫怎麼說？風疹？桃花癬？」允棠看向瑾王妃。「王妃對縣主突發的病症，好像不是很關心啊！」

「妳又胡說什麼！」新城縣主怒道。「想離間我們母女？也太瞧得起妳自己了！」

瑾王妃則一臉警覺。「妳這話是什麼意思？」

允棠眯起眼睛，堵住一隻耳朵道：「不然讓縣主去別處玩會兒呢？太聒噪了些。」

「妳——」

「慧兒，妳先回去，我與郡主有話說。」瑾王妃道。

新城縣主聲嘶力竭地喊：「母親！妳切不可上這毒婦的當！」

「慧兒！」瑾王妃皺起眉頭，大喝一聲，旋即語氣又軟下來。「聽話。」

新城縣主拗不過，哼了一聲，拂袖而去。

「王妃是聰明人。」允棠做了個「請」的手勢。「進來喝杯茶吧。」

竹香奉上剛烹好的熱茶。

瑾王妃四處瞥了幾眼，整個院子都是瑾王和林側妃張羅的，之前未曾有機會窺探其中，還以為鼎鐺玉石呢，看來也不過如此。

允棠端起茶盞，輕吹了兩口，不經意地問道：「往年柳絮飄揚之時，縣主可有什麼不適？」

瑾王妃雖狐疑，可事關唯一的女兒，還是認真作答。「並無不適。」

「那在這條惡犬之前，可養過其他貓狗等帶毛髮的動物？」

「不曾。」瑾王妃半信半疑道：「妳的意思是……」

允棠並不打算作答，啜了口茶，繼續問道：「那條惡犬，是瑄王妃送的，還是長寧郡主送的？」

瑾王妃被她說得雲裡霧裡。「這又有什麼不同？她們是——」

允棠冷冷打斷她。「當然不同！若是長寧郡主送的，可以當作是孩子之間一個惡劣的玩笑，可若是瑄王妃送的，性質便不同了。」

「妳是說……慧兒的病症是我大姊造成的？」瑾王妃倏地起身，同時提高音調。「慧兒說得對，我根本不該聽妳胡言亂語！」

「我只是在跟妳陳述一件事實。縣主這次的病症，是由我的貓引起的，我已經命人將貓送回崔府了，王妃可以放心。」允棠緩緩抬眸。「但是，瑄王府來的那條惡犬，並不是天生無毛，而是有人故意將毛髮剃去。」

瑾王妃腳下頓住。

允棠放下茶盞起身，一字一句道：「若那惡犬不死，不消多日，毛髮便會重新長出，屆時，再有需要帶犬參加的活動，縣主必死無疑！」

瑾王妃身形一震，慢慢轉過身來，聲音顫抖。「妳是說，我大姊和蓉姐兒之中，有人要殺我的慧兒？」

允棠深知「不積跬步，無以至千里」的道理，並未急著有再多的解釋。

瑾王妃深吸一口氣，強壓憤懣。「郡主費心了，我與瑄王妃是打一個娘胎裡出來的親姊妹，我懷疑誰，也不會懷疑到我大姊頭上。」

「我不過是提個醒，至於論斷，自然要妳自己來做。」允棠向前幾步，目光灼灼。「禍不及子女，就算我與妳積怨再深，也從未想過要用縣主的命來抵。」

瑾王妃眼皮一跳，這還是她第一次正面承認兩人之間的仇怨。

可自己已經上門賠過罪了呀，她也肯來府上，在一個屋簷下同住了，果然還是難消心頭之恨嗎？不知為何，她這最後一句話，瑾王妃竟是願意相信的。

「妳大姊眼裡只有楚翰學那個弟弟，妳不過是個隨時可以捨棄的棋子罷了。」允棠雲淡風輕地說道：「人生建議，不要讓她在妳和楚翰學之間選擇，不然妳會死得很慘。」

瑾王妃只覺得胸口憋悶，卻想不出任何話來反駁她。

允棠來到瑾王妃面前，探頭輕聲道：「就算我不想與妳有牽連，如今也是一條繩子上的螞蚱了。所以，眼睛放亮些，不要因為妳的愚蠢害死了妳的女兒，更害死整個瑾王府。」

她的呢喃軟語酥軟無比，可瑾王妃只覺得頭皮發麻。

「行了，言盡於此。我取些東西，一會兒還要出門去，就不留王妃了，妳請自便吧。」允棠理了理袖子，頷首道：「不送。」

話音剛落，瑾王妃便逃也似的衝出門去。

砰！瑄王的拳頭砸在案上，怒不可遏。「豈有此理！」

堂下立著的幕僚皆縮了縮脖子。

皇甫丘繼續道：「還有，商丘知縣姚鎮和夫人遊園落水，雙雙不治，前腳剛嚥氣，後腳開封府就去了，說辭都是一樣的，說是太子剛推行的新制度，凡是父母早亡，留下遺孤無法保管財產時，由官府負責將財產先收去，等遺孤長大成人再重新發放回來。」

這皇甫丘之前被官家委任三司使，屁股還沒坐熱，就被言官們擼了下來，改出任瀛洲知州。瑄王花了好一番氣力，才把他調回京師來，剛好除夕家宴上劉迎被貶，空出監察御史一職，皇甫丘便頂了上去。

瑄王沒好氣地道：「你就不能想想辦法？就這樣任由他們壓我們一頭嗎？」

皇甫丘面露難色。「他們秉公辦事，還拿著太子殿下的手諭，這……這實在也挑不出錯處啊！況且來的還是開封府的人，就算我說這錢財來路存疑，也是歸他們管。」

不怪瑄王這麼生氣，之前這個主意，還是任御史中丞時的皇甫丘提的。

他說很多官員都有灰色收入，從上至下幾乎都是睜一隻眼、閉一隻眼，大家都不乾淨，就無所謂誰揭發誰了。

可若是官員意外身亡，即便是夫人還在，只要領上一群人去查抄，沒有敢張口駁斥的，這筆錢就順理成章進了瑄王的口袋。

有膽小的，去一次也搜不到幾個錢；可也有貪得無厭的，不但家中院子裡埋著銀錢無數，各種奇珍異寶也是屢見不鮮，成沓的房契、地契用麻袋裝都裝不完。

起先瑄王還於心不忍，從孤兒寡母手中搶錢，無論怎麼想，也算不得仁義之舉。還是瑄王妃從中說和，說這筆錢本就屬於朝廷，根本不是個人財物，沒治他們個貪污罪已算是網開一面了。

如果說一開始還有所收斂，嘗到甜頭之後便是肆無忌憚。有了這筆收入，瑄王擴充實力自然不在話下。

可現在，到嘴的肥肉，硬生生被人搶去，叫人如何不惱怒？

「太子這是存心跟我作對！」瑄王怒火中燒。「他已經在監國了，我事事配合，還想怎麼樣？如今竟斷我財路！」

皇甫丘搓了搓手，道：「倒也沒說是殿下的事，只說怕旁親侵奪、族人私占……」

「廢話！」瑄王怒喝。「你還等他手指戳到我臉上嗎？」

幕僚中有位翩翩公子，名叫彭玉的，沈吟片刻後問道：「殿下最近可有得罪什麼人？」

瑄王疑惑道：「為什麼這麼問？」

彭玉說：「太子平庸，平日官家交給他的事，他都只能勉強完成，如今監國，更是政事紛亂，且與遼國結盟的日子臨近，該無暇顧及到這麼細微的事才對，除非……」

「除非有人故意跟太子告發我。」瑄王蹙眉。

彭玉點點頭。

瑄王起身，踱了幾步，又倏地頓住。「我跟文安郡主說了晏博當年駐紮蘭考縣的事，會不會郡主去找沈家對峙，沈家順藤摸瓜，知曉是我告訴郡主的，於是才搞這些小動作？」

彭玉道：「也不是沒這個可能。」

皇甫丘低頭嘟囔了句什麼。

瑄王聽不真切，皺眉道：「皇甫，你說什麼？」

「我說，開封府的人議論著，說這個主意好像是文安郡主出的。」

「什麼？」瑄王瞪大雙眼。「你可聽真切了？」

皇甫丘撇撇嘴。「若是聽不真切，也不敢講與殿下聽啊！」

瑄王像沒頭蒼蠅似的，左右亂踱了幾步，又在原處氣呼呼地立了許久，最後竟扶額笑了起來。

彭玉見狀，不由得開口喚道：「殿下……」

「呵，我還真是小看她了。」瑄王不住地點頭笑著，眼神卻變得狠戾。「好啊，好！」只有皇甫丘還在狀況外。「殿下與郡主不是盟友嗎？」

「盟友？」瑄王反問道：「我與她結的是什麼盟？」

「可之前幾件事，郡主不是還助益頗深嗎？官家誇了殿下好幾次呢！」

瑄王苦笑著，重新坐下來。「我那時太急功近利了，是得了父親幾次誇獎沒錯，可事實呢，不痛不癢，易儲的心思，父親是一丁點也沒動過。反觀文安郡主，倒是想要的全都得到了。」

「殿下的意思，可是郡主利用了──」皇甫丘的話剛說一半，便被瑄王想要殺人的眼神瞪得住了口。

「其實從王妃告訴我，是內弟給崔清珞下了迷藥開始，我就不該與虎謀皮的。」瑄王的神色陰晴不定。「沒想到一個剛及笄的丫頭，心機竟然這麼重。只是殺母仇人還未找到，便急著投靠太子，未免也太草率了些。」

彭玉輕哼。「年紀小，心機再重，畢竟看不長遠。」

另一名幕僚黎邦則道：「難道殿下認為，太子與當年的事脫不了干係？」

瑄王避而不答，轉頭向角落裡一直沈默不語的玄袍男子問道：「阿九，越州那夥壞事的人，還沒找到嗎？」

阿九只是「嗯」了一聲。

瑄王自嘲地笑笑，眉間似有哀色。「父親該是有多心疼太子啊，南下賑災，也要讓暗衛跟著。」

「殿下是說，那些人是暗衛？」皇甫丘驚詫道。

「不然呢？眼看就要得手了，卻半路殺出個程咬金。」瑄王譏笑道：「我這位皇兄，看上去人畜無害、傻裡傻氣的，其實暗招多著呢！不然，秉鈺好端端的怎麼會戰死呢？」

珩王？皇甫丘的嘴巴張了又張，最後什麼也沒說出來，只是吞了吞口水。

「太子身邊那些人，都不是普通人。」阿九一張口，嗓音粗啞，喉間似有什麼東西在摩擦。「瘟疫廢了他們，不然就憑那幾個廢物，根本近不了太子的身。」

瑄王沈默須臾。「阿九，你說當日你與蕭卿塵交過手，他身手了得，可當真？」

「千真萬確。」

瑄王不再開口。

黎邦問道：「那殿下準備如何對付郡主？」

彭玉沈吟道：「郡主不在朝堂，又正得盛寵，想要讓她吃虧，難。」

瑄王嗤笑一聲。「女人家的事，就讓王妃去辦吧，不用你們操心了。」

春風料峭，乍暖還寒。

蕭卿塵藉著要看團子的由頭，死皮賴臉地跟允棠回了崔府，此時正坐在高背椅裡，抱著團子喝茶。

他見允棠專注，猶豫半晌後，才試探著開口問道：「明日，妳真要跟我去拜祭母親啊？」

「對啊！」允棠正在長案前打磨竹料，頭也不抬地問：「怎麼？不想讓我去？」

「怎麼會！」蕭卿塵一激動，音調拔了老高，見團子嚇了個激靈，忙在牠頭上撫了兩下。「我高興還來不及呢，只是……只是，按理我應先跟妳去拜祭永平郡主的。」

「她早已不是郡主了，還是不要這麼稱呼了吧。」允棠對著手裡的物件吹了兩下，歪頭想了一會兒。「想來，我還只去她的墳前看過一次。舅舅說，已經在祠堂為她立了牌位，我也沒去看過。我是想著，總得等到為她昭雪的那天，我才有臉見她啊，不然去了我都不知道說什麼好。」

「其實，」蕭卿塵在團子頭上胡亂抓著。「去讓她看看妳也好啊。」

允棠輕笑一聲，仰臉道：「不是說故去的人都在天上看著我們嗎？那便是時時都能看到我，又何必拘泥於形式呢？」

蕭卿塵啞然。她總有些稀奇古怪的理論，堵得他說不出話來。更可氣的是，細品之下，他竟還總覺得她的話甚有道理。

「允棠！」

一道女聲猝不及防地劈了進來，接著便是凌亂的腳步聲。簾櫳一挑，就見崔南星氣喘吁吁地闖了進來。

「幹麼這麼火燒火燎的？」允棠嗔怪一聲，繼續打磨手裡的竹料。

崔南星端起案上的茶盞，將裡面半冷的茶湯一飲而盡，隨後一抹嘴，搶下她手裡的東西，急道：「別弄了，出大事了！」

允棠對這妮子大驚小怪的模樣已經見怪不怪了，面無表情地問道：「是嗎？什麼大事？」

「萬起將軍，找到了！」

幾人匆匆來到正堂，堂內長輩們已經聚齊，加上堂下垂手而立的梁奪和另一名陌生的中年武將，眾人皆斂容屏氣，一言不發。

隱隱的有種不祥的預感，允棠急急朝陌生武將喚道：「萬起將軍？」

陌生武將忙上前一步，拱手道：「宣節校尉常嗣，參見郡主。」

「常校尉……」允棠不死心，轉頭詢問。「舅舅，萬起將軍現在何處？」

梁奪抬眼瞥向崔奇風，見崔奇風長嘆一口氣，點了點頭，梁奪這才悶聲答道：「郡主，萬起已經死了，而且死了好多年了。」

蕭卿塵當然知道這對允棠來說意味著什麼，忍不住扭頭去看她。

同樣對允棠面露憂色的還有崔南星。

允棠抿了抿嘴唇，似是在隱忍。「到底是什麼時候死的？可知道具體時間嗎？」

常嗣道：「是建安十七年秋。」

「十七年?!」崔奇風與崔南星齊齊驚呼。

崔奇風茫然地道：「不對啊，允棠出生是二十二年，那萬起救她也應是二十二年，你會不會是記錯了啊？」

常嗣搖頭，篤定道：「絕不會錯。那年末將剛滿二十，在歸德郎將季方麾下，第一次上戰場，承蒙萬兄諸多照顧，本說好凱旋之後，要帶他回家，吃我老母親做的羊肉包子，萬兄還開玩笑，說若是他回不來，叫我帶些包子去他墳前，他聞聞味道也好……誰知竟一語成讖。」說到後來，不禁唏噓。

一旁的翟嬷嬷突然問道：「那常校尉可還記得萬起小將軍的模樣嗎？」

「自然是記得的。」常嗣回憶道：「萬兄身高八尺，孔武有力，臉型方正，濃眉大眼……」

沒等說完，翟嬷嬷便搖頭道：「絕不是同一個人。」

崔奇風撫著剛長出來的鬍渣道：「難道，是有人冒用了萬起的名字？」

崔奉沈聲道：「受命去追殺一對母女，見孩子尚在襁褓而不忍下手，此事若被上頭知道，必是死罪，因此冒用別人名字也是有的。」

允棠突然靈光一現。「常校尉，你可知有誰跟萬起將軍交好？」

「交好？」常嗣略一遲疑。「這……萬兒為人熱情，對弟兄們都很好。」

崔南星瞬間明白允棠的意思，恍然大悟道：「沒錯，在被翟嬤嬤問起名字的時候，腦海中第一個浮現出的就是萬起將軍的名字，那麼，說明萬起將軍對這個人意義非凡啊！」

「意義非凡……」常嗣默默重複著，倏地抬眸。「對了，一定是他！伍巡！」

允棠驚喜上前。「這位伍將軍，長什麼樣子？」

「那年他應該才十八吧，瘦瘦的，身高……約有七尺？皮膚白皙，是單眼皮，眼角這樣微微上翹，」常嗣用手在眼角比劃著。「常有人說他弱柳扶風的樣子像小娘子。萬兒去世前一天，因為救他中了一箭，那夜，他抱著萬兒的屍體哭得死去活來，後來，便沒了蹤影。」

「對對對，是單眼皮沒錯！」翟嬤嬤無比激動。「我見他時，他大概有七尺半，許是個頭又長了些？」

「那，沒了蹤影是什麼意思？」蕭卿塵問道。

「那次回京之後，就再也沒見過他。有人說他病了，解甲歸田，也有人說他去給人當了私軍，反正都是閒聊，許是胡編亂造，作不得數的。」

「私軍……」允棠疑惑地說：「我朝應該是不允許私軍存在啊！」

常校尉笑道：「郡主有所不知，此私軍非彼私軍。現在高門大戶都會養一些曾在軍隊裡待過的打手，有的是給自家人做護衛，有的則是看田、護莊，總之就是傭兵，主人家讓做什麼就做什麼，俸祿要比國家募兵給的多好幾倍，也沒沙場上那麼危險。」

崔奇風點頭，補充道：「私軍是為人所不齒的，畢竟行徑像看家狗一樣，但凡有點志氣的兒郎，都不會為了幾斗米折腰。」

允棠陷入沈思。

如此說來，瑾王妃派去燒莊、殺人的，應該就是私軍了。

可他們個個都以燒殺擄掠為樂，對佃農們，甚至對孩子下手，眼睛都不眨一下。

若這位恩人將軍真的淪落至此，也一定是有苦衷的。

「這私軍可不好查啊……」崔奉搖頭道。「私軍到了府裡，就跟買來的奴婢一樣，主人隨心思更改名字，沒人在乎你來之前姓甚名誰，死了也是扔在亂葬崗，無聲無息的。」

此言一出，眾人皆沈默下來。

窗邊攀掛的白色木香花隨風搖曳，沙沙作響。

允棠轉向蕭卿塵，沒頭沒腦地問道：「若是有人在沙場捨命救下你，他又不幸戰死，你最想做的事，會是什麼？」

蕭卿塵沈吟片刻後，道：「我會用餘生來照顧他的家人。」

「對啊！」崔南星拍掌驚呼。「他去給人做私軍，定是要賺很多很多的錢，留給萬起將軍的家人！」

崔奇風也樂道：「想找萬起的家人，應該不是難事，我這就去辦！」說罷起身便向外走。

見梁奪和常嗣也欲跟隨，允棠頷首道：「多謝常校尉跑這一趟了。」

常嗣忙拱手。「郡主哪裡的話？萬兄曾跟我們講過，有一次魯莽，犯了軍規，差點就被郎將拉出去打死，還是尚年幼的永平郡主張口為他求的情。伍巡能用萬兄的名字救下郡主，想必萬兄九泉之下也會高興的。我一會兒就帶上好酒，去看看萬兄。」

「允棠，妳安心跟卿塵去祭拜沈夫人，等我的好消息。」崔奇風一擺手，大步流星地領著二人出了門。

「太好了！」崔南星抱著允棠直跳腳。「總算有希望了！」

允棠任由對方扯著自己，眼眶一熱，點頭道：「是啊，太好了。」

見兩個孩子喜極而泣，崔奉默默地退出門去。

不讓下人跟著，崔奉打馬來到城東南的崔家家廟，將馬拴在烏頭門外，沿著青色磚石鋪成的司馬道，一步一步走向祠堂。

祠堂內高臺上擺滿了密密麻麻、層層疊疊的烏木牌位，每個牌位前都有燭火搖曳，明亮宛如星海。堂內正中是一座巨大的蟬紋立耳青銅方鼎，其中香火繚繞。

崔奉來到前排一個嶄新的牌位前，上面寫著：愛女崔氏清珞之靈位。

他點燃三根香，插入香爐中，隨後在牌位前席地而坐，低低呢喃，與堂外梵音融合。

「珞兒啊，我本以為允棠柔弱，不及妳半分，如今看來，倒是為父淺薄了。她身上這股子韌勁，連我都自愧弗如。妳能有這麼一個女兒，崔家能有這麼一個女兒，妳我都應該高興才是。

「允棠與妳的面容如此相似，起初我看她總是恍神，想著，可能是上天派來懲罰我的，要我餘生都對著妳的臉懺悔我的過錯。可她心細如髮，總能讓人心裡暖洋洋的，這點呀，比妳可強了太多了。現在我知道了，她只是她，她不是妳。而且呀，她是來治癒我的，上天對我還真是不薄呢……」

微風拂過，門外豔紅如血的海棠花，在葉間婀娜吟唱。

蕭卿塵母親的忌日，整個國公府上下都忙個不停。

光是紙錢以及各類紙紮，就拉了好幾車；小孩手臂般粗細的白燭，成捆地往外抱；還有各色嬌豔盛放的菊花、綢緞做的衣裳及鞋子、金銀首飾，一應俱全。

允棠從前一直抱著一種「人都沒了，搞這麼些花樣給誰看」的心態，對祭祀用品規格也沒有什麼概念，如今見了沈夫人的陣仗，才知道母親的祭拜到底有多寒酸。

沈連氏自然是不能隨行的，但也忙前忙後，直到把大家都送出了門。

一路上，蕭卿塵都面色肅然，隨著目的地越來越接近，臉色也越來越陰鬱。

一行人來到一座五開間的享堂，門前有功德墳寺的僧人在灑掃，見到來人，雙手合十拜過。

來到堂內，正中央是蕭卿塵祖父母的牌位，而沈夫人的牌位後方掛著一幅畫像，畫像中的女子正提筆站在案前，做思索狀。

不難看出，沈夫人眉清目秀，面色淡然，有種超脫世外的美感，蕭卿塵那好看的眉眼，便是遺傳自母親了。

在沈聿風拈香祭拜過之後，允棠站在蕭卿塵身側，隨他一起跪在蒲團上，對著牌位磕了三個頭，方才被他攙起身。

他執起允棠的手，道：「母親，這便是允棠，我要娶的姑娘。」

允棠一怔，旋即對著牌位禮貌地頷首笑笑，那模樣，就好像見了沈夫人本人一樣。

蕭卿塵被她可愛的模樣逗笑了，心中陰鬱少了大半。「這裡面香味重，我陪妳出去透透氣。」

允棠忙擺手。「我不要緊的，你還是多陪陪沈夫人吧。」

「是妳說的，無論我在哪兒，她都能看到我，不拘泥於形式的。」蕭卿塵笑笑。「走吧。」

門前松柏蒼翠，徒增幾分肅穆之色，佛音裊裊，浮躁的心不知不覺便靜了下來。

「怪不得祖母喜歡待在佛堂。」允棠閉上眼，感受微風拂面，耳邊迴盪著梵音佛號。

「心靜，有助於思考。」

「妳說的『人間是地獄，好人刑期短』這句話，我很受用，這次來，我沒那麼難過了。」蕭卿塵仰臉看著天。「她不必面對父親的多情，這對她來說是好事。只是，我之前被憤怒蒙蔽了雙眼，那狐狸尾巴露出來多次了，我都未曾深究，如今，卻是不能再得過且過了……」

崔奇風看著面前不斷有人進出的菓子鋪，扭頭問梁奪。「你確定是這裡？」

梁奪答道：「確定。這鋪子便是萬起的遺孀郭氏開的，她一個人帶大兩個兒子，大的已經娶親，小的好像是遺腹子，年方二十，一家人就住在隔壁巷子裡。」

「隔壁巷子？」崔奇風疑惑。「據我所知，隔壁巷子的宅子可都不便宜啊，少說也要千八百貫。」

「這菓子鋪地段好，就這麼一會兒，人都沒斷過，生意很不錯的樣子，應該也能賺不少錢吧？」

崔奇風習慣性地摸了摸下巴。「走，進去看看。」

很快便有小二笑臉相迎。「兩位客官，來點什麼菓子？我們這兒的金絲黨梅和鮮花糰子是鎮店之寶，要不要嚐嚐？」

梁奪一揚下巴，皺眉喝道：「你們老闆娘呢？」

小二見兩人身材魁梧，語氣生硬，也不敢多問，忙跑向後廚去找老闆娘。

不一會兒，一名兩鬢銀絲的婦人，在圍裙上擦著手走出來，滿眼疑惑地問道：「二位客官，找我有何事啊？」

「妳就是萬夫人？」梁奪粗聲問。

婦人點點頭，警戒地問道：「你們是……」

崔奇風白了梁奪一眼，咧嘴笑笑。「喔，是這樣，我們跟萬兄一起出征過，久不在汴京，聽說萬夫人您開了個鋪子，特地過來捧場的。」

「原來是這樣啊！」萬夫人這才放下心來，笑道：「快，到裡面坐！小吳，上些菓子和茶！」她一面引路一面道：「鋪子不大，只有兩桌能坐的，您二位別嫌棄。」

「生意可還好？」崔奇風問。

「嗯，這些年好多了，總有軍爺來捧場的，我都不好意思了，小心腳下。」

崔奇風和梁奪落坐後，小二很快端來菓子和茶水。

萬夫人有些侷促地笑笑。「也不知道您二位喜歡吃什麼，先嚐嚐。」

梁奪拿起一塊鮮花糰子，直接扔在嘴裡咀嚼。「唔，比汴京大部分菓子鋪都——」

崔奇風忙在桌下踢了他一腳。

「咳咳！」

萬夫人忙斟茶。「慢點，別噎著。」

崔奇風乾笑兩聲。「萬夫人，我們兩個久不在汴京，與之前的弟兄們也失了聯繫，不知道還有沒有常到這裡來的？我們想找他們敘敘舊。」

萬夫人點頭。「有的，有常嗣常兄弟，劉犇劉兄弟，嚴刣嚴兄弟……好多呢！」

「伍巡……他沒來過嗎？」崔奇風單刀直入地問。問出這句話，崔奇風內心也很忐忑，若是伍巡再胡亂編個名字，可就真的是大海撈針了。

萬夫人沈默了一會兒，隨即悵然地笑笑。「要不是伍兄弟，恐怕我和我兩個兒子，不被莊裡的惡霸欺負死，也早餓死在街頭了。」

崔奇風眼睛一亮，又強壓心頭竊喜，問道：「夫人何出此言？」

「當年夫君戰死，我懷著二郎，月分大了做不了重活，家裡還有個黃口小兒等吃飯的，別提有多難了。是伍兄弟給了我們娘兒倆一大筆錢，讓我們搬離那個莊子，他說是郎將體恤我們遺孤不容易才給的。」萬夫人嘆了口氣，繼續道：「後來，他幫我開了這家鋪子，錢都是他出的，就連教做菓子的婆子，都是他給我找的。他給我的錢越來越多，多得已經讓我開始忍不住懷疑……後來我找人打聽才知道，郎將根本就沒給戰死的遺孀發過錢。」

崔奇風與梁奪對視一眼。

「我現在已經不需要錢了，可他還是定期送來。近幾年他狀態越來越差，整個人萎靡得不像話，好幾次我都攔住他跟他說話，叫他不要再給我送錢了。可他最近，每次都是半夜裡悄悄地把錢扔到我院子裡就走，人影也看不到一個了，我實在是擔心得很啊！」萬夫人愁容滿面。

崔奇風笑。「其實這個也好辦，您只需要告訴我，他下次送錢的大概時間，和每次扔錢的位置，我去攔他，幫您問問清楚，不就得了？」

「真的？」萬夫人喜道：「那可太好了！您要是見了他，麻煩幫我跟他說，那些錢我都幫他存下了，之前給的，每一筆我都記著帳呢！這些年生意好，都能還上了，他隨時可以來取回。唉，也不知道他有沒有娶妻生子？我現在自給自足，孩子們也大了，真的不需要錢了。」

看著面前因操勞而爬了滿臉皺紋的萬夫人，眼神亦是清澈如孩童，崔奇風鼻子一酸，點頭道：「夫人放心，交給我吧。」

帶人在萬夫人宅子外面蹲守的第三天夜裡，終於等到了伍巡。

子時正，他醉態酩酊地走進巷子，兩三下攀上萬夫人家的牆頭，坐在上頭朝院內看了好一會兒，然後從懷裡掏出一大袋銀錢，甩手丟了進去。

在他轉身躍下，落地的一瞬間，暗處裡衝出三、五個人，將他捆了個結實，蒙眼帶回了崔府。

深夜的崔府燈火通明，在頭罩被扯下的一瞬間，伍巡本能地瞇起雙眼。

視線逐漸清晰，伍巡看清在正位端坐的崔奉時，雖雙手縛在身後，還是躬身頷首道：「見過崔老將軍！」

「你認得我？」崔奉皺眉。

伍巡不敢抬頭。「老將軍說笑了，武將中有幾人不認識您的。」

崔奇風上下打量他，哂道：「你說你自己是武將？」

伍巡緊抿住唇，不再開口。

「給他鬆綁。」崔奉道。

「父親！」崔奇風急道。「此人身手了得，要是一不留神讓他跑了，再想抓可就難了！」

崔奉道：「他畢竟是救下允棠的恩人，沒有恩人被如此對待的道理。」

伍巡錯愕地抬眸。

崔奇風不服氣。「可清珞墜崖，不也是他們追的嗎？頂多也就是個將功補過，斷沒有千恩萬謝的道理！」

「崔將軍說得是，伍某罪大惡極，任憑處置！」

「處置？」崔奇風嗤笑。「就算將你千刀萬剮，我妹妹也是回不來了！」

崔奉起身，沈聲道：「伍巡，我知你是受他人指使，我只是想向你要個名字。」

伍巡聞言，面容痛苦地搖了搖頭。「不，老將軍還是殺了我吧，我不能說。」

「你一個孤家寡人，無妻無子的，有什麼不能說的？」崔奇風不耐煩地道。「我們不是在跟你講條件！」

「崔將軍有所不知，做私軍，會將軟肋查得一清二楚，不然也不放心交代那麼多重要的事。」伍巡垂下頭，搖頭道。「他們已經知道我定期會給萬夫人送錢，若是走漏了什麼風聲，萬夫人一家性命不保啊！都怪我麻痺大意，後知後覺，如今小萬夫人已有了身孕，我斷不能出任何過錯！」

「你說的是汴京城嗎？」崔奇風驚道。「我竟不知道，汴京城內還有如此一手遮天的人物！」

誰知伍巡聽了更是瘋狂地搖頭。「將軍不要再問了，放我走吧，我求求您了！」

崔奉看了他半晌，冷冷開口。「是太子黨嗎？」

「父親……」

伍巡身子一僵，瞪大雙眼，跌坐在地上。

看他的模樣，崔奉心底已明白了七、八分，長嘆一口氣，轉過身去。「你走吧。」

崔奇風還丈二金剛摸不著頭腦。「怎麼……怎麼就是太子黨了？你把話說清楚！太子殿下絕不是這樣的人——」

「奇風！」崔奉硬生生打斷他。「讓他走吧！」

「老將軍、將軍！」伍巡迴過神來，額頭不住奮力地往地上磕。「我求求你們，派人保護萬家老小，好不好？我求你們了，我伍巡願做牛做馬……」

「你放心吧，單憑你一人的證詞，我什麼都做不了。」崔奉合上雙目，嘆道：「你走吧，就當今日什麼都沒發生過。」

「不是！」崔起風一把扯住伍巡，暗暗咬牙。「我好不容易抓的，就這麼放了？」見父親仰天長嘆，崔奇風心頭升起怒火。「你住在哪兒？你最好實話實說，日後我若找不到你，便拿萬家開刀！你不用這麼看著我！為了我妹妹，我什麼事情都做得出來！」

伍巡被逼著說出住所，隨後崔奇風拿匕首割開繩子，伍巡衝出院子，躍上牆頭便沒了蹤影。

「父親！」崔奇風只覺得顱內氣血翻滾，頭痛欲裂。「您知道的，太子殿下不是那樣的人，他是我見過最仁善的人！」

「我說太子黨，又沒說是太子殿下本人。」崔奉緩緩轉回身，面色凝重。「可我不殺伯仁，伯仁卻因我而死，誰又能脫了干係呢？」

崔奇風怔在當場。

「奇風啊，我似乎從未說過，你是我唯一的兒子，也是我引以為傲的孩子，我現在只有你了，不要……」崔奉聲音哽咽。「不要再做任何危險的事。找個時間面聖辭官，我們一家搬去揚州吧，讓遙兒離父母也近些，可好？」

崔奇風眼眶一熱，幾乎就要落下淚來。「父親……」

「就這樣吧，我乏了。」

看著父親的背影，不知為何，崔奇風竟頭一次覺得，父親的步履有些蹣跚。

第二十五章

官家接過程抃手中的湯藥，緊皺著眉頭，一飲而盡。

程抃忙遞上一顆梅子。「官家，這是文安郡主特意送來，給您壓苦味的。」

官家點點頭，將梅子放入口中，酸酸甜甜的，果然清爽了許多。

太子垂手立在堂下，屏息凝氣，一副做錯事的樣子。

「你說說你！」官家看到他，又氣不打一處來，用手指在空中點著。「秉鉞在朝堂上公然頂撞你，你都不加以斥責，你是怎麼想的？」

太子唯唯諾諾地道：「本來兄弟之間各抒己見，也沒什麼……」

咚！官家氣得將手裡的串珠扔了出去。「你、你是要氣死朕啊？咳咳……」

程抃忙去撫官家的後心。「哎喲，官家，別氣著了，您這病還沒好呢！」

「滾滾滾！」官家一把將程抃推開。「你是儲君，你代朕監國，你是君，他是臣！朝堂上論什麼兄弟？」

「朝堂上不斥言官，這不是您說的嘛……」

「你——」官家氣得滿床找能丟的物件。「程抃，你把那香爐遞給朕，看朕不打死這個豎子！」

程抃從地上爬起來，哀求道：「殿下，您就少說兩句吧！」
「父親，您別生氣，兒子知道錯了。」太子囁嚅道。
官家揑了揑眉心。「說吧，你們兩個到底因為何事爭執？」
太子將地上的串珠撿回，雙手奉還給官家，朗聲道：「西川、蜀閩等地上了摺子，說士子赴京趕考路途遙遠，所需開支巨大，不少寒門根本無力承擔，不得不放棄考試。」
官家思慮著點頭，卻不伸手接。「然後呢？你要如何應對？說來聽聽。」
太子備受鼓舞，喜不自禁地道：「我覺得，可以由當地官府為赴京趕考的寒門士子寫推薦帖子，並下令，凡持帖者，可免費乘官車、官船，免費住驛站，有特殊貧困者，還可以在驛站領粥和饅頭，或者在驛站做工抵飯錢，這樣也算不得吃白食。」
聽完太子一席話，別說官家，就連程抃都皺起了眉頭。
「想扶持寒門士子的想法不錯，可這筆錢從哪裡來？」官家問。
「這……」太子手臂痠脹，只好將串珠放在官家腳邊的床榻上。「可以由當地官府募集，或者由商賈們捐獻？這不過是個初步設想，具體的，兒子還未曾仔細思量。」
「你是說，要商賈們出錢，資助一批與自己家兒子競爭的士子們進京趕考？」官家無語地撫了撫後腦，緩了半天，長嘆一口氣，又問道：「那秉鉞怎麼說？」
「他倒也沒說如何解決，只說若按我說的做，會有許多狡詐之輩，仿照假的帖子來蹭車蹭住，徒增官吏們的工作量不說，屆時難以辨認，場面混亂，再取消可就不好看了。」太子頓了頓，又說道：「其實我事後想想，秉鉞說得也不無道理，是我想得不周全。」

官家嘆氣。「記著，無論是誰，再有道理，該守的禮還是得守。行了，你出去吧！」

程抃忙上前去，扶官家躺下。

這時外面又有人來報。「官家，瑄王殿下在殿外候著呢！」

「不見！」官家的頭剛沾著了枕頭，聞言將臉轉向裡邊。「就說朕睡了！」

「是。」

天陰沈得厲害，烏雲翻滾，眼看又要下起雨來。

看著太子前腳剛出來，後腳小黃門就來報，說官家睡下了，瑄王的臉色不禁更差了。

「瑄王殿下，馬上要下雨了，讓奴婢送您一程吧！」有宮人撐傘來送。

瑄王揚手。「不必！」說完，又朝緊閉的殿門看了兩眼，這才踱步下了臺階。

「鉞哥兒！」

瑄王抬頭，是長公主領著婢女款款而來。

「好久不見啊，大姊來得不巧了，父親剛睡下，我都未曾見著。」

長公主嗤笑一聲。「別是父親避而不見吧！」

瑄王一怔，眉一挑。「大姊此言何意？」

細如牛毛的雨，淅淅瀝瀝地落了下來，長公主身後的婢女忙撐開竹傘，剩瑄王一人站在雨裡。

「何意？」長公主陰陽怪氣地說：「難道你還不知道父親何故與你置氣？那我來告訴你，你做出什麼成績來根本不重要，你與欽哥兒君臣有別，綱紀倫常還是要顧的，切莫忘了規矩。」

瑄王眯起眼。「他不過是太子，還未登基，就想當君，未免太著急了些！」

「放肆！」長公主拉下臉喝道。「太子也是你能置喙的？你也不掂掂自己幾斤幾兩重，就妄想和太子相提並論？我警告你，若你再做些踰矩之事，休怪我對你不客氣！」

「長公主殿下的諄諄教誨，本王記下了。可這是太子的意思，還是聖人的意思？還請長公主殿下明示。」瑄王不卑不亢地答道。

長公主從鼻子裡哼了一聲，拂袖道：「就憑你，也配誣衊我母親？」又向前行了幾步，壓低聲音，面色猙獰。「畢竟姊弟一場，我最後勸你一句，人心不足蛇吞象，別到頭來雞飛蛋打，後悔都來不及，你還是好自為之吧！」

話音剛落，不遠處一道驚雷落下。

雨水順著瑄王的下頷滴落，他暗暗捏緊拳頭。

連續數天陰雨綿綿，終於在寒食節這天放晴。

遼國使團提前入京，只為簽訂此前結下的百年盟約。

官家的身子還沒好索利，可為了不節外生枝，硬是讓李院判加了幾頓老參湯，吊足了精神，強拖著病軀去見遼使。

寒食節的傳統便是禁煙冷食，所以招待使團的都是些冷食熟食，什麼青糰子、樸籽粿、豌豆黃、子推餅，目不暇接，琳琅滿目。

萬俟泰忍不住稱讚道：「貴國的吃食，可真是五花八門啊！這次跟上次吃的，竟然沒有重樣的！中原百姓真有口福啊！」

官家面色略微蒼白，曲臂倚在憑几上，笑道：「誓書都已經寫好，盟約這就開始奏效了，若萬俟將軍喜歡，走的時候多帶些，日後想吃了，隨時再來買嘛！」

「好啊，如此甚好！」萬俟泰爽朗地笑道。

萬俟丹在人群裡搜索了一圈，疑惑地問道：「敢問聖人，怎麼不見蕭姑娘？」

皇后自然知道說的是允棠，笑吟吟地道：「她呀，去歲冬日封了郡主，又訂了親，今日怕她無聊，就沒讓她守著我，這會兒八成在園子裡逛呢！」

「訂了親？」萬俟丹難掩落寞。「這麼快……」

萬俟泰大笑道：「我對吃食情有獨鍾，我們小皇子卻是對蕭姑娘念念不忘啊！」

瑾王甕聲甕氣道：「她現在是文安郡主了，將軍還是稱呼她郡主吧。」

另一側的女眷們嘻笑暢談，長寧郡主隔著好幾個人，喚了新城縣主幾聲，引起瑾王妃的注意。

「喂！過兩日我們有個訓犬會，去不去？」

提起瀨痢，新城縣主的面色由晴轉陰，皺眉道：「不去！」

「去嘛！閒著不也是沒事做？」

瑾王妃卻無端想起允棠的話來——

若那惡犬不死，不消多日，毛髮便會重新長出，屆時，再有需要帶犬參加的活動，縣主必死無疑！

一字一句，歷歷在目。

瑾王妃心裡慌亂得厲害，忍不住斜眼去瞥身旁的瑄王妃。

瑄王妃正注意著高臺上瑄王的動靜，感受到目光，這才轉過頭來，不經意地道：「也該讓慧姐兒沒事多跟蓉兒玩一玩，她們兩個，自然是應該要比別的姊妹親的。」

明明自己沒做錯事，反倒像被抓了個現行似的，瑾王妃胡亂地應承幾句，好在瑄王妃也沒再多說什麼。

園子內方池石桌旁，崔南星正拉著允棠和蕭卿塵說話。

「我沒聽懂。」允棠疑惑不解。「外祖父說不必再查了，是什麼意思？」

崔南星撓撓頭，不敢與她對視。「就……就字面上的意思……」

「南星，妳告訴我，這幾天到底發生什麼事了？」允棠扳過崔南星的身子，著急地問道。「是不是找到伍將軍了？是不是他說了什麼？他現在人在哪裡？算了，我自己去問！」說罷就要轉身。

崔南星忙拉住她，央求道：「哎呀，允棠！祖父既然這麼說，一定有他的道理，妳就聽他的好不好？」

「不好！」允棠聲音顫抖，瞬間紅了眼。「南星，這一路走來，我做了多少努力，妳是看在眼裡的。如今輕飄飄一句話，就想讓我放棄，妳覺得可能嗎？」

「我——」

一直沈默不語的蕭卿塵，像是猜到了什麼，幾番張口，欲言又止。

幾乎是同時，允棠眼皮一跳，也面露震驚之色，喃喃道：「難道……」

能讓外祖父如此忌憚的，還能有誰？結果再明顯不過了。

如果真的是太子，那這麼久以來，她所看到的、聽到的，相信自己判斷所建立起來的認知，都將轟然覆滅。

相當長一段時間裡，她甚至還試圖分析太子太過良善，不願相信人性醜陋的原因——

太子從小被愛包圍，有疼愛他的父母和姊姊，身邊無論是臣子還是宮人，無一不對他畢恭畢敬。他根本無須去警覺危險，周身所有敏銳的感知，都用來感受世間的花開花落，他所有的痛苦，都來自於共情。聖人從不斥責宮人，太子只有過之而無不及，甚至會同黃門共撐一把傘。

可如今，到底什麼才是真的？

允棠撐住石桌，緩緩坐下來。

瑾王犯錯，官家能允許崔奉要了他一條腿。

可若是太子呢？尤其犯的還是需要以命抵命的錯呢？

崔家再勞苦功高，她再得寵愛，官家也絕對不會拿國家社稷開玩笑。

這幾個月來，她有空便在宮裡逛，她比誰都知曉，太子之所以是太子的原因，根本不在太子本人身上。官家慧眼，怎會看不出他是個扶不起的阿斗？

官家只不過是要保證，皇位最終會落到皇太孫蕭弘易的頭上。

不管是任何人、任何事，只要是影響到這一條，都跟反了沒什麼區別。

看著允棠的臉色陰晴不定，蕭卿塵在她身邊坐下，輕聲道：「先不要急著下定論，我們去會會這位伍將軍再說。」

她轉向他，眼底閃過一抹悲色。

除了和看到的相違背，她難過還有一個最重要的原因——她並不想站到他的對立面去。

「蕭姑娘，原來妳在這兒啊！」萬俟丹興高采烈地從遠處跑來，興奮道：「聽聖人說妳在遊園，我就出來轉轉，沒想到真的遇到妳了，不如同遊吧，可好？」

「小皇子，」蕭卿塵拱手道：「郡主身子不爽，蕭某準備送她回去了。」

萬俟丹上下打量他一番。「與她訂親的人，是你？」

蕭卿塵突然感受到敵意，不禁挺直腰背，漠然答道：「正是。」

「若我沒聽錯的話，你姓蕭。」萬俟丹又轉向允棠。「她也姓蕭。」

「這就不勞小皇子費心了。」崔南星沒好氣地道：「郡主身子不適，不是要遊園嗎？我陪您就是了。」

「妳？」萬俟丹斜眼看看崔南星。

「還有我。」

眾人循聲望去，只見皇太孫笑吟吟地負手立在不遠處。

皇太孫向前幾步。「由我和崔二娘子來陪小皇子遊園，如何？」

萬俟丹扭頭看看允棠，雖不情願，但礙於皇太孫的身分也不好拒絕，只好點頭道：「好吧。」

允棠起身，微微頷首。「那我就先告辭了。」

「我還會在汴京逗留幾日，」萬俟丹急道：「下次，下次有機會再見啊！」

目送允棠二人離開後，皇太孫抬手，笑道：「小皇子，請吧！」

春意漸濃，路邊梨花、杏花、桃花爭相盛放，有昔日被雨水打落的花瓣，被往來車轍無情輾入泥土之中。

多姿春色入眼，允棠卻無心觀賞。

蕭卿塵擔心她，並未騎馬，選擇與她同乘，可車程過半，她也沒說過一句話。

「允棠。」他輕喚。

「嗯。」允棠的目光仍停留在窗外，並不回頭。

「妳記得我在仁明殿說過，我與太子殿下回程時曾遭到追殺，有一群黑衣蒙面人出手救下我們嗎？」

「記得。」

蕭卿塵伸手扳過她的身子，認真道：「我覺得，伍巡便是其中一員。」

允棠抬眸，對上他的眼。「你想說什麼？」

「我知道，這聽起來好像在為太子殿下狡辯，但事實證明，確實有這樣一群人，不受太子殿下掌控，卻在維護他的地位和人身安全。」

「那你覺得，這群人聽命於誰呢？」允棠毫不猶豫，直戳要害。

蕭卿塵啞然。

允棠苦笑。「細思極恐是吧？」

「什麼？」蕭卿塵沒聽懂。

她自嘲地笑笑，解釋道：「越仔細想，越覺得恐怖到了極點，這就是我現在的心情。」

她又看向窗外，粉白色花朵不斷向後掠去。「你說，官家為什麼要冊封我為郡主呢？」

蕭卿塵注意到，她並沒有像往常一樣，將官家喚作祖父。

「允棠……」

「僅僅是因為瑾王做了不齒之事，又冤枉了我母親，所以心生愧疚嗎？」她聲音清冷。

「抑或是……為了保住太子，不得不殺死我母親？」

蕭卿塵很快找到邏輯漏洞。「不，官家想保住太子，只需要將瑾王調離汴京，或是逐漸卸下崔老將軍的兵權就好，根本無須殺死永平郡主。允棠，妳現在思緒混亂，先不要胡思亂想，更不要急著作決定。」

允棠垂眸思量，須臾後點頭。「對，你說得有道理。」

「不會是官家，更不會是聖人。」蕭卿塵輕握住她的手。「妳要相信妳自己，妳的心是知道答案的。」

我，知道嗎？允棠在心裡輕輕問了句。

回答她的，是春風無聲拂面。

黃昏時分，伍巡經過萬夫人的菓子鋪，卻發現鋪門緊鎖，向鄰居打聽才知道，這一整天都沒開門。

伍巡不由得心生疑惑，萬夫人勤勞能吃苦，十幾年來素來風雨無阻，天不亮就到店裡來做菓子，難道是病了？

想到這兒，他加快腳步，朝萬宅奔去。

萬宅也是同樣的大門緊閉，敲了幾次都無人應聲。

他越想越覺得不對，忙翻牆入院，果然，院子裡空盪盪的，一個人都沒有。

院子的石桌上，用石塊壓了一張字條，上面寫了城郊一個莊子的地址。

伍巡暗暗咬牙，將紙條攥在手裡。

待他來到莊子的時候，蕭卿塵和允棠已經恭候多時了。

「小公爺？」伍巡驚詫。

不過沒等他把話說完，蕭卿塵抬手拋過一柄長劍，旋即手中另一柄劍挽了朵劍花，朝他的咽喉直直刺了過去！

伍巡不敢大意，忙抬手接了劍，甩掉劍鞘，兩人叮叮噹噹過了十幾招，又各自退開。

蕭卿塵劍眉一立。「果然是你！」

伍巡的招式，與在越州出手相救的黑衣人如出一轍。

「萬家人現在何處？」伍巡急急問道。「綁架平民，小公爺意欲何為？」

兩人對招的時候，允棠一直在一旁不疾不徐點著茶，如今茶點好了，她緩緩抬眸，將茶盞向前推了半尺。「伍將軍，請！」

「妳、妳是……」伍巡錯愕。

允棠平靜地答道：「我是崔清珞的女兒。」

「妳……」伍巡丟下劍，向前幾步細細去看她，眼底閃過一抹喜色。「妳長這麼大了！當年妳還只是個嗷嗷待哺的小娃娃……」感覺到不妥，他又忙噤聲，警覺地瞥向蕭卿塵。

蕭卿塵收了劍，來到允棠面前的矮案前跪坐下來。

伍巡雖疑惑，但也學著他的樣子坐下。

「伍將軍放心，今日找你來，只想問將軍一個問題，只要將軍如實答了，自然什麼事都不會發生。」允棠有條不紊地為蕭卿塵點起茶來。

「妳……」伍巡不敢置信。「妳竟用萬家幾口的性命來威脅我？永平郡主可——」

「永平郡主已經死了！」允棠冷冷打斷他。「她倒是長年行走在日光下，行事坦蕩，光明磊落。可惡人是因此放過她了，還是閻羅殿因此不收她了？都沒有。事實是她墜入萬丈深淵，連個全屍都未留下，還徒留一世罵名！」

伍巡垂下眼眸，膝上的雙手緊緊攥成拳頭。

允棠向茶盞裡注入開水，霧氣蒸騰，她語調放緩，又道：「你說，我這殺母之仇，該找誰報呢？」

伍巡的嘴巴張了又張，心中似在天人交戰。

蕭卿塵厲聲道：「上次你在崔府誤導崔老將軍，此事是太子殿下所為，我是不是該治你個構陷儲君的罪名？」

「我從未說過是太子殿下！」伍巡忙抬頭辯解。說完，發現兩雙眼睛正直直盯著他。

「小公爺、郡主，抱歉，我是真的不能說。」

「好。」允棠面無表情。「既然如此，伍將軍請自便，不送。」

伍巡還以為自己聽錯了。「就這樣？我可以走了？那萬家人呢？」

蕭卿塵從允棠手中接過茶盞，輕抿一口。「伍將軍此生，應該再也見不到萬家人了。」

「你——」伍巡雙眼猩紅。「你要做什麼？殺了他們嗎？」

蕭卿塵放下茶盞，嘖聲道：「伍將軍相信你的主子心狠手辣，卻覺得我請萬家人是來喝茶的，對嗎？」

伍巡目眥盡裂，將拳頭頓在几案上，咬牙道：「你可是皇太孫洗馬，我不信你會屠殺百姓！」

蕭卿塵輕笑一聲。「那伍將軍還留在這裡做什麼？」

伍巡憤怒起身，他嘴上雖這樣說，卻萬萬不敢拿萬家人的性命去賭。

蕭卿塵輕嘆口氣，道：「你實話實說，我保萬家人無虞；你不說，即便今日萬家人不死，你主子也早晚會因你的過錯而殺了他們。」

正在伍巡躊躇之時，允棠又輕聲問了一句。「這麼多年來，伍將軍覺得自己所做的事，究竟是對是錯？」

伍巡的身子一抖，面容逐漸扭曲，像是陷入無盡的痛苦和自責當中。他日日借酒消愁，便是意圖麻醉自己，只看懷中銀錢，不問是非對錯。

可這一句話，像一把利刃，狠狠戳在他的心尖上，那些被深埋在心底的痛苦，一瞬間大肆翻湧，將他吞噬，最後再也受不住，捂著臉跪了下去，嚎啕大哭起來。

允棠也不催促，只是和蕭卿塵默默對飲。

半晌，伍巡終於哭夠了，深吸了口氣，道：「起初我只是想幫幫萬夫人，可我即便賣了老家的祖宅，也沒多少錢，想讓他們娘兒三個安穩生活，根本就不夠。機緣巧合下，有人介紹我去做私軍，說錢給得多，又輕鬆，又是為未來的太子殿下做事……」見蕭卿塵瞪過來，忙解釋道：「我當時真的以為是在為當今的太子、彼時的珺王做事，因為一開始做的都是一些珺王沒做好、引起百姓非議，去彌補、安撫的事；或是去教訓些妄議珺王無能、不堪東宮之位的長舌之輩。

「可後來，事情逐漸變得偏離，我們所接到的任務，也不再是我能理解得了的。一起做私軍的兄弟安慰我，帝王心術嘛，有幾個不狠的？婦人之仁如何坐擁天下？我那時年少，加上萬夫人的菓子鋪剛開業，還沒賺到錢，便沒多想，都照著做了。可接連發生了兩件事，讓我知道，我是真的錯了，可是……我已經來不及回頭了。」伍巡神情落寞。

「何事？」蕭卿塵問。

「第一件便是永平郡主的事。我們接到任務的確是追殺，但被告知的是追殺一名遼國來的女細作。當時說，馬車內的所有人都就地正法。可我直到見了永平郡主的面，才知道是她，她讓乳娘抱著孩子逃走，自己引了追兵，追她的人太多，我根本無法下手，只得掉頭去追乳娘。乳娘給我磕頭，央求我放了孩子，我於心不忍，便扯了乳娘的衣裳，掛在懸崖邊的樹上，謊稱她們墜崖了。等我回去找永平郡主的時候，她已經……」

允棠的手一頓。

蕭卿塵又問：「你說還有第二件事。」

「第二件事，沒派我去做，是聽出任務的兄弟回來說的。」伍巡頓了頓。「小公爺，您說會保萬家無虞的。」

「我以項上人頭擔保。」蕭卿塵一字一句。

像是下了決心一般，伍巡長吁一口氣，道：「他們假傳軍令，告訴剛從戰場撤回來的珩王，回過頭去救原摯，也就是賢妃的弟弟，害珩王身陷囹圄，最終戰死。」

哐噹！允棠手一抖，茶盞傾倒，茶湯在几案上迅速蔓延開來。

「到底、到底是誰……」

蕭卿塵顯然也沒想到會牽扯出珩王的事，一時間也不知該如何是好。

允棠卻像是抓到救命稻草一般，追問道：「加害親王、追殺郡主，到底是誰，有這樣的能耐？」

「是……」伍巡不敢抬頭，最後一咬牙，道：「是長公主殿下！」

「什麼？」蕭卿塵倏地起身。「這不可能！」

伍巡急了。「我絕不敢撒謊！」

「為什麼不可能？」允棠仰臉問他。

蕭卿塵滿腹疑團，向前踱了幾步，試圖釐清思緒。「即便她是太子殿下的親姊姊，也完全不需要做這些事啊！況且她哪來的錢，支撐實力強悍的私軍這麼多年？」

倒不用允棠去猜，伍巡自個兒供道：「長公主殿下的封地開採出了大量玉石，並未上報，加上她的大女婿喬郡馬又掌管鹽鐵司，在她的授意下，別說銀子了，就是蒜條金都跟流水一樣的。」見蕭卿塵面露訝色，他又繼續道：「據我所知，長公主殿下手下的私軍，足足有數千人。聽說官家跟遼國結了盟約，好多人都轉投私軍行列了，都不過是為了養家餬口罷了。」

「可她為什麼要這麼做呢？這於她而言，沒有任何好處啊！」蕭卿塵攤開手，不解地道。

「我倒覺得沒什麼不能理解的。」允棠回憶著。「你還記得春分那日嗎？她曾說過『對有些不知尊卑，妄圖僭越的奸臣，就該嚴懲，以儆效尤的』，當時你我都覺得刺耳，是因為你我都覺得有些矯枉過正了，可對她來說，這就是不能容忍的，必須要糾正的『錯誤』。」

伍巡點頭表示贊同。「我也覺得，近些年來，長公主殿下似乎越發癲狂了。」

允棠繼續說道：「未立儲之時，她覺得太子之位就應該是她弟弟的，太子如她所願入主東宮後，其他人非但沒收斂，反而愈演愈烈，爭權奪勢、搞小動作不說，甚至還派人對太子下了殺手，這就是在挑戰她的底線。」

蕭卿塵沈默了。他自詡耳聰目明，對汴京城內的一切動向都瞭若指掌，可長公主這麼大的動作，他竟然一絲察覺都沒有。

萬幸長公主是護著太子的，若是包藏禍心，後果不堪設想。

允棠左思右想。「事關重大，這段時間，就讓萬家人先在這莊子避避風頭吧。」

蕭卿塵憂慮地開口道：「我擔心，這樣做會不會打草驚蛇？」

「讓她無暇顧及就行了，畢竟萬小夫人身孕月分不小了，馬虎不得。」允棠又轉向伍巡。「那你呢？」

伍巡無所謂地笑笑。「我若不回去，才真的是打草驚蛇，好歹我在長公主殿下的手下已經算是名得力幹將了。」

「好，那就先蟄伏。」允棠起身，目光如炬。「小心行事，我不會讓你等太久的。」

夜裡輾轉反側，想來想去，允棠還是決定入宮去見賢妃一趟，畢竟事關珩王，賢妃應該不會坐視不理。

若能拉攏到賢妃這麼一個強大的同盟，事情會好辦很多。

一大清早，允棠便乘著馬車朝宮裡去，隨著車身搖晃，她也迷迷糊糊，半睡半醒。

感覺到馬車停了下來，她輕聲問道：「這麼快就到了？」

小滿探頭問了車夫幾句後，答道：「前面有小販的擔子翻倒了，正在拾撿，因為擋在路中間，恐怕要耽擱一會兒了。」

「無妨。」允棠抬手按了按眼眶，頭向後靠去。「我睡一會兒，到了叫我。」

「欸！」小滿看著她眼周青黑的憔悴模樣，一陣心疼，扯起斗篷，輕輕蓋在她身上。

還沒等允棠睡著，窗外便傳來兩個婦人的交談——

「哎妳聽說沒有？文安郡主的父親，是甜水巷開酒樓的那個林禿子！」

「不是吧？我怎麼聽說是碼頭那邊的于教頭！」

怕允棠聽見，小滿剛想掀開帷幔，將人趕走，卻聽見一個男聲朗聲喝斥——

「在大街上公然妄議郡主，妳們是想吃牢飯了！」

「哎喲喲，嚇我一跳！您哪位啊？管這麼寬？」婦人沒好氣地道。

另一個聲音道：「這位是遼國小皇子，萬俟丹。」

聽到這裡，允棠緩緩睜了眼。

「遼國？」

「皇子？」

婦人許是怕惹事，認了慫。「我們不過是閒聊罷了……」

「走走走！」

聲音越來越遠，不用看也知道，定是慌不擇路地逃走了。

小滿噘著嘴，氣道：「姑娘不要跟她們一般見識，她們整日閒來無事，就知道嚼舌頭！」

允棠輕笑一聲。「妳跟了我這麼久，這樣的話妳聽得還少嗎？」

「已經有陣子沒人說了，不知怎的，又開始了。」

「沒關係，不過是瑄王氣我斷了他的財路罷了。」

小滿愣了好一會兒。「瑄王？他不是送了姑娘好些東西嗎？怎麼又翻臉不認人了？」

「傻小滿，楚家的帳還沒算呢，送點東西難道就成好朋友了？」

「那……再生氣，一個堂堂王爺，使這市井婦人的下作手段，實在有點……」小滿一時想不出詞來形容。

允棠被逗笑了，拉了拉斗篷，重新閉上眼。「明日挑份謝禮，幫我送到小皇子的住處。」

進了宮，自然要先去給皇后請安，聽說她要到賢妃宮裡去，皇后有些吃驚，但是也並沒多問。

跟著領路的小黃門來到慈元殿，一入殿門，就被滿院雪白的梨花吸引住了目光。梨同「離」，妃嬪的院子裡，按說是不該種這種寓意不好的花。

一名機靈的宮人恭敬上前，行禮道：「奴婢青梨，見過郡主。賢妃娘子正在裡面習字，奴婢這就進去通報。」

「有勞。」

「不敢。」

清風徐徐，有白色花瓣簌簌飄落，允棠忍不住伸手接了一瓣。

「郡主怎麼有空來？」賢妃笑盈盈地立在殿門前，雖描著細細柳葉眉，眉間淡然也難掩英氣。

「早就該來給賢妃娘子請安的。」允棠欠身，又轉頭看向滿樹雪白。「娘子喜歡梨花？」

賢妃垂眸笑笑。「是鈺兒喜歡。」隨即回過神來，道：「瞧我，光顧著說話。郡主，快請進。」

偏廳書案上，沉香蜿蜒流淌，拂過寫了一半的字。

允棠並不打算有過多鋪陳，直白地問道：「剛剛娘子說的，可是珩王？」

話音剛落，正在布茶菓的宮女手一抖，茶盞險些滑落。

賢妃伸手穩住，淡淡地道：「下去吧，我自己來。」

「聽說郡主一直在查永平郡主的案子。」賢妃親自斟茶，似不經意地問道：「不知進展如何？」

「我這次來，正是要同娘子說。」允棠雙手扶著杯盞，以示恭敬。「在查案過程中，無意間得知當年珩王身隕的真相，因事關重大，不敢隱瞞，特來稟告。」

「郡主用了『真相』二字，難道是覺得有人故意為之？」

「娘子可懷疑過誰嗎？」

賢妃的面上看不出情緒，將菓子推到允棠面前。「我不過是一個深宮婦人，仰仗官家恩寵才有今日，哪敢胡亂猜測，心生怨懟呢？人各有命，如今我只希望鑠兒能身體康健，便再別無他求了。」

允棠眉頭微蹙，賢妃的反應，與她想像中的大相徑庭，甚至有些冷靜得不像話。

她低頭假意品茶，腦子卻飛快運轉。

要麼是賢妃早就知曉，要麼是隔牆有耳，允棠實在想不出第三種情況。

如果是隔牆有耳，她剛才冒冒失失的那一句，恐怕已經暴露了。

她抬頭去瞥賢妃。

賢妃與她對視了一會兒，笑道：「不知郡主平日可喜歡習字？」

允棠先是一怔，馬上會意。「我近日剛好求得名家指點，斗膽請娘子與我鬥一鬥字，如何？」

賢妃笑吟吟地起身。「那我們便自選一個自認為最拿手的字，來比較一番吧。」

兩人來到案前，潤筆、浸墨，同時提腕書寫。

寥寥數筆，幾乎同時停手，將兩張紙放在一處，竟都是個「長」字。

賢妃面色愀然，強勾起嘴角道：「郡主果然聰慧過人，這麼短的時間內就能達到如此成就。想我資質平庸，竟用了十數年，才能寫好這一個字。」

允棠擱筆。「娘子謬讚了，我既得名家指點，必然也會日日研習，定要寫出些名堂來才是。」

「不知我可有幸見見這位高人？」賢妃聲音寡淡，眼神卻迫切。

「自然是行的。」

又胡亂寒暄了一陣，允棠藉口還要陪皇后用膳，退出了慈元殿。

走出去好遠，小滿才不解地開口。「姑娘不是要跟賢妃娘子說珩王的事嗎？怎麼說了大半天的字就走了？」

允棠面色凝重。「看樣子，賢妃娘子宮裡是有耳目了。」

「耳目？」小滿瞪大眼睛。「那他們怎麼知道姑娘要去找賢妃娘子的？」

允棠搖搖頭。「應該不只是賢妃，各個宮裡應該都有，保不齊祖母那兒也有。一會兒妳說話時留心些，找解嬤嬤問問，有沒有新進來的宮女，不要打草驚蛇。」

小滿心生惶恐。「我、我怕我會露餡兒，壞了姑娘的事。」

允棠苦笑。「別擔心，剛在賢妃娘子那裡，我太急了沒防備，應該是已經露餡兒了。」

筋疲力竭回到瑾王府後，允棠一頭栽在床上，悶聲道：「我要好好睡一覺，誰也別來喊我。」

小滿應聲，忙抬手去解床幔的帶子，還未等解完一邊，便聽見屋外梅香輕聲喊道：「郡主，喻娘子來了。」

長嘆一聲後，允棠強撐著坐起來，只覺得眼皮沈重，渾身像散了架一樣。

見狀，小滿心疼地道：「姑娘，不然就睡吧，我出去回了她便是。」

「算了，無事不登三寶殿，她也不會平白無故來找我聊天，讓她進來吧，給我點醒神的茶。」

「欸！」

小滿剛退出，喻氏便甩著帕子走進來，媚聲道：「冒失前來，沒擾了郡主清靜吧？」

「怎麼會？」允棠起身迎了出去，伸手道：「快請坐。」

「那我就不客氣了。」喻氏盈盈一笑，在桌前坐下來。「我也不跟郡主繞彎子了，我今兒個來，是來助郡主一臂之力的。」

「哦？」允棠奇道：「此話怎講？」

喻氏用手帕掩口笑，一副心照不宣的模樣。「其實郡主不說我也知道，您住進府裡來，並不是打算跟王妃和平共處，相反地，您是要找到她的把柄，將她驅除出去。」

這麼直白的對話，著實讓允棠意外。她也曾想過，以瑾王妃和新城縣主的性子，一定會到處樹敵，所以她曾將目光鎖在林側妃身上，試圖慢慢滲透，說服對方與她站到一邊。

可如今長公主的事，搞得她焦頭爛額，一時顧不上瑾王府內，怎知喻氏竟自己送上門來，真是大大的驚喜。

但她什麼也沒說，只是掩住喜色，意味深長地看著喻氏。

喻氏道：「我知道，郡主一時之間難以放下心中戒備，故而不敢相瞞，我也不過是想借郡主之手，拔出一根扎在肉裡的毒刺罷了。我女兒玢兒，被那毒婦害得差點無法降生，縣主又多次以玩笑之名，對玢兒行欺辱之實，作為母親，我實在無法忍受……

「不過郡主放心，我既然能主動來找您，必定是帶著誠意的。王妃多年前，曾先後殺害過兩名小娘子，都是被王爺多看了幾眼的，我有人證，如今就藏在我父親府上，就連屍身埋在哪兒我都知道。還有趙娘子，她未能降生的兒子，也是被王妃所害。趙娘子膽子小，不敢再招惹是非，可我女兒日日與那對狠毒的母女住在同一屋簷下，我不能坐以待斃。」喻氏強抑心中憤懣。「還有，縣主也虐殺過婢女，都被王妃掩了下來。只要郡主您開口，我願意做急先鋒！」

允棠難掩驚訝之色。

倒不是驚訝於這對母女還做了這麼多惡事，而是喻氏掌握這麼多證據都不敢聲張，說明還是沒把握能把瑾王妃釘死。

瑾王啊瑾王，風流多情也就罷了，就連自己的子嗣都護不好。想到弘業跟弘石見到他時那如履薄冰的模樣，允棠對他的鄙夷不免又多了幾分。

喻氏見她不說話，心中有些忐忑，繼續說道：「我還是要勸郡主一句，現在瑄王殿下如日中天，背靠瑄王妃這棵大樹，想要除掉瑾王妃，絕非易事，千萬莫要輕舉妄動啊！」

允棠笑了兩聲。「喻娘子就不怕送走狼，迎來虎嗎？」

喻氏不假思索地搖搖頭。「郡主您有自己的府邸，不日又要跟魏國公家的小公爺成親，操持自己家的大院子都夠累了，哪有心思禍害我們？」

聽了這一席話，允棠不由得啞然失笑，這位喻娘子倒是個爽快的。

「好，喻娘子的意思，我明白了。」

「如此，我便不多打擾了。」喻氏聞言起身。「在郡主給我信兒之前，我和玢兒還得繼續裝瘋賣傻，您若是碰著了，不要見笑才是。」

允棠肅然。「自然是不會，您是位值得尊敬的好母親。」

喻氏聽了，低頭笑笑，轉身離去。

晚飯時，瑾王到林側妃的院子裡來用，席前因些小事，又訓斥了弘石幾句，弘石委屈離席。

允棠看不下去，以「飯前不訓子」為由，替弘石爭辯了一番。

瑾王聽了，倒是沒再說什麼。

只是林側妃和弘業，皆面露感激之色。

清明前夕，上自天子朝臣，下至平頭百姓，都忙得不可開交。

可就在此時，卻發生了一件驚天血案——戶部副使葛椿和一名妾室，就在自己府邸內，雙雙被梟首身亡！

據說是婢女發現的，本是清早按時伺候盥洗，誰知一開門，原來放在一旁用來擺花瓶的紅漆雕花方桌，不知被誰挪到了正中間，其上的花瓶也不知去向，取而代之的是兩顆瞪著眼睛的頭顱。

婢女當時就嚇瘋了，被派去報官的小廝，到了開封府，連話都沒辦法說完整。

軍巡院立即派人勘察，府內並未丟失貴重物品，所以幾乎可以認定是仇殺。

可葛椿到底得罪了什麼人，以至於要下此狠手呢？

幾番調查過後，軍巡院的人為難起來了，因為被查問的人，十個之中有九個都是一樣的說辭——要說葛椿得罪過誰，那定是太子殿下啊！

葛椿為人圓滑世故，人稱笑面狐狸，只要看到他的臉，就沒有不是扯著笑的時候。

按說這樣的人，是不會得罪人的，最不濟，也就是打太極，在拉扯中把矛盾化解，再讓對方吃些啞巴虧。

就在前些天，戶部使盧英生病告假，太子只好找到葛椿，商議在各州縣辦「共濟堂」和「慈幼院」撥款的事。

所謂「共濟堂」和「慈幼院」，也就是公益性質的醫院和幼兒收養院。這個提議是太子深思熟慮計劃，又找皇太孫認真議過的，就連專款的來源，也都想好了，就由當地官府撥一小部分，再以絕戶的財產充公，也接受官宦、商賈的捐贈，並送表揚牌匾以回饋之。

既然想得如此周全，官家便點頭了，讓太子放手去做。

這打頭的第一家，自然要開在天子腳下的汴京了。萬事起頭難，這第一筆款得讓戶部來出，之後運轉起來也就容易了。

消息一出，不少官員都羨慕起葛椿來，這樣一個肥差，既能討好官家和太子，又能在百姓中博得美名，一舉兩得，何樂而不為啊？

誰知這葛椿不知吃錯了什麼藥，不但嚴詞拒絕，還跟太子哭起窮來，說去歲蝗災本就免了好多賦稅，如今再也拿不出錢來了。

當時戶部的其他官員惶恐萬分，使眼色、扯袖子，明點暗示做了個遍，加上太子軟磨硬泡，把能說的話都說了個遍，可葛椿就是不為所動。

葛椿執拗地表示，若是非要撥這筆錢不可，請拿官家的手諭來，並明示將哪一部分錢挪作他用。

太子悻悻地無功而返，官家卻不肯施以援手，放話說，若是這麼點小事都搞不定，也就別想立什麼「共濟堂」了。

哪知前腳太子離開，後腳瑄王就到了戶部，憑著三寸不爛之舌，硬是讓葛椿點頭答應，撥了這筆款。

一時間，朝廷非議不斷，就連百姓家街頭巷尾也都把此事當笑話說。

這種情況之下，瑄王自然是得意的，可還沒得意兩天，葛椿就死了。

蕭卿塵和允棠兩人在湖上泛舟，對岸青山綠柳，相映成畫。

允棠用手搭涼棚，遮住刺目陽光，卻難擋波光粼粼，只得瞇起雙眼。「瑄王真有如此能耐？」

蕭卿塵嗤笑。「他哪裡是有什麼通天本領？葛椿本就是他的人。」

「你是說，是他故意要葛椿為難太子殿下的？」

「嗯。葛椿投靠他，知道的人雖不多，但絕非完全無人知曉。瑄王這是招險棋，卻沒想到身後還有黃雀。」

允棠沈吟了下。「好像忽然之間，瑄王急了，長公主也急了。我們是錯過什麼了嗎？」

「妳之前不是說，已與賢妃通過氣了？」蕭卿塵用手指習慣性地搓著自己的袖子，道：「瑄王此番動作，恐怕就是賢妃的傑作。」

「瑄王會相信賢妃？」

蕭卿塵搖頭。「不會。但是賢妃只需要提醒瑄王，擺明現在的事實情況，完全不需要編造撒謊，比如：官家的身子每況愈下，還有，官家讓太子自己去與朝臣協調磨合，不過是為了讓他登基後更容易些。」

允棠不說話了。

賢妃身處後宮多年，再不爭不搶、不問世事，對朝局的理解，和對人心的把控，都比她一個黃毛丫頭要強得多。

只是不知道賢妃試圖左右瑄王時，有沒有想到過，會有人被梟首？

一位飽受喪子之痛的母親，願意在院中種不祥的花朵，只因已逝的兒子喜歡，一旦她知道了凶手是誰，為報仇雪恨，恐怕是犧牲再多人，也在所不惜吧？

「允棠，」蕭卿塵輕執起她的手。「葛椿的命運，是由他自己的選擇決定的，妳我都不是神，左右不了人的生死。」

她轉臉看向他，他就像會讀心術一樣，總是能準確地擊中她內心最柔軟的部分。

「我的心思都寫在臉上嗎？」允棠輕聲問，又自顧自地答道：「那可太危險了。」

「沒有，妳隱藏得很好，好到有時我也弄不清楚妳的心思。」蕭卿塵垂眸，悻悻地道：「緣起昨日說，看到小滿去給萬俟丹送東西……」

允棠哭笑不得。「只是碰巧聽到街上有人說我壞話，他仗義執言，我心生感激而已。」

「我還揍過好幾個呢！」蕭卿塵委屈地道：「也沒見妳送我什麼……」

「好好好，你要什麼？」

「我要跟萬俟丹一樣的……不對，要比他好的！」

允棠當然知道，蕭卿塵是想要安慰她。

她就像是南美洲那隻蝴蝶一樣，曾肆意地搧動翅膀，如今龍捲風即將孕育成形，她想要完全置身事外，亦是全無可能了。

第二十六章

清明時節，四野如市。

天家法駕儀仗停在烏頭門外，侍從們皆著紫衫，手持各種祭祀用品，屏氣凝神立在兩旁。

官家身著紅日白雲紋的二十四梁通天冠服，冕板正中垂下青色天河帶，由著深藍色褘衣、戴龍鳳花釵冠的皇后攙扶著，並肩走在最前面，緊隨其後的是同樣盛裝的太子和太子妃。

瑄王翹首，在各宮妃嬪中並未看到淑妃的身影，心中疑惑，打發下人去詢問。

下人很快過來回話，說淑妃娘子還在受罰，是官家命她不必參加祭祀。

「受罰？」瑄王聽了不免焦急，忙問道：「可知因何受罰？」

下人還未來得及多說，此時禮官示意親王列向前。

除了太子之外，瑄王是年紀最長的皇子，只得帶著瑄王妃先行一步。

整個祭祀過程冗長無比，瑄王心急如焚。

趁官家與皇后相攜入殿，拈香朝拜列祖列宗之時，瑄王妃低聲安慰道：「王爺莫急，雖然不知道淑妃娘子是因為什麼受罰，但想來也不會是什麼大事。」

說話間，賢妃同太子低聲說了幾句，太子扭頭，朝瑄王看來，微笑頷首示意。

可這一笑，落在瑄王眼裡，卻是赤裸裸的挑釁！

瑄王妃沒發覺，繼續道：「大不了也就是禁足，等父親氣消了——」

「哼！」瑄王攥緊拳頭。「在朝堂上敗北，便把帳算到我母親頭上是吧！」

瑄王妃一驚。「王爺，慎言！」

官家早就有令，所有子女，無論生母是誰，都要奉中宮聖人為母親，若是瑄王這句話被有心人聽去，免不了要受官家斥責。

允棠也奉命參與這次的祭祀大典，她將一切都看在眼裡。

那日之後，她並未與賢妃再取得過任何聯繫，可在近日周遭的動向中，卻看出了些端倪。

賢妃這是準備用激將法，先是激化太子與瑄王的矛盾，逼瑄王反擊，長公主自然會忍不住出手教訓，等到局面無法收拾的那一刻，長公主的死，便成了定局。

這樣勝率雖高，但代價未免也太大了些。

她又想起蕭卿塵的話——

若我告訴妳，查妳母親的案子，會牽扯到很多人的命運，甚至傷及他們的性命，妳會就此罷手嗎？

原來在那個時候，他便已經預想到了現在的局面。

若是再問一次，現在的她，恐怕不知該如何作答了。

焚燒祭品過後，帝后擺駕回宮。

瑄王快行幾步追上太子，道：「太子殿下，我有話跟你說。」

太子雖茫然，還是點頭應允。

兄弟二人來到一處亭子，又命隨從退後。

「你我怎麼變得這麼生分了？有什麼事？現在可以說了吧？」太子負手，笑吟吟地道。

瑄王沈默許久，才悶聲開口道：「殿下，你我在朝堂再怎麼爭，也不該牽扯到其他人。」

「是嗎？」太子笑笑。「這句話，我也一直想找機會對你說。」

瑄王皺眉。「你什麼意思？」

「秉鉞啊，越州的事，我知道是你做的。」

瑄王瞳孔一縮，忙警戒地向四周望去。

太子輕笑。「放心吧，我沒告訴任何人。」

瑄王不知太子到底是何意，疑惑著並沒開口。

太子仰天長嘆。「你覺得我不堪東宮之位，我能理解，真的。可你故意將瘟疫引入越州，你知道害了多少人的性命嗎？七十九人，慄田村老老小小總共七十九人！」

「成大事者，不拘小節。」瑄王目光中透著狠戾。「殿下，你知道，若像你這麼懦弱的人當了一國之主，會害死多少人嗎？」

太子微怔。

「你覺得你體恤民生，想他們之所想，讓他們吃好穿暖，便萬事大吉了嗎？你可知，邊疆不會一直安穩，西夏蠢蠢欲動，他們稱帝建國，日益壯大，捲土重來是早晚的事！還有遼國，你覺得結成締盟就一勞永逸了嗎？」

瑄王指著一個方向，慷慨激昂。「你連區區幾條人命都要悲秋傷春，如何能守衛好祖宗留下的疆土？你覺得你還適合當這個儲君嗎？」

「我適合當儲君嗎？」太子默唸，俯身在石凳上坐下來。「你這個問題，恐怕在汴京隨便抓出一個黃口小兒，都能隨口說出答案。」

「你自己怎麼想？」

「我？」太子乾笑兩聲。「我也是有自知之明的。」

「既然如此，你為何霸占著東宮之位不放？」瑄王激動地詰問道。「父親交給你的事情，你明明都完成得很辛苦，為何不直接跟父親坦白？就說你無才無能，不堪重負！」

太子不答反問。「有件事我一直很好奇，父親交給你的事，你都應對得很輕鬆嗎？」

「我……」瑄王一時語塞。

「我並無意譏諷，我是真的很好奇，這種好奇，時常都在。」太子垂眸，看著面前的地面，有磚石破了一塊。「不光是你，還有秉鑠，甚至弘易，你們似乎都應對得很輕鬆，至少看上去是那樣。」
瑄王如實道：「輕鬆談不上，我不過是想要做得盡善盡美，得父親一句誇讚。」
「是啊，做兒子的，不過就是想得父親的一句誇讚，我又何嘗不是呢？」太子悵然道。
「說到這兒，真想和你喝一杯，我們兄弟好久沒在一起喝酒了。」
憶起從前，瑄王的語氣也軟了下來。「大哥，你該知道的，國家社稷絕不是兒戲……」
太子苦笑。「我從還拿不穩筆的時候，就開始學寫『社稷』二字，我又怎會不知？可父親的意思也很明確，要我替弘易守住皇位。在你眼裡，弘易會是個好君王嗎？」
瑄王不語。
他不得不承認，皇太孫蕭弘易集智慧、手段、魄力和仁愛於一身，每一種特質都不多不少，恰如其分，絕對是儲君的不二人選。
反觀自己的嫡子，蕭弘禹，不可謂不努力，但總歸逃不過「平庸」二字，與太子又有何區別？
「葛椿的事，朝中非議眾多。說真的，秉鉞，我不在乎這件事是由你做成，或是由我，這都不重要。」太子眉間似有哀色。「只要今年汴京街頭不再有孩子流浪，我就心滿意足了。可萬萬沒想到……」
瑄王冷笑。「你的意思是，葛椿的事，與你無關？」
太子詫異地轉頭。「怎麼，連你也懷疑是我做的？我為什麼要殺他啊？難道就因為他讓我丟了面子？你們憑什麼覺得，我的面子會比兩條活生生的人命更重要呢？」

「你是尊貴的太子殿下呀！」瑄王心中升騰起一絲怒火。「若連你的臉面都可遭人隨意踐踏，那皇家顏面何存？君威又何在？你難道不是這麼想的？」

太子怔怔地盯住瑄王。「秉鉞，我們兄弟倆在一張床榻上睡了多少年，在你心裡，我到底是什麼樣的人？」

一句話，將瑄王的思緒帶回到二十多年前。

諸位皇子同吃同住，一同聽太師講書。有次璟王和瑾王調皮，上樹掏鳥蛋，太子發現後，於心不忍，趁他們晚上熟睡時，又將鳥蛋一個個送了回去。

夜裡餓了，眾兄弟提議要吃炙羊肉，可太子在見了拴在小廚房門口的羊羔後，硬是勸他們改吃菓子，代價是幫所有人抄書。

類似的事，數不勝數。

宮中人都盛傳，說太子殿下是菩薩轉世，才有著至仁至善的菩薩心腸。

瑄王看著面前的太子，面容雖有著歲月的痕跡，可眼神清澈一如往昔，不由得喉頭哽住。「大哥，越州的事……我、我從未想過要置你於死地，我只是想讓父親也能轉頭看看我……」

太子展顏笑道：「我知道。」說罷起身，拍了拍瑄王的肩。「不管怎麼樣，我是真心想謝謝你。『共濟堂』和『慈幼院』是我的心願，如今心願達成，我也再沒什麼好遺憾的了。」

瑄王恍然，原來剛才的笑是這個意思。「那淑妃娘子……」

「淑妃娘子？」太子雖疑惑為何在此時提起淑妃，但還是認真地解釋道：「昨日幾位娘子同母親在一處聊天，提到葛椿一案，淑妃娘子為你爭辯，言語間冒犯了母親，恰巧被父親聽到，這才罰了她，不是什麼大事，你不用擔心。」又長吁一口氣，繼續道：「你放心，近些日子我也想過了，我會找個恰當的時機，跟父親提提易儲的事。」

瑄王心頭微震。

「就像你說的，不堪重負。」太子勉強勾了勾嘴角，扭頭看向斜陽。「尤其是父親身子不好，監國的這段時間，我真的是身心俱疲，要不是有弘易……我自己心裡也知道，這完全超出我的能力範圍了。」

「大哥……」

「不過，父親會不會想到你，這要看你自己了。」太子抬頭朝瑄王笑笑。「當大哥的，能為你做的，也就是這些了。」

瑄王心中動容。「大哥，你放心，若是父親立我為儲，弘易還是皇太孫，這永遠不會變。」

太子點頭笑笑。「好。」

太子剛回到宮裡，便有小黃門急急來報。「殿下，官家有話，要您一回來就到仁明殿去，跟官家和聖人一起用膳。」

「知道了，我換身衣裳就去。」

太監谷永一邊為太子更換常服，一邊瞥著他的臉色。「殿下有心事？」

太子不易察覺地嘆了一聲，道：「也不知父親今日心情如何？」

谷永輕笑。「文安郡主也在仁明殿，想來官家的心情差不了。」

太子勉強笑笑。「那就好。」

換好了衣裳，馬不停蹄來到仁明殿，一入院子就聽到官家爽朗的笑聲。

「官家、聖人，太子殿下來了。」

「秉欽啊，快來！」官家笑得合不攏嘴。「來聽聽這丫頭的奇談怪論，叫什麼……經濟制裁的。」

太子強打起精神，給父親、母親見禮後也落坐。「哦？這詞聽著可新鮮，就是不知是何含義啊？」

官家大笑。「她說要我禁了跟西夏的互市，或者將絹布價格提高到千貫一疋。」

太子正思量著這其中的關係。

皇后卻瞧出端倪，關切地問道：「欽兒，怎麼了？身子不舒服嗎？」

「沒有。」太子搖搖頭，悵然道：「只是想到，兒子好久沒陪父親、母親用膳了。」

官家聞言皺眉。「那你還不主動來請安，非得朕遣人去請你才來。」

「是兒子的不是。」太子低頭看著面前的食物。「不怪父親生氣，我似乎什麼都做不好。」

皇后聞言一怔。

允棠識趣地起身。「祖父、祖母，我去看看湯燉好了沒？」她擺手示意殿內候著的宮人都退出去，然後親自把殿門關好。

小滿不解。「姑娘……」

允棠的手還扶在殿門上，面色略顯凝重，遲疑道：「祭祀大典後，瑄王不知道找太子殿下說了什麼，瞧著太子面色十分沮喪，怕是……又要惹祖父生氣了。」

「那……那怎麼辦啊？」

怎麼辦？允棠也在問自己這句話。

就在兩個月前，她還認為，局勢發展至今，她的角色是那個不可或缺的背後推手。

可隨著無力感越來越明顯，她才知道，歷史的車輪滾滾向前，駛到她身邊，她只稍微抬抬手，就被捲入其中，無法自拔，更無法左右車輪前進的方向。

今日的春風可談不上溫柔，撩得枝條沙沙作響。

殿內只剩官家、聖人和太子三人，氣氛卻凝重至極。

官家將筷子頓在案桌上。「你再說一遍？」

皇后忙按住太子的手臂，搖頭道：「欽兒……」

「妳不要攔著他，讓他說！」官家怒不可遏，手指快戳到太子臉上。「你有膽，就把剛才的話再說一遍！」

太子握了握皇后的手，像是下了決心一般。「父親，我不想再做太子了。」

「欽兒！」皇后失聲。

「放肆！」官家拍案而起，目眥盡裂，喝道：「你當這儲君之位是什麼？是兒戲嗎？多少人爭破頭去搶，你可倒好……」

「那就讓他們搶好了！」太子紅著眼，賭氣道：「誰有能耐誰來做，也省得讓父親生氣了！」

「你——你這個不孝的豎子！」官家咬牙，身形晃了兩晃。「朕看你是嫌朕活得長了！」

皇后忙上去攙扶。「欽兒，快別說了！」

「母親，兒子不孝，可這些話憋在兒子心裡很久了。」太子似是在極力隱忍。「兒子資質平庸，目光短淺，實在難當重任。父親教得辛苦，我學得也辛苦。江山社稷，百姓民生，這一座座大山壓得我喘不過氣來，生怕什麼事做錯了，就會讓百姓遭殃……」

官家重新坐下來，語氣軟了些。「秉欽，為君者，本應克己。戰戰兢兢，如履薄冰，於百姓來說，乃是天大的好事，怕就怕在這位置上坐久了，忘了本心。」

「可我根本就什麼都做不好！」太子喉頭哽住，幾近失聲。「您讓我替弘易守好皇位，可我怕傳到弘易手裡時，會是個無法收拾的爛攤子。」

皇后心疼道：「怎麼會呢？欽兒，文武百官都會幫你的。國事，從來就不是官家一個人的事。」

「可我既無才無能，百官又因何尊我為君？難道只因為我是父親的第一個兒子嗎？那對其他皇子來說，也太不公平了。」

「公平？」官家詰問。「那朕問你，何為公平？你覺得你身為嫡子，忝居東宮之位，應給其他皇子機會，可天下有千千萬萬人沒能生在帝王家的，又該不該有機會？」

太子啞然。

「遼國地處苦寒之地，每歲土地被冰雪覆蓋之時近歲半；西夏更是身居氐羌舊壤，產出不外乎羊毛氈毯，他們覬覦我中原豐富物產多少年，若按你口中的公平，難道我們應與他們均分天下嗎？」官家又哼了一聲。「這世間本就沒有公平可言。強者只論輸贏，弱者才會求公平，去求以他們的能力永遠也無法得到的那部分利益。」

太子的肩膀頹然垮了下去，向後趔趄兩步，神色萎靡，再無言應對。

允棠正在仁明殿外踱步，忽聽小滿低聲道：「姑娘，賢妃娘子來了。」

賢妃纖纖細步來到跟前，瞥了眼她身後緊閉的殿門，輕笑道：「看來我來得不巧。」

「賢妃娘子。」允棠微微欠身，心裡卻忍不住思量。祭典結束之時，皇后叫她上前，賢妃就在身後，若她看到了瑄王同太子說話，賢妃必然也是見著的。

想必這會兒是算準時辰來的。

可她只聽了個開頭，都不知道太子要說什麼，賢妃又怎麼會知道？

賢妃笑著，示意身後的宮人上前。「我宮裡的小廚房新研究了個降火的湯，味道很鮮美，一會兒讓官家趁熱喝吧。」

程抃忙上前，雙手接過。「賢妃娘子有心了，官家怕是正在氣頭上呢！」

「哦？」賢妃用帕子掩口。「那倒是叫我歪打正著了。」

程抃陪笑道：「賢妃娘子一向最懂官家的心思，您這哪是歪打正著啊？您這是怕官家急火攻心！老奴就先退下了。」說完，捧著湯盅離開。

賢妃道：「不知郡主有沒有空，陪我走一走？」

允棠掃了眼賢妃身後，竟不是那日她去時在跟前伺候的熟面孔，心下明白了幾分，還是決定陪賢妃唱完面前這一齣，抬頭笑道：「好啊！」

後苑已經滿園春色，偶爾還聽見燕子呢喃，只是天公不作美，天灰沈沈的，還颳著乾風。

允棠緩步向前，道：「我瞧著祖父和太子殿下臉色都不好，這才忙退了出來，雖然不知道殿下要說些什麼，我在總是不合適的。」

賢妃笑笑。「還能說什麼？不過就是瑄王勢頭更盛，掩蓋了太子的鋒芒，朝堂議論紛紛之類的。要我說，太子也是有些謹小慎微了，其實根本沒什麼好擔心的。」

允棠頗有深意，奇道：「賢妃娘子的話，我是越發聽不懂了，朝堂上都已經有了不一樣的聲音，怎麼會不擔心？」

賢妃頓下腳步，左右瞧瞧無其他人，伸手拉過她，壓低聲音道：「瑄王啊，是無論如何也做不成儲君的。」

「這是為何？」

允棠雖不抬頭，餘光已見賢妃身後的一名宮女向前傾斜身子，做探聽狀。

賢妃用手遮擋，湊到她耳邊，聲音卻把握得極好，恰好能被身後人聽到。「因為瑄王根本不是淑妃所生。」

允棠的注意力本在宮女身上，聞言一驚，倏地抬眼。「當真？」

只見賢妃煞有介事地說：「自然是真的，宮裡的老人們都知道。瑄王的生母乃是教坊舞伎，是官家給她脫的賤籍，可滿宮妃嬪無一不是名門閨秀，因此沒人瞧得上她，瑄王還沒到半歲時，她就得病死了。

「那時淑妃的二皇子剛夭折不久，淑妃生產時曾血崩，人是救回來了，可再也不能生育了，官家和聖人就作主，把瑄王給了淑妃，從此淑妃便把他當自己的二皇子一樣，悉心教養著。所以啊，即便瑄王再優秀，也不過是賤籍女子所生，是不可能繼承大統的。」

最後這一句，猶如當頭棒喝。

允棠的震驚溢於言表，賢妃搞這麼大陣仗，便是為了將這句話傳出去！

瑄王以為與葛椿打了場配合，誰知長公主直接來了招釜底抽薪。

不但殺一儆百，也成功震嚇住了瑄王。

說不惱羞成怒是不可能的，用一個戶部副使換些莫須有的美名，怎麼想，這筆帳都是不划算的。

若是在這個時候，瑄王知道自己這麼多年的努力都不過是在捕風捉影……

允棠扭頭看向賢妃，那看似悲憫的眼底，卻盡是涼薄之色。

待允棠回到仁明殿，官家和太子都已經走了。解嬤嬤說，皇后身子不舒服，先睡下了，要她自便。

想來想去，覺得還是應該告訴蕭卿塵和外祖父一聲，因此允棠領著小滿匆匆往外趕，生怕宮門落了鎖。

遠遠看見蕭卿塵頎長的身影立在宮門前，她心生歡喜，腳步加快，最後甚至小跑了起來。

「怎麼了？」蕭卿塵見狀迎上前，急道：「跑什麼？」

「我有事要跟你說。」允棠氣還沒喘勻。「時辰到了，先出去再說。」

宮門在身後緩緩關閉。

允棠將所見所聞，簡短地跟蕭卿塵複述了一遍，他的面色也越發沈重起來。

「我有種不好的預感。」允棠憂慮道。

蕭卿塵仰頭看看天邊翻滾的烏雲，嘆道：「要變天了。」

「是要變天了。」

沈聿風策馬來到跟前，疑惑地道：「這眼看著就要下雨了，怎麼還站在這裡說話？」

蕭卿塵不答反問。「官家召見？」

「是啊，不然誰能指使得動我啊？」沈聿風嘿嘿一笑。

「這麼晚召見，可有要事？」

「咦？」沈聿風奇道：「你小子，怎麼突然對我的事感興趣了？」

蕭卿塵翻了個白眼。「算了，當我沒問。」說完拉上允棠就要走。

「欸欸欸，臭小子！」沈聿風打馬跟了兩步。「還能有什麼事？自然是暗中調查葛椿一案了。」

允棠心道：就算是震動京城的血案，也不該讓魏國公查吧？

不過想來，這沈家父子身上總是有種神秘感，人就站在面前，也總像霧裡看花似的，看不真切。

蕭卿塵扭頭看了看她，頓了頓，又道：「國公爺，你就不覺得連氏有問題嗎？」

沈聿風聽了，差點從馬上摔下來，支支吾吾道：「這、這好端端的，怎麼又說起她了？再說，你這當著允棠的面，總是連氏、連氏這樣……」

允棠見狀，開口道：「要不，我先回去了。」

蕭卿塵一把拉住她。「眼看就要下雨了，還是我送妳吧。」說完又扭頭對沈聿風道：「我是好言相勸，你卻總覺得我是誣衊她。你這輩子查案千百樁，怎麼到自己身上就變成睜眼瞎了？」

「你——」沈聿風剛要咒罵，心下一思量，一股異樣的感覺突然從心底升起，待回過神來，二人已經上了馬車，走遠了。

馬車上，儘管很好奇，允棠還是忍住沒問有關沈連氏的事。

倒是蕭卿塵先開口。「允棠，我有事要跟妳坦白。」

「這麼鄭重？」她偏過頭。「你說吧，我聽著。」

「暗衛……妳聽說過嗎？」

允棠眯起眼。「算是聽過吧，怎麼了？」

蕭卿塵道：「沈家世代都是暗衛頭領，可以說蕭家江山坐了多少年，沈家暗衛就當了多少年。可在魏國公以前，沈家都是見不得光的，無名無分，死了也沒人知道。與祖宗們身處的亂世不同，如今暗衛所做的事，也與當初大相徑庭，相信官家也是起了要解散暗衛的心思，這才讓沈家有了今日的榮耀，得以行走在日光下，受世人尊敬。」

聽了這一番話，允棠竟不覺得驚訝。

瞥見她平靜的神情，蕭卿塵低頭笑笑。這麼長時間以來，他不曾故意隱瞞，聰慧如她，大概早就發現端倪了吧？

「還有。」

「還有？」允棠倒是起了興致。「今兒個是怎麼了？」

「在崔老將軍回京之前，皇太孫殿下和我去給官家請安時，不小心聽到了瑾王殿下跟官家請罪。」蕭卿塵有些緊張，舔了舔嘴唇。「所以……」

「我知道。」允棠輕描淡寫地回他。

蕭卿塵驚得快要跳起來了。「妳知道？」

「對啊。」

「妳、妳是什麼時候知道的？」

要知道，因為這件事，蕭卿塵一直很愧疚，很長時間都不敢見她。

要不是皇太孫怕他為難，跟官家提議召回崔奉，天曉得他會做出什麼事來。

「你南下賑災，沒跟皇太孫殿下回來的時候，他曾說，我是他六叔的女兒，該喚他作堂兄的。」允棠從懷中掏出黃玉魚珮。「他還說了這魚珮的作用。」

蕭卿塵仔細盯著她的細微表情，試圖推斷出她得知這個消息時的心情。

「他既知道了，你們形影不離，想必你也是知道的。祖母說過，她也是知道的。祖父既然下了旨，難道我還要怪你們沒抗旨不成？」允棠笑笑。「別傻了，誰都沒資格要求別人用性命來做到坦誠，更何況……」她手指摩挲著魚珮。「你也說了，你們沈家世世代代效忠，若你真的因為兒女私情，棄忠義孝悌於不顧，我才真的會看不起你。」

「允棠……」蕭卿塵心裡似有暖流湧過，他很難形容現在是什麼感覺。

她的善解人意，恐怕連她自己都沒意識到，帶著一種近乎決絕的孤獨感。正如初相識時在白礬樓說的一樣，她不習慣依賴別人，也從不奢望別人的好。

若他做的事，只需要對他自己這條命負責，他早就朝她飛奔過去了，告訴她，他可以用這條命對她坦誠以待。

蕭卿塵鼻子一酸，向前湊了湊。「我想抱妳，不然，妳抱抱我也行。」

她微微怔了一下，還是緩緩朝他的肩頭靠過去。

他順勢伸出手臂將她攬入懷中。

練弓的緣故，她看上去已經比初相識時豐腴不少，可還是瘦，瘦得讓人心疼。

允棠輕嘆一聲。「我在想，去找賢妃，是不是錯了？」

蕭卿塵大手輕撫她的手臂。「妳也說了，妳們兩個同時寫下『長』字，說明她自己也查到了，有沒有妳，結果都是一樣的。」

「可我此時想的，竟然是趁亂解決楚家，我是不是太……」她想了半天，也沒想出什麼詞來形容自己。「太那個了……」

蕭卿塵頭向後仰，靠在車廂壁上。「如果是我，也會這樣做。所謂『亂』，不就是不知道結局會如何嘛！沒人知道，這是不是最後的機會，所以才更要抓住吧？」

這場雨，足足持續了一天一夜，到了清明休沐起來的第一個上朝日，才開始放晴。天微微亮，瑄王來到宮門前，已有不少著緋袍、綠袍的官員候在宮門外。

他快行幾步，追上尚書列曹侍郎戴岐，笑道：「戴大人，聽說令郎不過第一次科考，就中了舉，馬上要參加今年的春闈了，真是後生可畏啊！」

平日裡戴岐雖未明確立場，但面上一直還算過得去，相互奉承寒暄，樣樣不落。

誰知今日，竟連笑容都吝嗇擠出一個，面無表情地道：「參加春闈的人沒有一千也有八百，這沒什麼可說的。」

瑄王一愣，戴岐已大步流星越過他，朝大殿走去。

正疑惑之時，皇甫丘從後面追上來，把瑄王扯到一邊，神色慌張。

「殿下，您可聽到了什麼流言？」

「流言？」瑄王看了看往來的百官，似是皆瞥著他竊竊私語。「什麼流言？」

皇甫丘湊到瑄王耳邊。「不知道從哪裡流出來的消息，說您、說您……」

瑄王被鼻息噴得心煩，伸手將皇甫丘推遠，皺眉道：「站遠點兒說！」

皇甫丘緊張得噍口水，用氣音說道：「說您不是淑妃娘子親生，生母乃是賤籍！」

「放肆！」瑄王額頭暴起青筋。

皇甫丘嚇得腿都軟了，強撐著才沒跪下來，一邊向往來的官員陪笑，一邊道：「您小聲點。」

「是誰？到底是誰？」瑄王咬牙切齒。「本王剝了他的皮！」

「殿下，是誰造謠，現在已經不重要了。」皇甫丘往前跨一步，想了想，又退回半步，壓低聲音說道：「原本傾向我們的幾位重臣，如今都不肯再聯繫，恐怕是信了這種鬼話，認為您絕無繼承大統的可能……」

瑄王氣憤地拂袖。「這種荒謬之言也肯信，一群沒腦子的廢物！」

「您還是等散朝後，快去淑妃娘子的宮裡，一起想想法子吧！」皇甫丘道。「時辰快到了，殿下還是快走兩步吧！」

官家身子還是不好，雖恢復了早朝，但秉承著「有事啟奏，無事退朝」的原則，很快便散了朝。

瑄王一刻也不敢耽擱，直奔淑妃娘子的寢宮。

淑妃正在寢殿裡修剪花枝，見瑄王來了，喜上眉梢。「今兒個怎麼得空來了？」

瑄王怫然不悅，朝殿內伺候的宮人們擺手。「你們都下去！」

淑妃這才覺察到不對，疑惑地問道：「怎麼了？誰惹你生這麼大的氣？」

「還能有誰？當然是太子了！清明祭典那日假惺惺地跟我說，會跟父親提易儲之事，結果轉臉就放出流言來害我！」瑄王提起來便氣。「本還想著借葛椿的案子拉攏幾位重臣，現在可好！」

「太子跟官家提易儲？」淑妃捏起一段枯敗的枝條，用剪刀剪掉，嗤笑道：「這種鬼話你也信？」

瑄王忿然作色。「他提起多年兄弟情分，我一時……唉，誰能料到，他竟然放出流言，說我不是您親生的，您說可笑不可笑！」

淑妃手一抖，剪刀「噹啷」一聲掉在案桌上，又摔落到腳邊。

「母親！」瑄王忙衝過去，蹲下來查看。「傷到哪兒沒有？怎麼這麼不小心！」一仰臉，淑妃那驚慌的神色，讓他後背一僵。「母、母親……」

淑妃這才回過神來，手忙腳亂地將瑄王拉起來。「鋮兒，你不要聽人亂嚼舌頭，你就是我兒子，你永遠都是我兒子！」

瑄王聽出弦外之音，遲疑地道：「母親，您怎麼不抬頭看我？」

淑妃胸口劇烈起伏，頭扭向一邊，迴避他的眼神。「我有些乏了，不然你就先回去吧，改日再來看我。」

「母親，我求您跟我說實話。」

「你、你先回去吧！」淑妃扭頭要走。

「母親！」瑄王撲通一聲跪在地上。「外面都說我生母是個賤籍，早就病死了，是不是真的？只要您說，我就信！」

淑妃腳下一頓，合上雙眼，仰天長嘆一聲。「我就知道，早晚會有這麼一天的。」

瑄王聞言，癱坐在地上，不敢置信道：「原來……原來竟是真的……」

淑妃含淚轉頭，跪坐在他跟前，哀悽道：「這麼多年來，我是把你當親生兒子一樣啊！」

瑄王直直地盯著前方，忽然聳肩失聲笑了起來。

「鍼兒！」

「怪不得，怪不得無論我做什麼，父親也不過是口頭上誇誇我，卻從未想過要易儲。」瑄王轉頭看向淑妃，聲聲淒厲。「因為我這樣的出身，永遠都不可能當太子！」瑄王哀怨地看著淑妃。「而母親您，您就這樣眼睜睜地看著我，將千百個日夜和無數心血都花在這一碰就碎的泡影上面！」

淑妃拚命搖頭，哭道：「不是的，鍼兒！」

「哈哈哈哈……」瑄王淒厲地狂笑起來，攤開雙手。「我竟然還去找太子理論，論該如何為君！我簡直是個天大的笑話！」

「你不要這樣……」淑妃去拉他的袖子，卻被他一把甩開。

「母親，您知道嗎？我還在朝堂上振振有詞，甚至有一陣子，我覺得已經完全碾壓了太子！」瑄王的神色已近癲狂，煞有介事地道：「秉鉞和秉鑠他們，是不是也早就知道了？是不是都躲在暗處看我的笑話？」說罷，又獰笑起來，笑得上氣不接下氣，最後嗓子一甜，竟硬生生嘔出一大口血來！

淑妃驚叫。「鋮兒！來人，快來人，宣太醫——」

瑾王府。

「王爺，不好了！王爺！」瑾王妃神色慌張地跑進正堂，卻發現瑾王和允棠還有弘業、弘石兩兄弟，頭正湊在一起，研究著桌上的一把寶劍。

「怎麼了？慌裡慌張的？」瑾王皺眉。

瑾王妃掃了允棠一眼，強行鎮定道：「王爺，請借一步說話。」

瑾王有些不耐煩。「都是家裡人，有什麼不能說的？」

「王爺！」

「不說算了！」說完，瑾王又低下頭去，用手指摸索劍鞘上的紋路。

瑾王妃沒辦法，只好開口道：「翰學被魏國公抓去了！」

「又被抓了？」瑾王頭也不抬。「他一天天的都在幹什麼啊？去年年末，妳大姊不是求了淑妃娘子，給他找了個正經差事做嗎？怎麼還惹事呢？」

瑾王妃忿忿地道：「也有可能是被冤枉的啊！」

「冤枉？」瑾王聽了嗤笑一聲，把劍遞到弘業手裡。「大街上那麼多人，怎麼偏偏挑他冤枉？」

「不管是因為什麼，總要先把他弄出來再說啊！」瑾王妃急得跺腳。

「從魏國公手裡要人？」瑾王搖頭。「我可沒那個能耐。不然妳還是去找妳大姊吧，瑄王不是一向自詡八面玲瓏嗎？」

瑾王妃杵在那兒，天人交戰了半晌後，才轉向允棠。「郡主，要不，煩勞妳跟魏國公說說？」

不等允棠開口，瑾王忙擺手。「不成！允棠還沒嫁過去呢，就因為妳弟弟的事張口求情，這像什麼話？往後她還能有好日子過嗎？」

允棠笑笑。「不是我不肯幫，您也知道，他們父子倆的關係一向不是很好。王妃還是快去瑄王府，找瑄王妃想想辦法吧！聽說魏國公手段駭人，被他抓去，怎麼都要褪層皮……」

瑾王妃越聽面色越陰沈，最後沒等她說完，轉身便向外衝去。

此時的瑄王府也是雞飛狗跳。

瑄王在淑妃宮裡吐血暈了過去，薛直院診過脈後，說是氣機鬱結不舒所致，開了幾服藥，還沒等煎完，瑄王卻一骨碌爬了起來，非要回自己府上去。

淑妃不敢再僵持，忙差內侍，好生將人送了回來。

按著宮裡的方子抓了藥，瑄王妃這邊剛服侍瑄王睡下，就有人來報，說瑾王妃來了。

口中雖抱怨著妹妹來得不是時候，瑄王妃還是起身迎出來，在聽說楚翰學被抓了之後，無語扶額，嘆了好幾聲。

「大姊，到底怎麼辦啊？」瑾王妃哭喪著臉。

瑄王妃被她哭得心煩，喝道：「這還沒死人呢，就急著哭了？」

瑾王妃拿袖子暗暗抹了抹淚，抽泣道：「聽說魏國公下手可狠了，翰學那身子，怎麼受得了啊？」

「知不知道到底因為什麼事被抓？」瑄王妃扭頭問。「總得有個理由吧？」

瑾王妃一怔。「這……我一急，忘了問了。」

瑄王妃無奈地笑笑，果然。

「這樣，妳先去牢裡看看情況，搞清楚他到底犯了什麼事，我們才好想辦法應對，總不至於一上來就大刑伺候吧？」瑄王妃嘆了口氣。「讓他稍微吃些苦頭也好，省得天天給我惹事！」

「啊？我、我去啊？」瑾王妃指了指自己，心生惶恐。

「怎麼？這點小事妳都做不了？」瑄王妃氣得頭疼，朝內院一指。「我家王爺剛在宮裡吐了血送回來，我已經焦頭爛額了！妳和翰學該學著長大了，總不能事事指望我！」

瑾王妃一驚。「吐血？怎麼好端端的，竟吐了血？」

「妳也不必多問。」瑄王妃疲乏地抬手。「妳能把翰學的事辦好，就算幫了我大忙。」

「那好吧，等我去問了情況，再來回妳……」

「不必急著來回我！」瑄王妃沒好氣地道，用手指在頭上點著。「動動腦子，想想辦法，好嗎？」

瑾王妃低聲喃喃道：「不是妳說的，事事都要問過妳嘛……」

瑄王妃簡直要氣笑了。「妙君啊，此一時彼一時，事急從權，懂不懂？」

眼看大姊就要爆發了，瑾王妃忙點頭如搗蒜。「懂、懂。」

「行了，去吧！」瑄王妃扭頭問祁嬤嬤。「去看看王爺的藥，煎好了沒有，趕緊送過來。另外，找個機靈點的，去璟王府問問，給瑞王施針的那位神醫，還在不在汴京？」

「是。」

幾乎算是被趕出門的瑾王妃，一邊盤算著到底該怎麼做，一邊往外走。

經過外院時，不經意間瞥見有小廝牽著幾隻獵犬，又想起允棠說的話，心裡像吞了隻蒼蠅一樣難受。

眼看要出了門，小廝們也快要繞到影壁後面去了，瑾王妃一咬牙，轉身追了上去。

「等一下！」

小廝們忙將繩子收短，將獵犬攏在身後，這才恭敬見禮。幾人面面相覷，不知瑾王妃要做什麼？

「問你們一件事。」瑾王妃絞著手裡的帕子。「之前長寧郡主送給新城縣主的那條狗，名叫癩痢的，平時是你們養的嗎？」

「癩痢？」一名小廝疑惑道：「好像沒有叫這個名字的。」

「是說剃了毛的那隻吧？」

「對對對，有隻是郡主讓我們剃的毛。」

瑾王妃赫然變色，追問道：「那郡主說過，為何要剃毛嗎？」

小廝們搖搖頭，其中一個苦笑道：「郡主讓我們做事，哪會告訴我們理由啊？」

「就是就是！」

後面他們再說什麼，瑾王妃已經聽不清了。

影壁之後的祁嬤嬤，目送瑾王妃跌跌撞撞地出了門，低頭思量一會兒後，轉身朝內院去了。

第二十七章

瞧著瑄王幽幽醒轉，瑄王妃大喜過望。「王爺，您終於醒了！」

瑄王卻是一副心如死灰的模樣，雙目無神，只是呆呆地盯著床頂。

「王妃，藥來了。」

瑄王妃伸手探入瑄王的脖頸之下，用力托了兩托，他卻紋絲不動，完全沒有要起來的意思。

「不想起嗎？那便躺著喝吧，小心別嗆到。」瑄王妃接過藥碗，舀起一勺吹了兩下，送到他唇邊，緩緩傾倒。

暗褐色的液體一滴也沒喝進去，全順著唇邊流了下來，瑄王妃忙用手帕去擦。

看著夫君像斷了線的木偶一樣，一動也不動，連眼睛都不眨一下，瑄王妃眼眶發酸。

「王爺，到底發生什麼事了？難道要丟下妾不管了嗎？」

聞言，瑄王這才側過頭來，一滴淚水從眼角滑落，哽咽道：「妍君啊，跟了我，真是苦了妳了……」

祁嬤嬤見狀，揮手帶著下人們退了出去。

瑄王妃蹲坐在床邊，執起他的手貼在自己臉頰，紅著眼搖頭。「不要說這樣的話，能嫁給王爺，是妾幾世修來的福氣。」

「我本想著，拚一拚，為妳，也為自己……」瑄王幾近失聲。「可我今日才知道，我並非淑妃娘子親生，我生母……我生母竟是個賤籍舞伎，我這輩子都不可能當太子！」說完，他絕望地閉起雙眼。「我活著還有什麼意思！」

「王爺！」瑄王妃徑直跪在地上，含淚道：「還沒到最後一刻，怎麼能輕言放棄？這麼多年，您的才能和韌性，妾都看在眼裡，眾皇子中，根本沒人比您更適合當太子！」

「現在說這些都沒有意義了。」

「怎麼會沒有？」瑄王妃摘下手腕上的金鑲玉鐲，送到他眼前，強忍淚意道：「王爺還記得這個鐲子嗎？當年在鼓樓，王爺送妾這個鐲子的時候，意氣風發，指點江山，妾深以為然，覺得一代明君就該是王爺這樣的。您有才情、有抱負，更不應為出身所困！賤籍又怎麼了？賤籍生的也是官家的血脈啊！等王爺坐上御座那天，將不會再有人敢妄議您的生母！」

聽了這麼多，瑄王的拳頭越攥越緊，直到骨節發白。

「王爺……」瑄王妃淚如雨下。

「妳說得沒錯。」瑄王緩緩睜眼。「是該讓他們都閉嘴了！」

「妳的意思是說，讓我們離開汴京？」崔奇風扭頭與祝之遙對視一眼，疑惑道：「這是為何？」

允棠抿了抿嘴，如實道：「其實我也不能十分確定一定會發生什麼事。但既然外祖父想讓您辭官，便是不想再蹚這渾水，您就當作是去江南踏春，看看風景，也沒什麼不好的。」

祝之遙稍一思量後，挽上崔奇風的手臂。「也好，我們好久都沒回揚州了。」

崔奇風猶豫半晌，仍躊躇不決，鄭重地問道：「允棠，妳實話跟我說，情況到底有多糟？」

「青龍門之變。」

聽允棠齒間擠出這幾個字，崔奇風面色驟變，倏地起身，在堂前踱了好幾個來回，良久，才憋出幾個字。「這……這不是逃兵嗎？」

「怎麼會是逃兵呢？」允棠心生焦急。「不過是——」

沒等她說完，祝之遙笑著對她搖搖頭，示意不必再說了。

允棠卻不甘心，無論黨爭最後的贏家是誰，像外祖父和舅舅這樣的武將，都是要用肉身來搏的。

即便蕭卿塵安慰她，說賢妃挑起這場紛爭與她無關，可她還是心存芥蒂，若是崔家人再因此受傷甚至身隕，她沒辦法原諒自己。

「父親已經辭官，可我還沒有，若是就這麼走了……」崔奇風煩躁地拍了拍額頭。「整個汴京城裡，昔日裡能征善戰的，不就只剩下沈兄一個了？」

「舅舅！」

「要辭官，也不是在這出了事的節骨眼當口。我們崔家世代忠君，明知道官家有難，還只顧自己避禍求福，我……我做不到！」崔奇風有些懊惱地坐回椅子，不敢抬頭看夫人。

祝之遙見狀，佯裝生氣地嘆了口氣。

「遙兒，我……」

「將軍不必再說了。」祝之遙道：「允棠一開口，我便知道，你是不會走的。」見允棠眉頭緊蹙，又道：「允棠，妳看這樣好不好，明日我們假裝出城，夜裡再偷偷潛回來，這樣一來，別有用心之人便能放鬆警戒，真要出了什麼事，崔府也不至於成為眾矢之的。」

「這個辦法好！」崔奇風剛要拍手，又想到什麼似的，及時收了手。「遙兒，不然這樣吧，妳跟父親還有孩子們先回揚州，我等事情過了，就去找你們。」

祝之遙搖搖頭。「一家人，還是在一塊兒吧，踏實。」

「你們這幫蝦兵蟹將，我告訴你們，等我大姊來了，你們都要吃不完兜著走！」

楚翰學的呼號聲，在大獄裡迴盪著。

沈聿風一進門便聽到這撕心裂肺的喊聲，挖了挖耳朵，皺眉道：「這麼聒噪？找東西把他的嘴給我塞了！」

「是，國公爺。」

沈聿風扭頭看向蕭卿塵。「這明著拿人，我可是頭一回，可連個罪名你都懶得編，是不是有些過分了？」

蕭卿塵慢條斯理地喝著茶。「您是一品國公爺，拿人還需要理由嗎？」

「這……」沈聿風在他身邊坐下來，五官都揪到了一處，苦著臉道：「你不是認真的吧？」

「放心，」蕭卿塵斜睨了一眼，正色道：「給永平郡主下迷藥，意圖不軌，事後為掩飾罪行，將小廝溺斃滅口，這罪名夠不夠？」

沈聿風正為自己斟茶，聞言一驚。「當真？」

「之前我和允棠已經詐出來了，至於如何讓他認罪，就看國公爺您的手段了。」

「這還不好辦？」沈聿風啜了口茶。「看著也不像是個抗揍的。」

隱隱傳來一聲悶響，隨後是掙扎和叫嚷，但很快地，叫嚷聲就戛然而止。

蕭卿塵放下茶盞，似不經意地問道：「那日說的事……」

「什麼事？」話剛問出口，沈聿風便明白過來，他說的是連氏的事，尷尬地清了清嗓子道：「咳咳，已經在查了。」

蕭卿塵不忘挖苦他。「您都多大歲數了，還吃美人計。」

沈聿風一口茶差點噴出來。「你——」

未等多說，便有獄卒來報，說瑾王妃來了。

來意再明顯不過，蕭卿塵勾了勾嘴角，壞笑道：「去，跟她說，國公爺的意思，讓她回去籌錢贖人。」

獄卒領命退了出去。

沈聿風不幹了，挑眉道：「嘿，你小子，又往我身上潑髒水！這傳出去像什麼話？」

「不過是緩兵之計罷了，這還是您教我的。」蕭卿塵手指摩挲著衣袖的布料。「再說了，當著官家的面，您都能插科打諢，誰還能自討沒趣，去告您的狀啊？」

若換作是別人，肯定覺得這不是什麼好話，但沈聿風卻咧嘴一笑，點了點頭。「也是！」

瑾王妃得了話後，絞盡腦汁地想了一路，也沒想明白。

按說魏國公乃一品萬戶，要什麼沒有，怎麼會捉了楚翰學，卻要她籌錢來贖人？這得是多少錢，才能入得了魏國公的眼啊？

瑾王妃滿懷心事地回了房，扳著手指頭，算了算自己那為數不多的體己錢，又把押箱底的嫁妝翻了兩遍，最後呆坐在地上發起了愁。

這麼多年來，光是補貼這個敗家的弟弟，花去的銀錢就數不勝數，加上慧兒大手大腳的，衣裳、鞋子都要汴京城最好、最貴的，連襻膊的花樣都是最新款，嫁妝已然是花去了大半。

府上財政大權握在林側妃手裡，每月只能領固定的例錢，好在瑄王妃金玉銅器、綾羅首飾源源不斷地送，才讓她們母女的日子不至於太難過。

若是找林側妃支錢應急，那刁婦不會同意不說，搞不好還會跟瑾王告上一狀。

想來想去，瑾王妃作了個大膽的決定——偷。

府裡那些地契、房契，想必都藏在林側妃房間裡，只要能把人支開，隨便拿上兩、三件去變賣，翰學就有救了！

想到這兒，瑾王妃從地上一骨碌地爬起來，撣了撣衣裙，直奔林側妃的院子。

打老遠看到林側妃領著孫嬤嬤站在院子門口，瑾王妃長吁一口氣，迎了上去。

「姊姊。」林側妃頷首行禮。

「嗯。」瑾王妃裝模作樣地應了一聲，又道：「我今日喝茶，怎麼有股霉味？侍女說是剛領的，妹妹要不要去看看庫房？怕是東西都受潮了。」

「哦？有這種事？」林側妃與孫嬤嬤對視一眼。「那我去看看，若是還有好的，再叫人給姊姊送去。」

兩人穿過月門，又轉過大半個院子後，孫嬤嬤回頭，瞧著沒人，這才開口道：「郡主說得沒錯，王妃果然來了！」

林側妃攥著帕子笑笑。「是啊，郡主料事如神，我這腦子蠢笨，聽她的就是了。」

「那櫃子我特意沒鎖，可、可值錢的東西都在裡面，要是王妃都拿走了，可怎麼辦呀？」孫嬤嬤有些擔心。

「我把砧基簿都收起來了，再說，咱們不是有冊子嗎？到時候丟了什麼，拉上王爺，一併找她算帳就行了。走吧，咱們去庫房逛一圈，多給她些時間，讓她慢慢挑。」

與此同時，瑾王妃在林側妃的櫃子前，捧著一堆地契、房契，犯了難。

這地段好的，能賣上價錢的，太引人注目；不容易被發現的，又不好立即出手。再說她許久不做這種莊宅生意了，如今都是什麼價錢，她也不清楚，真是兩眼一抹黑。

怕猶豫太久，被人堵個正著，瑾王妃一咬牙，胡亂抓起一沓塞進懷裡，又把其餘東西一股腦兒地塞回櫃子，把櫃門重新關好，便躡手躡腳地逃了出去。

倉皇回了自己的院子後，迎頭卻和一人撞了個滿懷。

瑾王妃嚇得心都快提到嗓子眼了，抬眼定睛一瞧，是李嬤嬤，這才長吁一口氣。「哎喲，妳嚇死我了！」

李嬤嬤見她神色慌張，疑道：「您這是怎麼了？慌裡慌張的。」

瑾王妃忙將李嬤嬤拉進屋，又神秘兮兮地關好門窗，這才放鬆了緊繃的心神，歪坐在榻上，將懷裡的東西往桌上一拍，自顧自地倒了杯茶，咕嚕咕嚕喝了起來。

李嬤嬤滿腹疑團，拿起桌上的紙張看了起來，這一看不要緊，忍不住驚呼。「王妃！您這是——」

「噓！」瑾王妃忙擺手。「小點聲！」

「您這是……偷的？」李嬤嬤瞪大眼睛，又把手裡的東西看了好幾遍。「您糊塗呀！」

瑾王妃不以為然。「不過是事急從權，等事情過去了，我找大姊要些錢，再贖回來不就行了？到時候神不知鬼不覺地放回去，沒人會知道的。」

「王府裡出去的東西，您當別人都敢收嗎？」李嬤嬤心急如焚，伸手去拉她。「趁還沒被發現，您趕緊把東西送回去！」

瑾王妃用力掙脫。「我好不容易才拿到的，再說我弟弟還等著這筆錢救命呢！妳趕緊陪我出門，幫我找些嘴巴嚴一些的當鋪和牙人，將這些拿去賣了換錢，越快越好！」

「王妃啊！」李嬤嬤苦口婆心地道：「您就聽老婆子一句勸，好不好？您這實在是下下策啊！您只有地契，沒有砧基簿，又不能找街坊四鄰簽字，只能找『黑牙』，賣不上幾個錢的，不值當啊！」

「我還能怎麼辦？」瑾王妃委屈地抽泣起來。「大姊府上出了事，要我自己想辦法，我哪有什麼辦法？去了趟大獄，人也沒見著，給獄卒塞了好些碎銀，才吐口說，翰學叫人給綁了，嘴巴裡還塞了東西不叫說話……」

李嬤嬤見狀也心軟，嘆了口氣道：「可王妃怕是聽錯了？那魏國公能要我們的錢？這些年光是官家賞賜，都是流水一樣地往沈府裡送，各地進貢什麼好玩意兒沒他的分？您就算拿出金山、銀山，他也不見得瞧得上眼啊！」

「絕沒聽錯，我聽得很真切！」瑾王妃拉住李嬤嬤的袖子，淚眼婆娑。「翰學讓我們嬌慣壞了，哪受得了這委屈？雖說是暮春了，可那大獄裡寒氣重，萬一再得了病，或者他那臭脾氣，惹得人不高興，打幾板子也是有的。我這心……」

李嬤嬤是瑾王妃的乳母，也是看著楚翰學長大的，聽了這些話，心裡也不好受。「可是……」

「別可是了，我保證，就這一回！」瑾王妃伸起一根手指，哀求道：「等翰學出來，我自己找王爺請罪去。妳快幫我想想辦法，趕緊換些錢來把人弄出來才是真的！」

李嬤嬤被磨得沒辦法。「好吧，我去打聽打聽，找個『黑牙』吧。」剛要轉身，又頓了頓，說：「若是真出了什麼事，您都甩到我老婆子身上就成。」

從崔府出來後，允棠忽然想起，弘石曾說過，喜歡張家鋪子的甜糕，於是讓車夫折到州橋，讓小滿下車去買。

這張家鋪子是新開的店，別看鋪子不大，門口竟排起了長龍，且看衣著，都是些高門家的侍女、小廝在排隊，足見受歡迎的程度。

小滿遠遠瞧見，在車窗邊說道：「姑娘，不然妳先回去吧，省得在這裡等著心煩。」

「無妨，反正回去也沒事做。妳去吧，我等著就是了。」說著，允棠掀起帷幔，讓車廂裡多進些光亮，隨手拿起一本《營造法式》，看了起來。

再說蕭卿塵從大獄裡出來，見天氣晴好，一時興起在附近轉轉，一抬頭，便看到允棠的馬車停在路旁。

「小公爺，那不是郡主的馬車嗎？」緣起喜道。

蕭卿塵並未急著上前，只是遠遠地看著她。

周遭再紛亂，也無法干擾她半分，午後陽光透過樹梢灑在她臉上，整個人都顯得毛茸茸的。

她的肘擱在車牖上，手輕托腮，眼眸低垂，時而蛾眉微蹙，時而恍然點頭，那專注的模樣讓人挪不開眼。

蕭卿塵不自覺地勾了勾嘴角，他承認，最初是被這張好看的臉所吸引，可長久相處下來，她帶給他的恬靜淡然的感覺，才是最讓他著迷的。

那種靜，能讓他整顆浮躁的心都穩下來。

等一切塵埃落定，將她娶回家中，每日相看，豈不妙哉？

緣起看他傻笑的模樣，伸手在他面前擺了又擺。

如畫般的意境無端被打斷，蕭卿塵皺起眉頭。「幹麼？」

「我們就站這兒看，不過去說話嗎？」緣起撓撓頭。「您不會是惹郡主生氣了吧？」

「哪有！」他白了緣起一眼，低頭理了理袖子，這才邁步向前。

可剛走沒兩步，一道身影在橋下閃過，蕭卿塵下意識偏頭去看，只見一個身著箭袖、戴著斗笠的人正拉弓如滿月，箭頭直指允棠的馬車！

不好！

蕭卿塵立刻朝馬車飛奔過去，同時大喊：「緣起！」

緣起心領神會，扭頭去追那個射箭的斗笠男子。

饒是蕭卿塵跑得再快，也是趕不及，一枝羽箭破風而至，釘在馬臀上，馬兒吃痛，尖聲嘶鳴一聲，旋即像離弦的箭一樣，瘋狂地朝前衝了出去。

慣性使然，允棠毫無防備，猛地向後倒去，後腦重重地磕在身後的木板上，脖子似乎也扭到了，疼得她差點落下淚來。

車夫幾次奮力拉緊轡繩，都沒能讓馬兒停下來，反倒偏離了街道，朝著汴河直衝過去。

「閃開！快閃開！」

河邊的茶攤上有幾位吃茶的客人，見驚了馬，忙起身倉皇逃離，他們前腳剛離開，後腳木桌就被馬衝撞，斷成兩截。

「允棠！」

蕭卿塵腳下不停，從摔倒的人身上飛躍過去。

可還是晚了一步，馬奔跑的速度太快，想要停下已是來不及，車廂從後面撞過去，直直衝斷護欄，連車帶馬，一齊跌入汴河中。

允棠還沒從劇痛中緩過神來，便被湧進來的河水拍了個正著，嗆了幾大口水之後，周身再提不起一點力氣，意識漸漸模糊起來。

忽然，有人一把抓住她的手腕，硬生生地將她拉了起來，恍惚間，她又看到蕭卿塵焦急的臉。

呵，他怎麼會在這兒呢……

不等她多想，下一秒，整個人被送出水面，她下意識地仰頭大口吸氣，胸口卻生疼，又忍不住劇烈地咳嗽起來。

「還好嗎？」蕭卿塵喘息著問道。

好不容易平復了呼吸，允棠轉頭看他，蒼白地笑道：「原來真的是你啊……」說完，只覺得脖頸處傳來鈍痛，不敢再做其他動作，只好將頭輕靠在他的肩上，冰涼的額頭輕抵他溫熱的下顎。

蕭卿塵下意識低頭去看，她那月白色衣衫浸了水，完全貼合在身體上，包裹出傲人的形狀，他一慌神，迅速把頭高高昂起。「我、我帶妳上去！」

扭頭見岸邊擠滿了人，蕭卿塵有些遲疑，若就這樣讓她上岸，富相女兒的悲劇，恐將重演，一時間他不知該如何是好。

「蕭洗馬，上來！」

蕭卿塵扭頭，見萬俟丹立在烏篷船前，正緩緩朝他靠過來。

雖然對這位虎視眈眈的遼國皇子沒什麼好印象，可眼下好像確實沒什麼更好的辦法。

他一咬牙，攬著允棠游了過去。

萬俟丹從船上拿起披風，在允棠出水的瞬間，揚手蓋了上去，待允棠坐穩，又朝蕭卿塵伸出手去。

蕭卿塵只遲疑了一下，便抬手握住，借力翻身上船。

水裡冷，出了水更冷，一陣風拂過，蕭卿塵的牙齒忍不住打起顫來。

「抱歉，我只有一件披風。」萬俟丹笑道。

蕭卿塵拱手。「今日之事，多謝小皇子了。」

我是幫她，哪需要你來謝？可萬俟丹看了看船篷內瑟瑟發抖，又因嗆了水而難受地緊捂著胸口的允棠，到底沒再開口。

「姑娘！妳怎麼樣啊姑娘？」

小滿擠到人群前面，手足無措地跟著烏篷船跑。

蕭卿塵喊道：「小滿，去找輛車，我們在前面等妳！」

「好！」

允棠額前的濕髮還在不斷地滴水，蕭卿塵替她輕輕拂去，輕聲問道：「冷嗎？」

「還好。你呢？」

萬俟丹看不慣這你儂我儂的場面，握拳在唇邊，咳了兩聲。「郡主好端端的，怎麼會落水呢？」

允棠不動聲色地道：「不過是馬受了驚，意外而已。」

「那也太不小心了，郡主身分尊貴，選馬也該重重篩選才是，今日這是落了水，要是哪日走山路再受了驚——」

「小皇子費心了。」蕭卿塵怕萬俟丹再多說什麼，惹允棠傷心，忙開口打斷。

允棠將披風裹緊。「多謝小皇子出手相助，這披風，改日我會洗好，送還給您的。」

蕭卿塵想起與她初相識時，自己的無賴手段，突然醋意大發，道：「我府上還有幾塊銀狐皮，做了大氅贈與小皇子，可好？」

萬俟丹識破他的伎倆，故意搖頭道：「大氅我多的是，披風可就這麼一件。」

「那我送您一件雲錦製的！」

「不要，我就要這件！」

允棠覺得胸口火辣辣地疼，身上又刺骨地冷，聽兩個人還在幼稚地拌嘴，實在無語，扶額長嘆了口氣。

這一嘆，兩人倒是都閉嘴了。

匆匆與萬俟丹道了別，蕭卿塵扶著允棠上車。

小滿問：「姑娘，咱們回哪兒？」

「瑾王府。」

蕭卿塵道：「今日妳受了驚嚇，不如回崔府，或者到國公府去吧？免得還要再花心思應對瑾王妃。」

允棠不敢搖頭，只是皺了皺眉說：「不，有些話，要搶在事情發生之前說，才有效果。」

蕭卿塵也不強求，只是替她攏了攏披風。「緣起去追了，相信很快就會有消息。」

「不用費力查了，我知道是誰。」允棠抬手按住後頸，只是稍微轉了轉頭，便引發劇痛，她不由得吸了口涼氣。「嘶——」

「扭到了？」

「嗯。」允棠梗著脖子不敢妄動，繼續道：「是長公主，而且她也沒想殺我，不然那枝箭直接射我就好了。」

蕭卿塵暗暗握拳，氣道：「我看她是瘋了！」

「她早就瘋了。」允棠笑了兩聲。「還好賢妃娘子警覺，沒順著我的話說下去，估計長公主見我也沒掀起什麼風波，就略施懲戒，說起來，我還要謝她不殺之恩呢！」

「妳還有心思開玩笑！」蕭卿塵埋怨道。「這些日子，沒事就不要出來走動了，若是非要出門不可，提前知會我，我陪妳。」

允棠笑出聲。「你還能一天十二個時辰都寸步不離地守著我嗎？」

說者無心，聽者有意。蕭卿塵的臉，沒來由地燥熱起來，想起剛剛在水面上看到的那一幕，又回味起柔軟腰肢的觸感，耳朵立即紅透了。

允棠見他不出聲，又不敢轉頭，斜睨他兩眼。「哎，你是不是凍著了？耳朵怎麼這麼紅？」

「熱的。」

「熱？」允棠不解，抱臂縮了縮脖。「這男人跟女人是不一樣哈，我都要冷死了。」

到了瑾王府門口，蕭卿塵不忘囑咐小滿道：「給郡主泡個熱水澡，找個太醫看看。」

「知道了，小公爺。」

主僕二人過了穿堂，正好瑾王妃瞧見，驚道：「喲，郡主這是怎麼了？怎麼渾身都濕透了？」

允棠上下打量，瑾王妃面上不見愁容，心情大好，看來是已經籌到錢了。她笑道：「一不留神落了水，並無大礙。倒是我還沒機會問，不知王妃弟弟的事情，怎麼樣了？」

提起楚翰學，瑾王妃有些不自然，但也很快恢復鎮定。「勞郡主掛心，不過是些小事，破點財，很快就能放出來了。」

「還是瑄王妃有辦法。」允棠意味深長地說。

「倒也不是大姊的主意……」瑾王妃忍不住嘟囔了句。

允棠頓了頓，又問道：「惡犬的事，王妃可弄清楚了？」

瑾王妃面色一沈，卻沒回答。

允棠心下有了判斷，笑道：「瑄王妃疼愛弟弟，在整個汴京城那是有名的，相信無論楚衙內犯了什麼事，她都能想方設法把人保出來，不過，若出事的是王妃，可就不見得了……」

瑾王妃覺得晦氣，蹙眉道：「什麼意思？我能出什麼事？」

「我不過是隨口說說罷了，王妃不必介懷。」允棠向前兩步。「給您個建議，不要讓瑄王妃在弟弟和您之間選擇，不然，您會很傷心的。」說完，領著小滿轉身離去。

留瑾王妃怔在原地。

泡了熱水澡，又烘了一夜的火爐，烘得口乾舌燥，允棠還是病了。

除了不時起的高熱，就是沒日沒夜地咳，覺都睡不安穩，整個人又瘦了一圈。

皇后聽說她病了，急得團團轉，遣了好幾位經驗豐富的太醫輪番來看。

這官家和皇后賞的，加上魏國公送的，裝滿了各種補品的馬車，在瑾王府門前排起了長龍，各色衣衫的宮人、侍女魚貫而入，一時間門庭若市。

新城縣主見了，酸得不行，抱臂嗤道：「不過是得了個風寒，不知道的，還以為命不久矣了呢！」

「別胡說！」瑾王妃忙拉住女兒。「這來來往往的人這麼多，要是哪個到妳祖父面前去說嘴，妳又少不了要挨罰。」

「罰就罰唄，有什麼了不起的？」新城縣主不以為然。「大不了把我這個縣主也免了！」

這時有侍女來通報。「王妃，軍巡院的人來了！」

「軍巡院？」母女倆面面相覷。

新城縣主疑惑。「這給她送點補品，連軍巡院的人都驚動了？」

李嬷嬷一驚，暗暗扯了下瑾王妃的袖子。

瑾王妃這才恍然醒悟，急道：「慧兒，妳先回房去，不管一會兒發生什麼事，妳都不要出來！」

「母親，怎麼了？發生什麼事了？」

「按我說的做，不會有事的！」瑾王妃說完，領著李嬷嬷便朝前去了。

軍巡院領頭的人，臉頰上帶疤，手搭在佩劍上，讓人看著心驚。

瑾王妃佯裝鎮定，昂首道：「有什麼事嗎？」

刀疤臉不答，扭頭問身後的人。「是她嗎？」

身後護衛拎著一人的後領，像小雞仔似的拎出來。

瑾王妃一看，頓時慌了神，這不就是那日交易的黑牙嘛！

黑牙被揍得鼻青臉腫，連牙齒都少了兩顆，說起話來漏風。「素她，就素她！」

瑾王妃不自覺地退了半步。「什麼是我？你少血口噴人！」

李嬷嬷也上前喝道：「我們堂堂瑾王妃，也是你這賤奴能誣衊的？」

刀疤臉「哼」了一聲。「是不是誣衊，我們判官自有定奪，帶走！」

話音剛落，從他身後竄出幾人，伸手就要去扭瑾王妃的手臂。

瑾王妃連踢帶打。「放肆！別碰我，把你的髒手拿開！」

「王妃，別鬧得太難看，您若覺得被誣陷，走一趟，說清楚便罷了，若是執意違抗，就算是綁，我們也要把您綁去，您自己決斷。」刀疤臉冷聲道。

李嬤嬤一聽，頓時慌了神。「王妃……」

「快去找我大姊來救我！」瑾王妃從齒縫裡擠出幾個字，便昂首道：「我跟你們去就是了，誰也別碰我！」

「請吧！」

東宮。

在等太子和皇太孫的當口，沈聿風扭頭對蕭卿塵說道：「瑾王妃已經叫人把錢送來了，然後呢？」

「沒有然後。」

「沒有然──」沈聿風換了個坐姿，驚詫道：「什麼叫沒有然後啊？她可送來了八千貫，我要是不放人，她還不得去告我呀？」

「放心吧，她自己都在牢裡了，無法去找你。」

沈聿風一聽，樂了。「你和允棠到底打的是什麼主意？」

蕭卿塵吐出幾個字。「一網打盡。」

沈聿風若有所思地點點頭。「對了，允棠的病怎麼樣了？」

「好些了，等今日結束，我再去看看她。」

說話間，太子和皇太孫交談著步入殿內，父子倆忙起身行禮。

「允棠可好些了？」太子問道。

蕭卿塵頷首。「勞殿下掛心，好多了。」

太子嘆了一聲，在榻上坐下來。「你是不知道，我剛從仁明殿回來，母親牽掛她，幾日都沒睡好了。」

「等她一好些，我便接她入宮來，給聖人請安。」

「倒也不急於一時，還是養好了再說，可別落下病根。」太子抬手示意眾人。「坐吧。」

沈聿風收起玩笑的顏色，撩袍端坐，正色道：「如今京中暗流湧動，我收到風聲，很多私軍都喬裝入了京，不知在何處蟄伏，殿下還是早些打算才是啊！」

皇太孫和蕭卿塵都看向太子。

太子的眉頭越皺越緊。「你是覺得秉鉞要反？」

沈聿風聳聳肩。「顯而易見。」

「不會的。」太子搖頭，篤定道：「清明那日，我與他促膝長談，他也是為百姓考慮。更何況，如今流言四起，他傷心還來不及，怎會謀反？」

「父親，正因為出身的流言，三叔他若不破釜沈舟，便永無機會了呀！」皇太孫急道。

「弘易！」太子喝斥道。「你幼時，你三叔待你不薄，你怎能如此猜想他？」

皇太孫忿忿地拂袖。「那他在越州派人對您下手之時，可曾顧念過往日的兄弟之情啊？」

「他說過……」太子語氣漸弱。「他說過，無心取我性命，只是想耽擱我些時日罷了。許是、許是下人領悟有誤，又或者是哪裡出了岔子……」

「殿下！」蕭卿塵終於忍不住開口。「您我一同在那村子裡困了那麼多日，用火煉化那麼多屍體，您還是覺得瑄王殿下只是想耽擱您一些時日，是嗎？」

太子語塞。

「父親，為三叔找藉口並不能改變什麼。」皇太孫道。「若不能及時勸阻他，那麼只能出兵遏止，才能防止他犯下不可饒恕的罪過啊！」

蕭卿塵附和道：「如今官家還在位，雖然身子不好，但也未曾提過退位之事。若此時瑄王真的起兵謀反，那圖的，就不單純是東宮之位了。」

太子細細思量著這句話。

逼父親退位……這個以儒學治國的朝代，絕對容不下這種不忠不孝之人。

要麼成王，用強權壓制，讓所有人敢怒不敢言；要麼敗寇，遭到百官的口誅筆伐，成為歷史的罪人。
正如父親所說，這個他避之唯恐不及的儲君之位，有人正削尖了腦袋，不顧一切代價想要爬上來。
太子合上雙目，捏了捏眉心。
「殿下主動跟官家提易儲，就是因為瑄王吧？」沈聿風又問道。
太子並不否認。「是，也不全是。」
皇太孫不敢置信。「父親！」
沈聿風道：「殿下仁善，說了願意主動去提，瑄王當時應是相信了的，可隨後便謠言四起，徹底絕了他的希望，您覺得，他會怎麼想呢？」
「想什麼？」太子不以為然。「我既然已經答應他，便沒必要做這些骯髒事。」
「這就叫以小人之心，度君子之腹啊，殿下！」沈聿風苦口婆心。「此時瑄王定然覺得殿下您明面上坦蕩，卻背地裡插刀，惱羞成怒之下，什麼事情做不出來？」
「既是誤會，想辦法解開便是了。我沒做過，清者自清。更何況，父親若是介懷秉鉞生母的身分，也就不會委以重任了。改日我去他府上，剖心暢談一番，不管怎樣，我們永遠是兄弟。」
皇太孫扭頭與蕭卿塵對視一眼，兩相無言。

沈聿風亦是不易察覺地嘆了口氣。

「你們退下吧，我乏了。」太子下了逐客令。

幾人先後退出太子寢殿，皇太孫看了看沈家父子二人，道：「魏國公，是祖父讓您來的嗎？」

沈聿風點點頭。

皇太孫悵然。「恐怕父親又要讓祖父失望了。」

「其實官家早就料到了，唉！」沈聿風無奈地搖搖頭。「小殿下放心，官家心裡有數，不會有事的。」

「父親提起易儲……祖父可說了什麼？」

「這……當時我也沒在場，不過猜也能猜到，肯定是臭罵一頓啊！」沈聿風手搭涼棚，抬頭看看日頭。「行了，不說了，小殿下，我得趕緊去給官家回話。」

看著沈聿風大步流星的背影，皇太孫拍了拍蕭卿塵的肩膀。「有時候，我真羨慕你。」

「羨慕我什麼？」

「別看你們父子倆鬥得凶，可你們心意相通，好多事，似乎一個眼神，對方就懂了。」

皇太孫將手負在身後，緩緩向前踱步。「我和我父親，卻好像完全不是同一類人。」

蕭卿塵笑著跟上。「官家不是說過很多次了？您比太子殿下，更像他老人家年輕的時候。」

「是啊。」皇太孫話鋒一轉。「我聽祖父說，崔奇風崔將軍也有意辭官？你可知是何緣故？」

「崔老將軍只剩下崔將軍這麼一個獨子，不希望他再過刀口舔血的日子，也算是人之常情吧。」

皇太孫點頭。「我只是覺得崔將軍正值壯年，又驍勇善戰，解甲歸田有些可惜了，且年輕一輩，又沒幾個出色的。要不是崔老將軍當年自請貶官，崔家絕不只今日的成就。」

「辭官之事，官家怎麼說？」

「祖父只是允了崔將軍攜妻子回揚州，並未多說。」皇太孫遺憾地道：「如今三叔蠢蠢欲動，要是崔家能留在京城就好了。」

蕭卿塵偏頭，半開玩笑地道：「殿下是不相信魏國公，還是不相信我啊？」

皇太孫抬拳捶了他一下，沒好氣地道：「這醋你也吃？」

正鬧著，緣起匆匆跑來。「皇太孫殿下、小公爺，崔二娘子在宮門外，說是有事。」

「崔二娘子？」二人異口同聲。

「找我的？」皇太孫搶著問道。

緣起一臉茫然，擺手道：「不，不是，是找小公爺的，好像還挺急的。」

蕭卿塵瞇起眼，看向皇太孫。「找殿下您？您什麼時候和崔二娘子這麼熟了？」

「還不是那次幫你和允棠脫身，一起陪萬俟丹遊園……」皇太孫面色一窘，推搡了他一把。「哎呀，有事你就快去，別讓她等急了！」

「哦──」蕭卿塵一副了然的表情，拉長尾音，學起皇太孫的語調。「走吧緣起，別讓她等急了！」走了兩步，又回頭調侃。「殿下，您不去看看？」

「不去！」皇太孫昂首。「又不是來找我的！」

匆匆趕到宮門外，崔南星正捶掌踱步。

見到蕭卿塵的身影，崔南星忙迎上前，也顧不上寒暄，直接道：「小公爺，伍巡有事要見您一面！」

「伍巡？」

崔南星點頭。「允棠還在瑾王府病著，伍巡見不著她的面，只能到崔府來，可我們馬上就要出城了。」

「他人現在在哪兒？」

「我把他安排在蒹葭園了，那裡還未修繕好，想來沒人會注意，只是要煩勞小公爺跑一趟了。」

「好，多謝崔二娘子跑這一趟。」蕭卿塵想起剛才皇太孫的表現，問道：「崔二娘子此番回揚州，準備待多久？何時回京？」

「啊？」崔南星沒想到他會問，支支吾吾地道：「應該很快吧，我、我就先告辭了！」

轉身剛跑了兩步，又想到什麼似的轉回來。「那個……皇太孫殿下，他、他還好嗎？」

蕭卿塵趕到蒹葭園的時候，又細細密密地下起雨來了。

整個園子其實已經修繕得差不多了，還剩下些需要精細推敲的，需要問過允棠的意思，如今她病了，自然也就擱下。

匠人們在剛落雨的時候便退了出去，如今院中只剩伍巡一人，也沒撐傘，仰著頭看著飛簷之上，不知道在想些什麼。

聽到踩水的聲音，伍巡這才轉頭，忙拱手道：「蕭洗馬。」

蕭卿塵點過頭。「聽崔二娘子說，伍將軍有事找我？」

「蕭洗馬說笑了，這聲將軍，小人萬萬不敢當，是郡主抬舉小人了。」

蕭卿塵抬頭看看天，朝遊廊抬手。「進去說？」

來到廊下，緣起收了傘，垂手立在一旁。

伍巡胡亂撣了撣肩上的雨水，徑直開口道：「我來是要提醒蕭洗馬和郡主，長公主殿下這邊有動作了。」

「哦？」蕭卿塵疑惑。「難道入京的那批私軍，也有投奔長公主的？」

「正是。」伍巡道：「長公主殿下一直派人盯著瑄王府，一有風吹草動，馬上大肆招募私軍，這次給的報酬極為豐厚，所以聽到風聲的，都爭先恐後地入京投奔。如今州橋的旅店，大多已經被喬裝的私軍占滿，就連京郊的旅店和驛站恐怕也都是。」

雨落屋簷沙沙作響，落到地面激起一層水霧。

蕭卿塵搓著袖子不說話。

州橋，上次允棠出事，就是在州橋。

緣起追出幾條巷子，才把人抓到，還沒來得及撬開口，又來了四、五個，把人截走了。

「蕭洗馬……」

「多謝伍將軍，我知道了。」

伍巡遲疑地開口。「還有一事……」

「萬家人都平安，萬小夫人身邊也有德高望重的郎中和穩婆伺候著，伍將軍還是擔心擔心自己吧！」

「嗐！」伍巡咧嘴笑笑。「我這條命，本就是萬兄給的，已經苟活這麼多年，死了也不冤了。」

第二十八章

祁嬤嬤為瑄王妃撐著傘，來到軍巡院大獄門前。

獄卒伸手攔截。

祁嬤嬤喝道：「瞎了你們的狗眼，敢攔瑄王妃？」

瑄王妃抬手遏止，盈盈笑道：「兩位小軍爺，我不過是來看看我妹妹，人抓都抓了，總不能看都不讓看吧？」

「這……」兩個獄卒面露難色。

瑄王妃使了個眼色。

祁嬤嬤上前，往獄卒手裡塞了些碎銀。

瑄王妃又笑道：「這大雨天的，等兩位小軍爺下了值，去吃些溫酒，暖暖身子。」

兩名獄卒對視一眼，其中一人道：「好吧，那王妃您可別待太久，讓人發現了，我們不好做。」

「放心，不會讓你們為難的。」

瑄王妃二人進了門，又用銀子打發了屋內當值的獄卒，這才來到瑾王妃的牢門前。

瑾王妃見了姊姊，像是抓住救命稻草一般，衝到柵欄前面，喜道：「大姊，妳可終於來了！」

「楚妙君，妳讓我說妳什麼好？」瑄王妃見了她的模樣，氣就不打一處來。「我讓妳把翰學弄出來，不是讓妳把自己弄進去！現在倒好，我本就焦頭爛額的，還得來救妳！」

瑾王妃早知道會被罵，也不以為然，憨笑道：「那趕緊讓他們開門呀！」

「開什麼門？妳知道自己都做了什麼嗎？」

瑾王妃自知理虧，道：「知道，我找了黑牙賣田莊，不過我也是為了籌錢好把翰學贖出來呀！」

瑄王妃揉了揉眉梢。「黑牙？妳以為就是找了黑牙這麼簡單？妳說，妳賣的那些田莊的房契、地契，都是哪裡來的？」

「是……」

「林側妃以為家裡遭了賊，已經報官了，按著冊子算下來，丟失財產高達七、八萬貫！這麼多錢，足夠殺妳幾次頭了！還有，有人去敲登聞鼓，說妳幾年前殺了人家的女兒，就連慧姐兒他們也派人去抓了，說是疑她虐殺侍女！妳——」

「慧兒？」瑾王妃顱內一炸，慌道：「怎麼會這樣？」

「這話該我問妳吧？」瑄王妃厲聲道：「平日妳就縱著慧兒胡作非為，都貶了縣主還不知收斂！」

「大姊！」瑾王妃抓住柵欄，哀求道：「妳不用管我了，妳就救救慧兒，好不好？我求求妳了！」

瑄王妃冷笑一聲。「救？我拿什麼救？那是殺人的罪過！數年前幾家紈袴子弟虐殺數十婢女，官家一氣之下都判了腰斬於市，妳不是不知道！」

「慧兒是失手，她不是故意的！而且，只有那一次，就一次！」瑾王妃從柵欄中伸出手，試圖抓住姊姊的袖子。「大姊，我只有慧兒這麼一個女兒，妳一定要救她啊！」

瑄王妃退後一步，不動聲色地躲開她，沈聲道：「妳和慧兒的案子十分棘手，不是一朝一夕就能保出來的，趁現在還沒走漏風聲，我只能想辦法儘量疏通，能壓下一點是一點。瑾王那邊，也會幫妳們想辦法的，妳們只有暫時吃些苦了。」

瑾王妃搖頭。「我吃苦不要緊，慧兒她受不了啊！」

「受不了也得受！」瑄王妃蹙眉喝斥。「若妳是個有腦子的，現在翰學早就出來了，也不至於受那些皮肉苦！我就不該指望妳的，我怎麼會有妳這麼蠢的妹妹！」

瑾王妃怔住。

允棠的聲音驀地在腦海裡浮現——

不要讓瑄王妃在弟弟和您之間選擇，不然，您會很傷心的。

「是，我蠢，可我也是為了翰學呀……」

「結果呢？他沒出來，妳又搭進去了！我說了多少次，多動動腦子！」

瑾王妃鬆開手，默默退了兩步。「所以，妳現在要捨棄我了嗎？」

她在牢中已待了兩日，頭髮鬆散，面上沒了光澤，嘴唇也乾裂到出了口子，加上神情落寞，眼圈、鼻頭都紅了。

見狀，瑄王妃重重嘆了口氣，語氣也軟下來。「妳別急，只要拖一陣子，事情就會有轉機。和翰學的案子相比，妳們的轉圜餘地更大些……」

「妳若不肯幫，那我替慧兒認罪如何？」瑾王妃心如死灰。

「妳——」瑄王妃後槽牙都快咬碎了，氣道：「妳怎麼就不肯聽我的呢？」

瑾王妃緩緩抬眸。「大姊，我哪一次沒聽妳的？可我永遠沒辦法讓妳滿意。」

「行了！」瑄王妃不耐煩地蹙眉。「我來就是告訴妳，別亂說話！我還得去跑翰學的事，先走了。」剛要轉身，聽到瑾王妃在身後輕輕問道——

「大姊，蓉姐兒送慧兒的那條惡犬……」

不提還好，一提起來，瑄王妃就怒火中燒，憤怒地轉身道：「我知道，妳那日到我府上，還特地找了小廝問了！怎麼？不過是條狗，是不是剃了毛，是不是得了癩痢，有什麼重要的？莫非我蓉兒還能故意害妳們不成？妳這點心思竟全用到我頭上來了！」

「那蓉姐兒為什麼要給狗剃毛？」瑾王妃聲音顫抖地問。

「我怎麼知道！」瑄王妃拂袖。「我沒工夫聽妳在這兒胡攪蠻纏！」說罷，領著祁嬤嬤氣呼呼地走了。

已是穀雨，不少高門顯戶都在自家園子召開牡丹花會，供友人吟詩作畫、品酒賞玩。

將養了六、七日，允棠終於下了地，咳是不咳了，可脖子還是不敢扭轉。太醫說，傷筋動骨一百天，搞不好要過了伏日才能好了。

「姑娘，要不要到院子裡坐坐？今日陽光可好了。」小滿道。

「嗯，」允棠扶著脖子。「也好。」

小滿小心翼翼地攙扶著允棠，緩緩下了臺階，故作神秘地道：「今日出門給姑娘買東西時，我聽說了一件事。」

允棠扶著桌子，慢慢坐下來，斜睨道：「怎麼，還學會賣關子了？」

小滿嘿嘿一笑，在她面前蹲下來，伏在竹桌上道：「有人往長公主府上送了顆人頭！」

「啊？」允棠聽了猛一轉頭，頓時疼得吸了口涼氣，忙用手去扶後頸，還不忘瞇眼問道：「又出人命案子了？」

「這回啊，可是活該！」小滿忿忿地道。「前些日子我聽緣起說，小公爺在找害妳落水的那個人，今兒個便出了這樣的事，可不就是活該嘛！」

允棠抿著嘴不說話。

好像從剛認識的時候開始，蕭卿塵就不斷地替她討公道，討瑾王的、討崔清瓔的，現在又在討長公主的。

他就好像是命運安排給她的保護神，總在她絕望無助的時候，踩著光影出現。

事情發生過很多次，便會變得理所當然。

往後她再身陷困境，腦海中的第一個念頭，恐怕就會是「蕭卿塵會來救我的」，而這對於她而言，是件很可怕的事。

「說來也怪，春闈已經結束了，州橋還那麼多外地人。」小滿嘟囔著。

「妳說什麼？」

「我說，州橋全都是外地人，那路邊的茶攤都被占滿了，操哪裡口音的都有，真奇怪！」

正琢磨著，一雙大手出現在眼前，將她雙目輕輕捂住。

「猜猜我是誰？」

這聲音再熟悉不過。

「蕭卿塵！」允棠梗著脖子不敢動，嗔道：「知道我不能轉頭，還玩這個？」

蕭卿塵爽朗大笑，撩袍來到她對面坐下。「怎麼樣？今日有沒有好些？」

「有。」允棠懶聲道。「長公主的事，是你做的？」

蕭卿塵扭頭瞪小滿。

小滿調皮地吐了吐舌頭，轉身跑開。

「脖子都動不了，消息還這麼靈通啊？」他撓了撓頭，解釋道：「那人替長公主做了不少骯髒事，平時手腳也不乾淨，死了也——」

「謝謝你。」

「嗯？」

允棠輕笑。「我說，謝謝你。我都數不清你救了我多少次了，這輩子怕是都還不清了。」

「妳嫁給我就行了。」

只論兒女情長，似乎能真的讓人暫時忘了時局紛亂。

允棠垂眸，遲疑道：「蕭卿塵，我……」

「唉，我知道，塵埃落定嘛！」蕭卿塵眸子一暗。「估計啊，也要不了多久了。」

「是啊……」

就連小滿都能感覺到異常，怕是真的不遠了。

「多久我都可以等，但是妳不可以喜歡別人啊！」蕭卿塵的眼珠轉了轉，裝作不經意地道：「萬俟丹的披風，我幫妳送吧？」

允棠被氣笑了，無奈地搖頭道：「好，一會兒叫小滿拿給你。」

「對了，妳知道皇太孫殿下和崔二娘子暗生情愫的事嗎？」他一臉壞笑。

「什麼?!」允棠吃驚道。「你可不要胡說啊！」

他反駁道：「嘖，怎麼叫胡說呢？我瞧著，兩個人都有點意思呢！妳從沒聽她提起過殿下嗎？」

允棠茫然，愣在原處回憶了好一會兒，才恍然大悟道：「這麼說——」

「唉，妳還真是遲鈍。」蕭卿塵遺憾道。「可惜啊，崔二娘子這趟揚州行，也不知道多久才能回來……」

「其實、其實他們都沒走……」允棠把祝之遙的計劃說了一遍。「我勸不動舅舅。」

「這倒也不失為好計謀。」蕭卿塵知道她擔心，話鋒一轉。「這楚翰學抓了，瑾王妃也關了，瑄王在大肆招募私軍，為逼宮做準備，瑄王妃內外交困，怕是要忙得團團轉了。」

「是時候逼她一把了。」允棠看向他，道：「記得叫上看官。」

蕭卿塵勾起嘴角笑。「那是自然。」

瑄王妃來到關著楚翰學的大獄前，卻被攔在門外，無論怎麼塞銀子、說好話都不行。

「小軍爺，你就讓我進去看看吧！」瑄王妃央求道。「我說幾句話就出來，很快的！」

獄卒為難道：「對不起了王妃，真不行，國公爺正在裡面審他呢！您這一進去，不是要我的命嘛！」

遠遠地傳來撕心裂肺的呼號，瑄王妃頓時心急如焚。「正在審，難道是用刑了？這……怎麼能屈打成招呢！」

「王妃慎言！」獄卒做了個噤聲的手勢。「這話可不能隨便說！」

「我、我也是一時心急……這樣，你讓我進去，我就躲在暗處看一看，絕不出聲，行不行？」
獄卒被磨得沒辦法，又怕被人看見，最終無奈地道：「這樣吧，國公爺也審了有一陣子了，您先到州橋那邊逛逛，一會兒您轉回來，興許國公爺就走了，到時再說，好不好？」
瑄王妃忙點頭。「好、好。」說著往獄卒手裡又塞了些銀子，才一步三回頭地走了。

大獄裡，沈聿風正蹺著二郎腿，哼著小曲，吃瓜子。
外面來人拱手稟報。「國公爺，瑄王妃已經走了。」
「嗯。」沈聿風把剩下的瓜子往桌上一丟，拍了拍手，斜睨了一眼昏倒在地上的楚翰學。「一會兒用水潑醒。」
「是！」
見典獄長一副欲言又止的模樣，沈聿風一仰下巴。「有事說。」
典獄長諂媚道：「下官愚笨，還請國公爺明示，這楚翰學眼看著是個嘴巴不嚴的，剛才打的時候，追著問，肯定什麼都說了，可您把他的嘴一塞，不就、不就什麼都說不出來了嘛……」瞧著沈聿風面色忽變，他忙彎下腰去，不敢再言。
「你懂個屁！」沈聿風翻了個白眼。「知不知道什麼叫放長線釣大魚？」
典獄長顯然沒懂，但也忙點頭稱是。「國公爺英明，怪不得您要『面上狠些，但不傷筋骨』的打法呢！」

「一會兒瑄王妃轉回來，你們該收她銀子就收，她有的是錢。」沈聿風用茶水漱了漱口，又道：「有點眼色，別礙著人家姊弟倆說話。」

「是！」

鄧西匆匆進來，湊到沈聿風跟前耳語。「去夫人說的莊子上看過了，吳嬤嬤並不在那兒，而且從未去過。」

「哦？有這等事？」沈聿風眉頭緊鎖，稍一思量，吩咐道：「叫人去查，掘地三尺，務必要把吳嬤嬤找到！」說完，這才轉身朝外面去。

好生將沈聿風送出去後，典獄長抬手抹了抹額頭上的汗。自從這楚翰學關進來後，出入的都是得罪不起的佛爺，他這顆心都一直懸著，著不了地。

「剛才都聽見國公爺的吩咐了，都小心點，這瑄王殿下咱們也得罪不起。」

瑄王妃哪有心思逛州橋？才約莫過了半個時辰就趕忙回來，聽說魏國公已經走了，大喜，出手也大方了些。

獄卒們樂得清靜，遠遠地躲了出去。

瑄王妃剛一進門就聽見楚翰學哭爹喊娘，立即流星趕月似的往裡奔，看到人影的一剎那，腿都軟了。

只見楚翰學正趴在乾草上哀號，腰部以下血肉模糊，地上兩道長長的血跡，眼瞧著是被拖拽過來的。

瑄王妃失聲叫道：「翰學！」

楚翰學費力抬頭，一把眼淚、一把鼻涕地哭道：「大姊，我疼，我好疼……」

「他們怎麼把你打成這個樣子！」要不是有木柵欄，瑄王妃恨不得立即衝進去。「都傷到哪裡了？」

「我不知道，我感覺不到我的腿了……」

瑄王妃的心都揪在一處了，抓住柵欄道：「你放心，姊姊很快就救你出來！你抬頭，看著我！」

楚翰學昂起頭，眼睛哭腫得只剩一條縫，還奮力睜著。

「他們都問你什麼了？」

楚翰學搖頭。「什麼也沒問，就只是打。」

「好、好。」瑄王妃紅著眼眶點頭。「這應該只是為了擊垮你，讓你怕。沒關係，你聽姊姊的。」

楚翰學又忍不住哭了起來。

「從現在起，無論他們問你什麼，你都不要說。」瑄王妃厲聲道：「聽到沒有？」

「可是，我要是不說，他們再打我怎麼辦？」楚翰學驚恐地搖頭。「我受不了了，我真的受不了了！」

「現在只不過是一些皮肉苦，你要是認了，可就是掉腦袋的罪名了！」瑄王妃含淚喝道。「到時候，神仙也救不了你！」

一陣劇痛襲來，楚翰學忍不住打了個寒顫。「大姊，他們說有人證，那個羅鍋還活著，我是跑不掉的……」

「不用聽他們胡說，他們都是連哄帶騙的，哄你認罪呢！」

「那……妳可是有什麼法子了？」

「法子自然是有的。你放心，無論如何，姊姊都會把你救出去的！」

楚翰學覺得疲乏，頭歪了下去，喃喃道：「大姊，我知道妳是騙我的，我這次是出不去了，我知道的……」

瑄王妃哭著蹲坐下去。「不，姊姊沒騙你！我一定會救你出去的，你相信我！」

「地上涼，我有些冷……」

瑄王妃哭得像個淚人兒，大喊道：「來人！開開門，給他床被子行不行？來人啊！」

可獄卒們拿了銀子，都躲出去了，哪還有人在？

「翰學，你抬頭，聽姊姊說！」瑄王妃用袖子抹淚。「有人證也不怕，姊姊找個人替你頂罪，你會沒事的，你一定會沒事的！」

「頂罪？」楚翰學想笑，又疼得直皺眉。「能進到瑞王府的人，哪有人能替我頂罪？魏國公又不是傻子。」

瑄王妃起身道：「有的、有的！你二姊，她犯了人命官司，也在大獄裡關著，你要是扛不住，就往她身上推，反正她也是救不了了。」

「二、二姊？」楚翰學有些懵。

「沒錯，你二姊為了你，也願意這麼做的。所以你放心，你會沒事的，給姊姊一些時間，好不好？」

楚翰學有些恍神。

門「吱呀」一聲，遠遠地有人喊——

「王妃！時間差不多了！」

瑄王妃站直了身子，緩了幾個呼吸，穩聲道：「我走了，記住我說的話。」說完，又用袖子拭了拭淚，整理好情緒，這才挺直了腰背，端正了儀態，向外走去。

甬道盡頭的牢房裡，緣起正抱著劍，面無表情地看著蜷在地上、無聲哭泣的瑾王妃。

她口中塞著布條，淚水混著口邊流出的涎水，流了滿臉。

但她再沒心思在意這狼狽的模樣被一個小廝瞧去，因為什麼都不重要了。

原來，她不過是一枚棄子……

不知過了多久，她突然拚命掙扎起來，嘴裡嗚嗚的，像是要說什麼。

緣起冷聲道：「不要大聲喊叫，不然妳知道後果。」見瑾王妃點點頭，這才扯下她口中的布條。

「我要見官家，我要見魏國公！」

春末夏初，一絲風都沒有，日頭白白地曬著，卻只見溫和。觀稼殿前，允棠抬眼望向屋頂的綠色琉璃瓦，難捺心中悸動。就快要有結果了。

蕭卿塵來到她身側，輕捏了捏她的手。「進去吧。」

來到殿內，正位上是官家和聖人，面色皆端肅；左側是魏國公、瑾王；書案前是刑部尚書方荀；右側是貴妃、淑妃和賢妃。

堂下跪著的，便是瑾王妃楚妙君了。

「允棠，妳脖子受傷不方便，來，到朕身邊坐，卿塵也過來。」官家擺手。

程抃忙示意宮人搬了交椅，放在官家身側。

從身邊走過時，允棠斜乜了一眼，只見瑾王妃面色漠然，看不出任何情緒，倒是瑾王有些驚慌失措。

兩人落坐之後，官家冷聲開口。「說吧。」

瑾王妃輕撫凌亂的額髮，試圖讓容貌端正些，緩緩開口道：「官家，接下來我要說的，句句屬實，且牽扯頗多，我願伏法，只求您能看在瑾王殿下的分上，饒慧兒一命。」

「好，朕答應妳。」

「當年瑞王殿下大婚，我大姊……楚妍君得知我傾慕瑾王殿下，弟弟楚翰學又對崔清珞傾心，於是想出一個計策，既能全了我們倆的心願，又能為她夫君瑄王殿下掃除阻礙。」

瑾王妃不自覺地看向瑾王。「畢竟瑾王殿下若是真娶了崔家女兒，實力便不容小覷了。」

見眾人都皺著眉不說話，方荀清了清嗓，正色問道：「什麼計策？」

瑾王妃把眼神收回來，頓了頓，道：「她從西域找了種藥性很強的迷藥，交給事先安插進去的兩名侍女。在那日之前，瑾王殿下便數次想找崔清珞傾談，都被拒絕了，想來大婚當日，必定會再次發生口角，她要我趁兩人分開之時，去安慰瑾王殿下，侍女則找機會對崔清珞下手。這種迷藥，混入水中無色無味，服下後神志清醒，卻提不起一點氣力，只能任由人擺布。楚妍君說，只要生米煮成熟飯，隔些日子再去崔府提親，他們一定會答應的。」

瑾王聽到「神志清醒」幾個字，面容不禁扭曲起來。

瑾王妃繼續道：「殿下在她那裡受了挫，我只需要柔聲安慰便可。另一邊侍女得手之後，將昏迷的崔清珞交給楚翰學的小廝，具體將人挪到哪裡，我就不知道了。總之，楚翰學只需要掐著時辰，到指定的地點再……」瑾王妃沒敢說得再露骨。

官家並不抬眼，只是把玩著手裡的綠松石珠串。「說下去！」

「事後才知道，中間不知道怎麼出了岔子，沒等楚翰學到場，崔清珞就被人帶走了。但是看現場，應該還是發生過什麼的……小廝和侍女都是不能再留了，本是想帶出去再處置的，誰知道那羅鍋竟有所察覺，只得在瑞王府便動手。」

方荀問道：「那兩名侍女呢？」

「被楚姸君殺了，屍體丟在哪兒，我不清楚，只是聽她無意中提起過『都收拾乾淨了』。」

方荀迅速提筆記下，滿殿靜默，只剩毛筆尖與紙張摩擦的沙沙聲。

允棠盯著跪在面前的瑾王妃，不知為何，心中卻沒有預想中的那般暢快。官家說是因她脖子受傷，怕不方便，才要她坐到前面來，瑾王妃跪地認罪，就好像在跪她一樣。

「可我們都不知道乘虛而入的人是誰。」瑾王妃又瞥了瑾王一眼，顯然後者內心五味雜陳。「辛苦謀劃卻為他人做了嫁衣，楚姸君雖然惱怒，卻也無計可施，但好在我與瑾王殿下有了結果。」

瑾王痛苦地合上雙目。

「還有其他要招的嗎？」方荀問。

瑾王妃點頭。「有。楚姸君與瑄王相識，也是她一手設計的。聽說瑄王與乳母的女兒劉二娘子往來密切，楚姸君便找人裝作賊寇，在劉二娘子踏青回來的途中將人劫走，侮辱致死。」

「什麼?!」淑妃目瞪口呆。「瑩兒是她……」

「還有，」瑾王妃面無表情，繼續道：「她與瑄王籌謀已久，多次對朝廷命官行誣衊之事，當年的樞密使韓恕，也是她找人誣告通姦的，還有後來的三司使楊倫，這樣的事情不計其數，我也記不清了。」

官家冷臉問道：「那她與清珞墜崖，可有關係？」

瑾王妃搖頭。「這個不是她做的，從官眷口中得知這件事時，我就在她身側，她的確不知情。但是……」

「但是什麼？」官家問。

「這麼多年來，瑄王夫婦收受賄賂不計其數，剋扣軍餉、賑災款，還曾私吞去世官員的非法財產，我知道的就這麼多。」瑾王妃俯身磕頭。「官家，求您放過慧兒！」

額頭磕在冰冷的地面，一聲悶響，是讓人想要皺眉的程度。

瑾王妃的舉動可謂大義滅親，為的不過是自己的親生骨肉平安，這一刻，沒人懷疑這顆真心。

官家抬眼，目光冷峻。「方荀，可記清楚了？」

方荀忙起身，見官家擺手示意他坐下答話，又撩袍重新坐好，恭敬道：「回官家的話，都記下了。」話雖如此，心中卻忐忑。

這一樁樁、一件件，都是不輕的罪名，若官家接著問，按律該如何？

王妃也就罷了，瑄王畢竟是皇子，官家心裡怎麼想，誰也不知道，這輕了重了，實在不好拿捏。想到這裡，目光不禁偷偷瞥向魏國公。

沈聿風卻在盯著允棠。

允棠在等。

三年之約，才過去半年，官家不會不記得，遲遲不開口，不過是在想該如何處置罷了。

半晌後，瑾王起身，在瑾王妃身側跪下。「父親，兒子願將當年的真相公之於眾，還清珞清白。父親怎樣責罰兒子都認，只求父親能饒慧兒一命。」

瑾王妃淚如雨下。

「瑾王蕭秉鉞、新城縣主蕭穎慧，削蕭姓，貶為庶人。」官家緩緩開口道。「林側妃封為二品汝陰郡夫人，瑾王府改名後，賜予她和弘業、弘石住。至於妾室，隨她們去吧。」

瑾王夫婦聽了，忙磕頭謝恩。

貴妃卻兩眼一黑，差點癱倒。

「楚妙君，草菅人命但首告有功，遂褫奪誥命，刺配千里，永世不得回京；楚翰學，受人唆使意圖侮辱郡主，事後殺人滅口，絞死；楚妍君，心機深重，罪大惡極，讓她親眼看楚翰學行刑之後，斬首示眾。」說完這些話，官家似乎用盡了氣力，手肘撐在扶手上，無力道：「至於秉鉞……方荀，找幾個人議一議吧！」

「是，官家。」

眾人的目光，都集中在允棠身上，像是在詢問她滿不滿意？

允棠起身，轉向官家，屈膝一跪。

「允棠……」皇后滿臉心疼。

「祖父，我母親當初因為此事被褫奪封號，如今冤名已除，是不是可以追封回來？還有，請您收回成命，恢復女將隨軍出征之權！」

她言語擲地有聲，就連旁邊几案上的沉香，都跟著顫了幾顫。

程抃在心裡替她捏了一把汗，話說恃寵而驕，這話一點都不假。雖有三年之約，這官家將自己親子都貶了，也該知足了，奈何她又行此舉，無疑是把官家架在火上烤，逼著官家承認自己的錯誤。可眼下，就連貴妃悲從中來都不敢出聲，他這個當奴才的想岔開，更是不能了。

如今整個殿裡能開口、敢開口的，就只剩魏國公了。

果然，沈聿風將身子轉向官家，沈聲道：「臣附議。」

官家一下一下撥弄著手裡的珠子，病了許久，面色並不好看，老態盡顯。

他伸手一托允棠的手臂。「脖子還沒好，趕快起來。」

允棠順勢起身。

官家扭頭道：「程抃，傳朕旨意，追封崔清珞為兗國公主，恢復女將出征之權，之前被革職的女將，若身子還硬朗，可自願復職。」

程抃忙應聲。「官家英明！」

官家又看向跪著的夫婦倆，嘆了一聲。「去吧，跟慧兒道個別。」

瑾王妃額頭點地，哽咽道：「謝官家！」

只一天的工夫，關於崔清珞一案的真相，傳遍了整個汴京。

街頭巷尾都貼滿了告示，瓦子裡說書的也早就編好故事，繪聲繪色地給座客們講著，就連河邊洗衣服的嬤嬤們也在議論。

「聽說了嗎？永平郡主當年是被人下了迷藥，才失了清白。」

「什麼永平郡主？現在應該稱呼兗國公主了！」

「這麼說，文安郡主的父親真是瑾王殿下？那官家也是她親祖父了？天啊！」

「我就說嘛，兗國公主當年傾國傾城，怎麼會屑於與人苟且！」

「糟蹋了那麼好的姑娘，是要遭報應的啊！」

與此同時，楚妙君臉上被刺了字，正在依依不捨地跟女兒告別。

「慧兒，妳要記住，不要再接觸有毛髮的動物，像貓啊狗啊，這些都不行，會要了妳的命！」楚妙君心疼地撫著女兒的臉頰。「以後要聽父親的話，啊？」

穎慧就只是哭。

汝陰郡夫人林秀娥走近，將一個裝得鼓鼓的錢袋塞在楚妙君手裡。「藏好，路上用。」

穎慧一把抓起錢袋，奮力丟遠，哭喊道：「妳是來看我們笑話的吧？誰稀罕妳的錢！」

秉鉞忙跑過去撿起來，拂了拂上面的塵土。「慧兒，往後妳我都是庶民，要靠自己勞力賺錢，妳母親流放路上辛苦，有錢也好打點打點，切不可再任性了。」

「怎麼會這樣？怎麼會這樣？」穎慧崩潰大哭，轉向母親。「那日妳明明告訴我不會有事的，妳騙我！」

楚妙君心都碎了。「慧兒，別哭了。母親就要走了，過來讓我再抱抱妳。」

母女倆抱頭痛哭。

「好了，」等在門口的衙役不耐煩地道：「時辰到了，趕緊走吧！」

「母親！」穎慧緊緊抓著楚妙君的衣裙不放。「我不讓妳走！」

汝陰郡夫人朝衙役手裡塞了些銀子。「再多給些時間吧？」

衙役不肯收。「汝陰郡夫人，不是我不肯通融，實在是不能再拖了，我們出城門都是有時辰的。」

「還是拿著吧。」汝陰郡夫人又塞過去。「路上還望軍爺多照顧。」

衙役不動聲色地將銀子收好，給楚妙君上了枷銬，領著人出門去了。

「母親！」

秉鉞心疼地將女兒攬在懷裡。「我們也走吧。」

「王爺！」汝陰郡夫人不忍地道：「其實您不必如此的，您和慧姐兒先到郊外田莊住下吧，那裡不會有人注意到的。」

秉鉞搖搖頭。「還是不必了，我會想辦法帶著慧兒活下去的。」

「那……有需要我幫忙的，您儘管開口。」

秉鉞點頭，又看向她身後的兩個兒子。「你們要好好照顧母親啊，我走了。」

還未等出門，便聽到門口一片嘈雜聲，眾人忙追出去看。

只見楚妍君惡狠狠地抓住楚妙君的頭髮，朝她的臉猛摑。

楚妙君的手被銬住，無法抬起阻擋，只得任由楚妍君打，衙役幾次試圖將人拉開都不能。

「住手、住手！」秉鉞衝過去，將楚妙君護在身後。「妳瘋了嗎？」

此時楚妙君臉上都是紅白指印，頭髮被扯得七零八落，嘴角也滲出血跡來。

「妳這個賤人！妳自己死了不夠，還要拉上我和翰學一起死！」楚妍君咬牙切齒，恨不得生吞活剝了她。「早知道妳這麼蠢，當初我就該掐死妳！」

楚妙君看著楚妍君指間還夾著從她頭皮上扯下來的一綹頭髮，忽然無聲地笑起來。

「楚妙君，我做鬼也不會放過妳的！」

「好啊，妳先走一步，在黃泉路上等我吧！」楚妙君吐了一口血水，揚了揚手上的枷銬。「我一時半刻還死不了！」

「妳──」楚妍君氣急敗壞。

楚妙君冷笑。「我什麼？讓妳失望了，不但我死不了，慧兒也死不了，妳就陪著妳最愛的弟弟，下地獄去吧！」

「在那裡！」一隊官兵追來。

楚妍君見狀想要擠入人群逃竄，卻被楚妙君眼疾手快地一把撞翻。

「楚妙君！」楚妍君被兩人擰住手臂按在地上，嘴裡不斷咒罵著。「妳這個殺千刀的，妳不得好死！」

「是啊，我明知妳狼子野心，還任由妳擺布，」楚妙君面色清冷。「我早就萬劫不復了。」

兩人分別被押往不同的方向，這便是楚家姊妹最後的訣別了。

允棠站在人群中，轉身盯住楚妙君離去的方向，低聲道：「小滿，去告訴翟薛氏一聲，楚妙君被流放了。」

「是，姑娘。咱們去祭拜公主嗎？」

允棠搖頭。「不，還不是時候。害她的人都已經伏法，可真正下殺手的，還逍遙法外呢！」

圍觀的人群漸漸散去，汝陰郡夫人站在門前，投來感激的目光。

允棠報以微笑，轉身領著小滿回到馬車上。

「那咱們回崔府嗎？不讓二姑娘出門，估計她都快憋瘋了。」

「先去戶部使盧英大人府上吧。」

吩咐車夫後，小滿笑道：「女將能恢復出征，盧姑娘一定會感激姑娘的。」

允棠卻笑不出來。「本應屬於妳的東西，莫名其妙被奪走多年，然後再還回來，妳會心存感激嗎？」還有後半句話，她沒說出口。

盧文君的母親，與她的母親一樣，無論做什麼，都再也回不來了。

進了盧府，找了侍女進去通報後，允棠打量起屋裡的陳設來。

楠木雕花的博古櫃上，擺著各式樣的香爐，金銀銅玉、環肥燕瘦，各有千秋；櫃前一張黃花梨木祥雲紋的卷腿琴案上，放著一把古琴。

她不懂琴，單從品相上來看，這琴就不是凡品。

她也從不知，善騎射的盧姑娘，竟然還通音律。

條案上金絲鐵線紋的香爐裡燃著濃梅香，香味恬淡，令人心曠神怡。

正陶醉著，一個女聲闖了進來——

「妳怎麼來了？」

允棠笑。「好久不見了。」

盧文君卻沒好臉色，抱臂道：「怎麼？如果妳來，是想看我對妳感激涕零，那妳可算是來錯了。」

「哎妳——」小滿看不下去。

允棠抬手制止。「我來，是有事相求。」

「哦？」盧文君來到楠木圈椅前，大剌剌地坐下。「妳堂堂郡主，要什麼沒有，怎麼還要來求我？」

「這件事啊，非妳不可。」

盧文君來了興趣，又不想表現得太明顯，故作姿態道：「那妳不妨說來聽聽，沒準兒本姑娘高興，就成全妳了。」

允棠輕笑著坐下。「那，盧姑娘能否賞杯茶喝？實在口渴得緊。」

盧文君一瞧桌上光禿禿的，登時來了脾氣，指著門口伺候的侍女。「妳們，平日父親是怎麼教妳們待客之道的？來了客人連杯茶水也不給？」

允棠也不揭穿，當家姑娘沒表態，還不知來者是敵是友，誰敢巴巴地奉茶去？旋即輕笑道：「事關重大，還望盧姑娘聽了之後，能保證不對其他人說。」

「嘁！」盧文君嗤之以鼻。「是妳來找我的，還對我諸多要求？」見允棠一臉鄭重，才又道：「我也不是那長舌頭的人，妳放心就是了。」

「好。」允棠的身子往前傾了傾。「遼國使團在汴京，這件事妳也知道吧？我希望妳能把萬俟丹引開，讓他離開汴京，越遠越好。」

盧文君像是聽了什麼笑話，捧腹笑起來。「我說妳也太瞧得起我了，人家好歹也是遼國皇子，據說是最有機會繼承遼國皇位的，哪裡會聽我一個小娘子的話？再說，我們剛跟遼國結盟，好生招待也用不了幾個錢，還能顯得我們大氣，趕人走做什麼？」

「因為不日，汴京便會生亂。」

「生亂？」盧文君的笑容漸漸消失，低頭一琢磨。「妳是說，汴京近日裡莫名其妙出現的那些人？」

「妳也注意到了？」

「嗯。雖然他們喬裝，努力融入本地百姓之中，可口音和身形都作不了假。」

允棠壓低聲音道：「具體會發生什麼事，我現在也說不清，我們雖與遼國結盟，可若朝堂動盪，難保他們不會乘虛而入，屆時遼軍大肆壓境，內憂外患下，後果不堪設想，所以……」

「所以，妳才要我引開他？」盧文君英眉緊蹙。「可我與他並無交往，他如何能聽我的？」轉念一想。「不對，妳方才說，非我不可。」此時有侍女端了茶水上來，一時阻擋住允棠的身影，盧文君急得起身，兩步來到她身邊。「妳已經想到辦法了？」

允棠低頭淺笑，果然一點就透，她沒找錯人。「有些卑劣，但也顧不得那麼多了。」她端起茶盞，抿了一口。「妳還記得萬俟丹求娶我的事嗎？」

「當然記得。」盧文君剛說完，便恍然大悟，驚呼道：「哦，妳是打算使美人計！」

其實，蕭卿塵也想到了這一層，無奈他與萬俟丹兩人敵對情緒太重，若由他開口，怕反倒起反作用。

但這美人計，卻是她自作主張。要是被那個大醋罈子知道，還不定會做出什麼事來。

允棠垂眸。「美人不敢當，我也沒有十全的把握，能不能成，就要看妳了。」

盧文君嗤道：「這麼不放心，幹麼不自己去？」

「我還有大仇未報，走不開。我認識的人當中，妳與我的身形最為相似，所以才來找妳。」允棠頓了頓。「而且，離開汴京，也能安全些。」

「我有能力自保。」

「小小年紀，逞什麼能？想想英國公吧！」

盧文君微怔，嘴硬道：「我們年紀相仿，別裝出一副老成的樣子來！」

「小滿，」允棠將小滿喚到身前。「過幾日，等一切準備就緒，妳就跟盧姑娘一起去。」

「姑娘！」小滿忙搖頭。「我不走，我要跟姑娘待在一處！」

盧文君明白允棠的意思，忙道：「我做她的打扮，最多能有七分像，再領了妳，就有九分了。」

「可是——」

「別可是了！」盧文君打斷道。「我又不會欺負妳，妳怕什麼？」

允棠彎起嘴角。「這麼說，妳答應了？」

「這是國事，我自然會答應。只是……」盧文君憂慮道：「我想跟我外祖父說一聲，畢竟他也是武將，還是要有些心理準備的。」

允棠輕點頭。「不要打草驚蛇就好。」

「放心，我有分寸。」

第二十九章

都官郎中辛圖正苦著臉，揉著額際，一旁的典獄長垂手而立。

「那個瑄……呃，那個楚氏，一直叫嚷著要見官家、見瑄王殿下、見方尚書，反正就是誰都要見。」

辛圖的眉毛擰成麻花，不耐煩道：「見什麼見？那是官家親審，都是板上釘釘的事了。你去告訴她，死了這條心，誰也不用見！」

「哎喲！她那張嘴，一刻也不停歇，鬧得我們頭都大了！這官家有令，要她親眼看著楚翰學行刑，我們也就不敢動她，生怕出了什麼岔子呀！」

「楚翰學是明日吧？」

「正是。」

辛圖擺擺手，嘖聲道：「那不過就是這一晚了，隨她去吧！」

外面有獄卒來報。「辛郎中，瑄王殿下來了。」

辛圖忙起身理袍，倉皇間瑄王大步流星已到了跟前。

「楚氏關在哪兒？」

典獄長忙伸手指路。「這邊。」

瑄王轉身便朝那方向過去，起初還急匆匆的，越臨近反倒越慢下來，臨到跟前，竟站下了。

楚妍君見到典獄長點頭哈腰引路的模樣，忙衝過去。「王爺，是您嗎？」

瑄王不作聲，身影隱在黑暗裡。

楚妍君換到最邊緣的柵欄中間，額頭抵在縫隙裡，拚命朝外看。「我知道是您！」

典獄長見狀，識趣地退了下去。

「王爺！」楚妍君伸出手去。「您過來，讓我看看您！」

瑄王心頭一鈍，這才緩緩向前行了幾步。

燭火搖曳，混亂的光影映在他的臉上，面上的表情無法看得真切。半晌，他才緩緩開口。「瑩兒的事，是真的嗎？」

楚妍君一愣。「王爺來，就是想問我這個？」

瑄王抬頭，心頭似乎快要滴出血來。「我想聽妳親口說。」

「瑩兒是誰，我不記得。」

「那偶遇妳落水、幫妳摘紙鳶，這一切都是妳計劃的？」瑄王逼問。「妳對我可有半分真心？」

楚妍君心如刀絞。「王爺！您我同床共枕十幾年，您感覺我不到我的真心嗎？」

「我現在已經不知道什麼才是真的了。所謂母慈子孝、兄友弟恭、伉儷情深，似乎一切都是假象。」瑄王自嘲地笑了兩聲。「老天是在懲罰我，不該貪圖皇位，好像一夜之間，我什麼都沒了。」

「我雖是處心積慮，卻是真心傾心於您，這麼多年來，我從未有過二心。」

瑄王沈默不語。

「弘禹和蓉兒呢？」

瑄王垂眸嘆息。「我沒讓他們來。」

楚妍君點頭。「也好，讓他們記住我從前的樣子吧。」

瑄王心中泛起一陣苦澀，印象中的楚妍君，總是衣冠整潔、儀態大方，她才思敏捷，總能想到他想不到的地方。

他向前一步，伸出手去，握住她的。

楚妍君的眼淚像斷了線的珠子落下。「王爺，您真的沒辦法救翰學嗎？」

啪！燭芯乍響。

瑄王不動聲色地抽回手。「妳若對我是真心的，就在天上保佑我得償所願吧！」

翌日午時，刑場。

天陰得不像話，黑雲翻滾，彷彿下一刻就要落下傾盆大雨。

楚翰學身穿囚衣，跪綁在行刑柱前，一把鼻涕、一把眼淚地低聲抽泣，雙眼緊閉，極度驚懼之下，身子不住地顫抖著。

刑部尚書方荀奉旨親自監刑，左右刑部侍郎、郎中，及大理寺卿等一眾官員，皆正襟危坐。

這案子非比尋常，誰也不敢掉以輕心。

几案前方，是同樣著囚服，帶著枷銬跪在地上的楚妍君，正由兩名持槍獄卒看守著。

「時辰已到！」

方荀丟出犯由牌，喝道：「行刑！」

楚翰學猛地睜眼，拚命掙扎起來，腳鐐手銬噹啷作響。

兩名劊子手將手中的粗麻繩套在他的脖頸上，兩人各執一邊，在繩中穿入四尺長木棒，朝不同方向奮力扭轉起來。

楚翰學很快便被勒得喘不過氣，額頭青筋暴出，嘴巴大大張開，口中不斷發出含糊不清的「呃呃」聲。

「翰學！」楚妍君不顧一切地向前撲去，重重摔在地上哀號起來。

「扶起來，讓她看！」方荀冷聲道。

身後獄卒將人架起，又迫使她高昂起頭。

此時楚翰學的模樣已經很駭人，眼珠都凸了出來，舌頭伸得老長，口涎也連成線流下，身子劇烈抖動，脖頸處因受強烈擠迫，已經咯咯作響。

「啊——」楚妍君淒厲慘叫，痛不欲生。

不過十幾個呼吸間，那副身子徹底癱軟了下來。

兩個肌肉賁發的劊子手又擰了好一陣，確定死囚不可能再有生還的機會，這才鬆開手來。

「翰學！」楚妍君絕望地閉起雙眼，哭道：「父親、母親，我對不起你們！你們讓我為楚家保住這一點血脈，我也沒能做到，我沒臉去見你們啊！」

獄卒將她丟在地上。

忽然，她在刑場的一隅，瞥到了一個紅色的身影。

是蕭允棠！

楚妍君目光呆滯，朝那個方向看了好久。

一向順從的妹妹，為何會突然與她反目成仇？必定是有人從中作梗，而這一切，都是在蕭允棠入住瑾王府後發生的。

具體是從什麼時候開始的？楚妙君口中那條狗，到底是有什麼內情？楚妍君的腦子飛快轉動著。

蕭允棠來看楚翰學被處死，是為了給崔清珞出口惡氣，這一切的一切，都是這個小賤人處心積慮，籌劃良久造成的！楚妍君登時火冒三丈。

「蕭允棠！」楚妍君聲嘶力竭。「她根本就不配當郡主！」

方荀猛地起身。「快，堵住她的嘴！」

眾侍衛、獄卒一擁而上，而楚妍君也是近乎癲狂地掙扎。「她的生父根本就不是瑾王！楚翰學那日也睡了崔清珞，她還不一定是誰的種呢！唔——」

好不容易堵了她的嘴，在場官員皆面面相覷。

方荀沈聲道：「要想保住腦袋，管好自己的嘴！」

「是！」

「還有一刻鐘，準備斬首楚氏。」方荀瞥了允棠所在的方向一眼。「堵嘴的布團，就不要拿出來了，免得那個罪婦再說出什麼無法收拾的話來！」

山雨欲來，雷聲大作。

允棠暗暗攥緊拳頭。

什麼人之將死，其言也善，都是鬼話，惡就是惡。

楚妍君知道自己難逃一死，拚了命也要喊出這些話來噁心人。

因為當年韓恕就是個活生生的例子，沒人在乎這些流言是真是假，越狗血、越勁爆，茶餘飯後說起來才越帶勁。

罪婦楚妍君被按在刑臺上，嘴裡塞著布團，還不甘地嗚咽著。

劊子手朝手上大刀噴了口酒，時辰一到，手起刀落，那顆頭滾出去老遠。

曾經儀態萬千的身子，無力地歪倒在一邊。

大雨在一瞬間落下，沖刷地上的猩紅。

小滿忙撐起傘，舉到允棠頭頂，無奈風太大，很快便淋濕了肩頭。

「姑娘，找地方避一避吧？」

允棠卻不動，只是看著那些獄卒冒著雨搬運屍體、撿頭顱。

在靠近屍體的時候，他們不約而同地皺起了眉頭，但還是硬著頭皮，伸手去抬。

聽說人死的時候，會大小便失禁，再尊貴的身子，也難逃被排泄物污染的命運。

什麼尊嚴、體面，在這一刻都會煙消雲散。

小滿順著她的目光看去，悵然道：「姑娘，妳說，人臨死的時候，會後悔這輩子做過的錯事嗎？」

允棠舒展了眉頭。「誰知道呢。」

天氣一天比一天熱起來，近些日子發生的事，卻讓人心涼。

楚妍君臨死前說的那些荒謬之言，不知為何，竟傳到那些言官的耳中。

不斷有摺子遞到官家手裡，說的不外乎就是「事關皇嗣血脈，不可草率行事，文安郡主若不能驗明正身，便不應再居郡主之位」之類的話。

起初官家還會一一駁回，後來乾脆直接在朝堂上放話——

歷朝封功臣侯爵之女為郡主的例子比比皆是，最近的就是崔清珞。蕭允棠這個郡主之位，本也不是依靠血脈才得來的，此事以後不必再議，不管她是誰的女兒，都是尊貴的文安郡主，朕心已決云云。

為表態，又賜給允棠兩郡作為封地。

官家的態度再明顯不過，不少人知難而退，但還有寥寥數人不為所動，堅持遞摺子上去，最後也都不了了之。

允棠還是用自己的行動，讓這些人閉了嘴。

她最初封地的三郡，不但有「共濟堂」和「慈幼院」，還有「居養院」，專門收養孤寡老人的，真正做到了生有所養，老有所依。

她將自己的幾處田莊設為義莊，所收的佃租作為這些福利機構的運作費用，又親製大匾，凡是有官宦、商賈捐獻，皆敲鑼打鼓將匾額送上門去。

餘下來的錢，又借出去收印子錢，周而復始，倒也運轉正常，使得臨近州縣爭相仿效。

百姓們交口稱讚，也擋不住別有用心的人嚼舌頭。

呂申氏正坐在魏國公府的正堂裡喝茶，抬頭看了眼沈連氏，搖起團扇笑道：「這整個汴京城都傳遍了，您怎麼還當作沒事人似的呢？」

沈連氏正恍神。「妹妹說的是什麼事啊？」

「還不是文安郡主的事！您說她與您府上結親的事人盡皆知，如今鬧出身世笑話來，豈不是連帶著給您臉面上也抹黑嘛！」

「世人說的話，哪能盡信？不過都是些捕風捉影的話。」
呂申氏煞有介事地道：「話可不是這麼說，蒼蠅不叮無縫的蛋啊！」
沈連氏嘆氣。「再怎麼說，也是官家親賜的婚，再不如意，不是也得受著嗎？」
「誰說這門親事不如意了？我們沈家滿意得很，求之不得！」沈聿風從門外踏進來，面色不悅。「夫人這般說辭，傳出去叫允棠聽見，可怎麼得了？」
沈連氏一驚，倉皇起身。
「國公爺，」呂申氏起身行了個禮，陰陽怪氣地道：「想不到國公爺也有怵的人。」
「這怎麼能叫怵呢？這叫尊重。卿塵喜歡允棠，好不容易才訂了親，再讓妳們背後嚼舌頭給攪了，我兒冤不冤？」沈聿風翻了個白眼。
呂申氏沒好氣道：「不過是閒聊，國公爺就說我們是嚼舌頭，也忒——」
「鄧西！」沈聿風不客氣地打斷她。
「屬下在。」
「傳下去，以後呂夫人來，誰再給她開門，我打斷誰的腿！」
「是！」
「你——」呂申氏氣得直哆嗦。
沈聿風將手負在身後，轉身只留一個背影。「送客！」
鄧西一探手。「呂夫人，請吧！」

呂申氏呼哧呼哧氣得要死，卻也無計可施，只得一拂袖，忿忿地出了門。

沈聿風暗自腹誹：怪不得卿塵愛說「送客」這兩個字，把人趕出去的感覺，還真是挺爽快的！

回過頭來看向沈連氏，沈聿風皺眉問：「夫人剛才為何要那樣說？」

沈連氏不自然地笑了笑。「不過是應承幾句罷了，國公爺何必當真呢？我還能與她爭辯不成？她素來就是個愛嚼舌頭的。」

「那為何還要頻頻與她來往？」

「她夫君與國公爺一同在朝為官，我也不好駁了她的面子不是？日後你與那呂公見面，難免——」

沈聿風偏過頭去。「夫人從什麼時候開始，這麼會審時度勢了？」

「國公爺既然不喜歡，知春以後不說就是了。」

「夫人，那吳嬤嬤如今人在何處啊？」

沈連氏一愣。「怎麼好端端的問起她了？」

沈聿風不著痕跡地道：「好歹也伺候妳那麼多年，總不能因為她病了，我們就一聲不響地把人扔出去不管，傳出去不得說我們國公府刻薄？」

「她身子還沒好索利，還在莊子……」

沈聿風低頭笑笑。「好，我有要事在身，沒時間和妳打太極。這幾日妳好好想想，有沒有什麼要跟我說的？」

「我不明白……」

沈聿風理了理袖口。「妳明白，這是妳最後的機會。」也不等她辯駁，繼而朗聲道：「從今日起，妳不得踏出府門半步，閉門謝客，直到我回來。」說完，揚長而去。

呂嬤嬤瞧著人走遠了，才探頭探腦地出來。「夫人，國公爺這是……」

「沒什麼。」沈連氏緩緩抬眸。「禁我的足，又沒禁妳的足。妳過來，我有事交代妳。」

呂嬤嬤忙附耳過去。

當晚，月黑風高之時，呂嬤嬤從角門鬼鬼祟祟地探出頭來，見四下無人，貼著牆根轉過街角，上了一輛早就等在那裡的馬車。

她身後，兩道黑影從房簷上掠過，直直跟了上去。

汴京碼頭上，來往腳夫搬運貨物，一片繁忙景象。

小滿獨自一人候在棧橋上，扭頭瞥了瞥客船舷窗內，只露出半個背影的盧文君。

盧文君身著允棠最愛穿的青色衣裳，手上還戴了她的玉鐲，手捧書卷，那身姿儀態，就連小滿看了，也有些恍神。

小滿又回憶起允棠交代的話——

「小皇子已經回了帖子，說會準時赴約，屆時妳不動聲色將他引上船即可。在他見到盧文君之前，儘量多拖延些時間，最好是能拖到船開。這艘船，第一站停靠地是在徐州，只要他在徐州不下船，時間便足夠了。」

茲事體大，小滿倍感壓力，雙手交握，手心裡都汗津津的。

老遠看見萬俟丹領了一名隨從過來，小滿緊張得吞了吞口水。

來到跟前，萬俟丹翹首往船上看了一眼，喜道：「你們郡主來這麼早？」

「是啊！」小滿努力讓自己看上去和平常一樣，笑道：「小皇子還是快上船吧，船就要開了。」

「好！」萬俟丹忙撩袍上前。

上了船，萬俟丹直奔盧文君所在的房間，剛要抬手敲門，小滿就追了過去，道：「我們姑娘說，要彈首曲子送給您，還請您坐下慢慢聽。」

「這……」看著門扇緊閉，萬俟丹遲疑道：「不讓我進去嗎？」

「不見彈琴人，畫出琴外聲，小皇子請。」小滿向一旁做「請」的手勢。

萬俟丹這才留意到，隔壁的房間內，已有茶博士點好了茶，茶香四溢，沁人心脾。

而房間內的人坐在古琴前，纖纖玉指輕抹弦，琴音便似山澗流水般溢出。

「竟是瀟湘水雲！」萬俟丹驚喜道，不再糾結，忙踏入房間，坐下安心聽琴。

船緩緩開動，舫窗中不斷傳出飄逸琴聲，如鳴珮環，讓人彷彿置身於雲山霧繞之中，萬俟丹閉著眼傾聽，如癡如醉，手指還不斷在楠木茶案上輕劃。

見船行得遠了，允棠才從樹後走出來，輕嘆道：「盧文君，就看妳的了。」

「他走了？」

允棠被嚇了一跳，一轉身，見蕭卿塵正倚在另一棵樹邊，嘴裡還銜著草葉。

「你在這兒多久了？我竟沒發覺。」

蕭卿塵將草葉吐掉，起身輕笑道：「很久了，是妳太入神了。」

允棠悻悻道：「你跟蹤我啊？」

「我是在保護妳好不好？」蕭卿塵委屈道。「之前不是跟妳說了，再出門，要告訴我的嗎？」

「現在長公主殿下可沒心思管我。」允棠喜憂參半。「你看啊，整個州橋，都安靜了許多。」

蕭卿塵也負手嘆了一聲。「是啊，萬事俱備，恐怕只等一個時機了。」

瑄王府。

幕僚彭玉搖著羽扇，道：「後日是中宮聖人的壽誕，這機會再好不過了。」

「沒錯。」侍衛司總指揮田賁道：「屆時官眷們肯定都會入宮為聖人賀壽，真要動起手來，也能掣肘一番。」

瑄王思量著，點了點頭。「殿前司那邊，你到底有沒有把握能把他們支開？」

「難。」田賚道。「我與那孔如歸素來不和，我的一舉一動都得防著被他抓到把柄，再將他引開，以他謹慎的性子，必定會起疑心。」

阿九在角落冷哼。「等我混進去，殺了他不就得了！」

「真要動起手來，哪有工夫管他？不過區區指揮使。」另一名幕僚黎邦道。「你還是應當乘機除了太子才是。」

「我用你教我做事？」阿九狠辣地斜乜過去。

彭玉也拱手附和道：「殿下，無論如何，太子不可留。」

正躊躇間，忽有小廝來報。「太子殿下來了！」

皇甫丘一直默默聽著，聞言倉皇起身。「殿下……」

瑄王尖銳的目光一掃。「慌什麼！」

「這好端端的，太子怎麼到這兒來了？」皇甫丘坐立不安。「難道是方荀他們議出結果了？」

瑄王從鼻子裡「哼」了一聲。「竟然有膽到這兒來！」

「殿下，太子若隻身前來，我們把人扣下，以此要挾，是否會多幾分成算？」田賚試探地問道。

「蠢！」瑄王冷冷抬眼。「我那父親，根本不會為了太子而妥協，打草驚蛇之後，恐怕我們連皇城都進不去！」

彭玉道：「太子打著仁善的旗號，自然是來撫慰殿下的，殿下應承過去便是，別因小失大，壞了大事。」

眾幕僚皆點頭稱是。

「好！」瑄王起身，面色陰鷙。「我就去會會他！」

來到堂前，太子正拉著長寧郡主問話，一臉關切，瑄王心裡卻升起一股無名火，冷著臉道：「蓉姐兒，妳先下去！」

長寧郡主見父親臉色不好，忙行禮退了出去。

「心情不好也不要拿孩子撒氣嘛！」太子輕嘆一聲，起身道：「最近發生這麼多事，我來看看你。」

瑄王聲音寡淡。「不勞太子殿下掛心了。」

太子無奈。「你……唉！你又何必渾身是刺呢？到頭來傷的還不是關心你的人？你這麼久沒消息，淑妃娘子很擔心你呀！」

「擔心我做什麼？我現在被禁足，刑部在商議如何處置我。」瑄王嗤笑。「再說，父親如今一把年紀，也不會輕易貶黜妃嬪，她穩坐四妃之一，就算沒有我，地位也是一樣的。」

「秉鉞！」太子聽不下去，怨道：「沒有生恩，還有養恩！不管怎樣，淑妃娘子養了你這麼多年，幼時你生病，她哪次不是徹夜陪伴？你這麼說話可是要傷透她的心。」

瑄王不為所動。「她不過是將我當作二皇子的替身罷了，若她自己的兒子還在，她根本不會要我，休要說得那麼動人。」

太子皺緊眉頭，沈默了半晌，嘆道：「秉鋮，我理解你現在的心情——」

「你理解我？」瑄王被這句話刺痛，怒目而視，詰問道：「你憑什麼理解我？你母親是中宮聖人，你又是父親的第一個兒子，你是身分最尊貴的皇子，而我不過是以色侍人的舞伎所生，是人人唾棄的賤種！你拿什麼來理解我？」

「我……」

「你與太子妃青梅竹馬，相濡以沫，她從未對你隱瞞過半分，她在東宮親自洗手作羹湯，而我的王妃，陰險狠辣，如今連個全屍都沒留下，你又拿什麼來理解我？」

太子失語。

瑄王呼出一口濁氣，強抑心中憤懣，一字一句道：「你唾手可得，甚至厭棄的東西，我拚了命也觸碰不到，所以，休要拿你這虛偽的仁善來可憐我，我、不、需、要！」

太子想起沈聿風的話，急著辯解。「秉鋮，你我之間，可能是有誤會——」

「不重要了。」瑄王決絕地轉身。「你走吧！」

「秉鋮……」

瑄王再也受不了，奪門而出。

一路狂奔回到書房，他將案上茶水一飲而盡，旋即將茶盞一頓，咬牙道：「阿九，找機會除了太子！」

斗指東南，維為立夏。

這入了夏，盛放的花朵就更多了。內府差了一隊小黃門，搬來朝氣蓬勃又色彩明豔的植物，擺在皇后院子裡，只為添添喜氣。

允棠正在為皇后篦頭髮，她將那黑白參半又日益稀疏的頭髮攥在手裡，不由得眼眶發酸。

「怎麼？有心事？」皇后透過銅鏡看著她。

允棠忙搖頭。「沒有。」

皇后只當她被流言所擾，淺笑道：「世人愚昧，隨波逐流，人云亦云，有的是蠢如鹿豕，有的是不敢做那庸中佼佼，皆是苦。」

允棠握著篦子，一梳到底，點頭道：「萬般皆苦，唯有自渡。跟了祖母這麼久，孫女也悟出來了。」

「妳是個聰明的孩子，不需要我來教。」

「祖母……」允棠欲言又止，她放下篦子，屈膝伏在皇后膝頭。「祖母雙耳垂肩，是有大福之人，定能長命百歲的。」

皇后啞然失笑。「百歲？活那麼久做什麼？」

允棠不說話。在得知祖母壽誕的那一日，她便知道，是時候了。

聽蕭卿塵的意思，官家早就有所防備，兩權相害取其輕，既然壽誕能按期舉行，必定是深思熟慮之後的決定。

利慾薰心的瑄王，自然不會顧及到官家和皇后都已年邁，更不會去想今日之後，皇后餘生的壽誕，又該怎麼過？

訾榮從外面進來。「娘娘，時候差不多了。」

允棠仰臉。「都怪孫女誤事，這麼久了，頭髮還沒梳好呢！」

皇后摸摸她的頭。「沒什麼要緊的，解嬤嬤梳頭快著呢！」

解嬤嬤在身後點頭。

允棠起身。「那我不在這裡誤事了，我到外面等。」

「去吧，到院子裡賞賞花。」皇后抬手朝自己鬢上抹了一把，對解嬤嬤說道：「給我取那個翠藍的金冠吧！」

出了殿，果然滿院繁花似錦，正當值的宮人們神色匆匆，看不出悲喜。

允棠置身於萬團明豔之中，心中卻黯淡得只剩下灰白顏色。

「允棠！」

她聞聲轉頭，是蕭卿塵，風風火火進了院子。

他上前兩步，來到她跟前，壓低聲音說道：「殿前司和侍衛司似乎也有瑄王的人，一會兒壽宴開始，恐怕就會開啟某個宮門，將私軍放進來。我知道我勸妳，妳也不會走，便在廣德殿內多處藏了匕首、短劍，香案下還有一把短弓，給妳防身用。」他用力攥了攥她的手。「千萬要小心。」

允棠抬眼，對上他雪亮的眸子，輕輕點了點頭。

「那我走了。」鬆開手，他轉身便要走。

「蕭卿塵——」她忙開口喚住。

他轉回身。

「你也要小心。」

蕭卿塵的笑意在唇邊漾開。「知道了。」

廣德殿內燈火通明，前來為皇后賀壽的一眾誥命皆錦衣華裳，頭上還不約而同都簪了鮮花。

允棠攙扶著皇后緩緩入殿，眾人起身行禮。

官家笑著起身相迎。

允棠默默退了下去，來到自己的位置，不動聲色地瞥向親王席。

長公主、太子、璟王和瑞王皆含笑望向帝后，只有瑄王面色冷峻，不為歡愉氣氛所動。又掃視一周，皇太孫不在，蕭卿塵也不在。

如此，便能看出官家對皇太孫的態度了，即便有準備、有把握，也是不願自己看重的儲君冒一點風險。

筵席開始，忽聞殿外傳來百鳥和鳴的聲音，唯妙唯肖，原來是教坊口技樂人。

官家擺手，眾人稀稀落落地落坐。

自此歌舞昇平，觥籌交錯，不時有人獻上壽禮，說些吉祥話，官家和皇后看上去心情都不錯，頻頻舉杯。

允棠低頭看著面前這張紅色面的黑漆矮桌，上手一摸，平整光滑如鏡，定是匠人費了好一番心思打磨的。

本應見證太平盛世，卻不巧誤入鴻門宴，讓人不禁唏噓。

她雖沒什麼胃口，但還是多少用了些，不管發生什麼，總不能餓著肚子籌謀。

與此同時，侍衛司總指揮田賚已經偷偷跑到一個角門，手腳俐落地將守門人撂倒，把一批批私軍放了進來。

私軍們早已看過宮防地圖，貼著牆根，迅速朝廣德殿跑去。

一路上難免遇到些辦差的宮人，私軍們手段狠辣，沒等他們驚叫出聲，便乾淨俐落地擰斷了他們的脖子，然後將屍體胡亂塞到門後或者樹後，只作短時藏匿。

長定殿內，皇太孫急得來回踱步。

「也不知外面情形如何了？」

話音剛落，緣起匆匆跑進來，拱手道：「殿下、小公爺，他們已經入了宮門。」

「什麼？」皇太孫頓足。「不行，我得去看看。」

蕭卿塵伸手阻攔。「殿下……」

「我知道你要說什麼，我也都懂，可是……」皇太孫一指廣德殿方向，焦急道：「我祖父母和雙親都在那殿中，這麼多暗衛守著我一個人，我就像那縮頭烏龜——」

「縮頭總比沒頭要好。」

皇太孫切齒攤手。「就算我事後安然無恙，可如此行徑，不忠不孝啊，日後如何服眾？」

「殿下您不得出殿門半步，這官家是有手諭的，何來不忠不孝之說？」蕭卿塵並不打算退讓。「無論您說什麼，您都出不去，別白費力氣了。」

「沈卿塵！你——」

「我早改姓蕭了，殿下。」蕭卿塵琢磨琢磨，又自顧自地點頭。「嗯，搞不好還得改回去……」

再說廣德殿，輕歌曼舞，推杯換盞之中，太子見瑄王悶悶不樂，忍不住問道：「弘禹和蓉兒怎麼沒來？」

瑄王面不改色，拿起酒盞仰頭飲盡。「他們在為母親守孝。」

太子一窒，低頭輕嘆一聲。

一聲尖銳的哨聲劃破天際，完美隱藏在絲竹聲中，沒人察覺。

瑄王不動聲色地起身。「我出去透透氣。」

允棠見瑄王出了殿，藉著獻壽禮的由頭，守在皇后身邊，警戒著外面的動靜。

果然，沒多久，一個小黃門慌慌張張地衝進殿裡。「大事不好了官家！有人逼宮！」

起先鼓樂聲音大，並沒太多人注意，直到程抃抬手示意樂人們停止，小黃門又大聲重複了一遍，這才引起恐慌。

官眷們倉皇起身，大袖拂得杯盞落地；樂人們更是抱頭鼠竄，一時間場面混亂至極。

允棠如臨大敵，伸手將皇后護在身後，皇后見狀輕笑一聲，輕輕拍了拍她的手臂。

一轉頭，看見皇后處變不驚，鎮定自若的模樣，她這才恍然。

原來皇后早就知道了。

「安靜！」官家大喝。

眾人驚愕，但也皆聽命屏息下來。

剛才有鼓樂聲掩飾，如今安靜下來，才聽到鐵器碰撞，叮噹作響，殺聲顯然已經逼近。

「快！關殿門！」長公主率先反應過來。
程抃忙附和，幾名宮人忙將殿門緊閉。
忽然聽見鐺鐺幾聲，銳利羽箭穿過門板，靠門站著的幾名宮人，身體瞬間被穿透。
官眷和樂人驚懼之下，尖叫地向內逃竄。
驚魂未定之時，又傳來奮力撞擊門板的聲音。
貴妃驚恐萬狀。「這可如何是好？如何是好啊！」
「慌什麼！」官家喝斥。
「父親！」長公主上前一步，朗聲道：「蕭秉鋮謀逆犯上，請父親下令——」
賢妃適時開口打斷。「長公主如何知道，門外就是瑄王呢？」
長公主一怔，將手一攤。「這不是很明顯嗎？只有他不在殿內，他的兒女也都不在場，這不是早有預謀是什麼？」
「瑄王……」貴妃扭頭看向淑妃，下意識地躲了幾步。
淑妃忙搖頭。「不會的，秉鋮不會這麼做的，這中間怕是有什麼誤會！」
太子附和。「是啊，父親。」
官家斜睨了他一眼。「你閉嘴！」
「父親！」瑄王的聲音在殿外響起。「廣德殿已經被我圍了，只要父親寫下詔書，禪位於我，我保證，殿內的人都能毫髮無傷地走出來，否則——」

「程抃，把門打開。」官家冷聲道。
「官家！」貴妃驚慌。
程抃給內侍們使了個眼色，殿門緩緩開啟，瑄王立在門前，左右皆是執劍的侍衛司，階下是訓練有素的私軍，放眼望去，竟是黑壓壓一片。
官家掃了一眼。「侍衛司？很好。」
田賁一慌，不動聲色地向後退了一步，又被瑄王拉回來。
瑄王冷冷抬眸。「父親，我勸您還是識時務些吧！」
官家不慌不忙，端起酒盞飲了一口。「我很好奇，你為何要這麼做？」
「既然在父親心裡，我的名字永遠都不在考慮之列，我只有自己想辦法爭取了。」
「太子已立，這麼多年，朕把很多重要的事都交給你去做，是希望你能好好輔佐太子，並非取而代之。」
瑄王冷笑了兩聲，朝太子一指。「父親英明一世，當真覺得蕭秉欽他適合當太子嗎？」
太子妃緊緊攥住太子的手。
官家沈聲道：「適不適合，朕自有考量，無須你來置喙！」
「是嗎？」瑄王雙手一揮。
私軍們拎著雪亮的刀劍一擁而上，嚇得官眷們抱頭尖叫不止。
「事到如今，父親還是一意孤行啊！」

淑妃蹣跚上前，顫抖地伸出雙手。「秉鋮，你過來，不要與這些人為伍，你聽我的話，回頭是岸啊！」

「回頭？」瑄王搖搖頭。「在得知我生母身分的那一日，我就已經回不了頭了。」

賢妃沈聲道：「是你自己慾壑難填，與你生母又有何干？」

「你們也不必逞口舌之快來拖延時間，不怕告訴你們，殿前司已經被我策反，魏國公的人被關在宮門外。」瑄王神色陰鷙，聲音裡沒有半點溫度。「父親，盡快作決斷吧，我可沒什麼耐心。」

「我若不肯，你又當如何？」官家輕蔑地笑道。「難道，你還要弒父不成？」

允棠的目光瞥向官家，他面色沈鬱，卻穩如泰山，就連氣息也不曾紊亂分毫。

直到今日，她才真切感受到，來自君王的壓迫感。

瑄王冷聲道：「我本無意如此，可若父親執迷不悟，也不是不能。」說罷頓了頓，又勾起嘴角道：「對了，我是不是忘了說？一炷香的時間，我若不放出信號，長定殿便會走水，我知道殿內高手如雲，但若是出來一個射死一個，那皇太孫殿下……」

聞言，太子憤然上前。「秉鋮，你到底知不知道自己在做什麼？」

瑄王氣急，轉身拔出侍衛佩劍，劍尖直指太子咽喉，咬牙道：「你給我閉嘴，信不信我殺了你！」

皇后心底一慌，雙手扶案，允棠也暗暗攥緊拳頭。

「秉鉞！」淑妃驚呼。「你別亂來！」

太子看了看面前的劍刃，不敢置信道：「秉鉞，那、那可是弘易啊！」

聽到弘易的名字，瑄王稍一遲疑，垂下眸去，劍也偏離了半寸。

啪！一個杯盞落地。

在這劍拔弩張之時，這突如其來的乍響，把眾人嚇得一個激靈，還未來得及去尋聲源，緊接著破空聲至，那是羽箭箭頭劃破空氣的聲音。

噗！金屬嵌入皮肉的聲音。

這聲音允棠再熟悉不過。

時間彷彿在這一瞬間停滯，她目光掃過去，掃過長公主腳邊摔碎的茶盞，掃過周遭眾人驚慌失措的臉，最後停留在瑄王那被染紅的胸前。

瑄王錯愕地頓住，緩緩低頭。

左胸心臟的位置，一枝羽箭穿胸而出，那尖銳的箭頭上，鮮紅的液體一滴滴滾落。

「秉鉞！」太子上前抱住那搖搖欲墜的身軀。

官家猛地起身，拍案咆哮道：「誰讓你們動的手？」他早知瑄王要反，叫殿前司指揮使孔如歸假意歸降，廣德殿前後也早有埋伏，只等他一聲令下，圍剿這幫逆賊，可他從未想過要瑄王的命。「是誰？到底是誰？」官家顫巍巍地捶案。

賢妃冷冷地開口。「官家不如問問長公主殿下，她摔盞為號，不由分說射殺瑄王，是何居心？」

「秉鉞——」淑妃失聲大喊。

瑄王倒在太子懷裡，一句話也沒來得及留下，便斷了氣。

太子看著那漆黑瞳孔慢慢散開，再也忍不住，抱住弟弟的屍體，嚎啕大哭起來。

身後田賫等人頓時慌了神，面面相覷，不知如何是好？有反應快的，已經想抽身，無奈混雜在隊伍裡的殿前司抽刀上前，誰也動彈不得。

見了血，出了人命，已經有人開始低低啜泣起來。

「孔如歸，繳了他們的兵器！」官家高聲道。

「是！」

私軍本就是為財，如今瑄王已死，斷沒有再堅持的道理，於是噼哩啪啦，武器紛紛落地。

官家緩緩走下高臺，來到長公主面前，冷聲質問道：「是妳做的？」

長公主毫不掩飾。「是！他領兵逼宮，以劍挾持太子，罪該萬死！」

「他的罪，該由朕來定！」官家氣得發抖，抬手指向長公主眉間。「何時輪到妳來發落？」

長公主字字鏗鏘。「不，他的罪，該由刑法來定！」

允棠急道：「祖父，方才瑄王殿下說的信號……」

官家強壓下憤怒，一擺手。「搜！」

程抃不敢耽擱，忙在瑄王身上摸索起來。

「方才瑄王若是想動手，可以一提劍便刺死太子，何苦多言？他分明是下不了手啊！」賢妃以手帕拭淚。「再說，即便刑法定罪，也斷沒有由長公主發落的道理。」

「賢妃娘子此言何意？」長公主怒目而視。「刀都架在脖子上了，一句下不了手，便想替他脫罪？我看妳分明是蕭秉鋮的同謀！」

「放肆！」皇后喝斥。「賢妃好歹是妳的長輩，豈能容妳隨意誣衊？」

「母親！」長公主不服氣。「明明做錯事的是蕭秉鋮，為何大家都針對我，好像我才是那個謀反的逆賊？」

允棠倚在皇后身側，慢悠悠地張口。「事情本不至如此，祖父心中早有決斷，長公主殿下此番強殺瑄王，倒好像是別有用心？」

長公主眼裡射出寒星。「蕭允棠，這裡還沒有妳說話的分兒！」

「您倒也不必惱羞成怒。」允棠道。「我只是好奇，您摔盞為號，號令的是哪支軍隊？這神射手當真是百步穿楊，倘若射偏半分，後果不堪設想啊！」

「是啊！」賢妃附和。「若是射偏，瑄王一怒之下，當即刺死太子……當真是讓人後怕啊！」

「妳們——」長公主抬手指向允棠和賢妃，高聲質問道：「妳們兩個，到底是何居心？」

「找到了！」程抃翻出一個信號彈。

「快！」

程抃三步併作兩步跑到殿外，將信號發射出去。

官家低頭看了看瑄王，再抬眼看長公主時，多了幾分質疑。「允棠說得沒錯，妳號令的是哪支軍隊？朕從不記得，曾給過妳兵權。」

長公主自知理虧，頷首道：「是女兒的私軍，女兒早知瑄王意圖不軌，特意招募了私軍來保護父親、母親。」

「私軍？」官家瞇眼。「傳朕口諭，將埋伏在宮裡的私軍們盡數剿殺，一個不留！」

長公主失聲高喊。「父親！」

「長公主殿下完全可以將此事告知官家，由官家來調遣皇城司，或者其他軍隊前來護駕。」賢妃撫住胸口。「殿下此舉，與瑄王又有什麼不同？」

淑妃滿臉淚痕，仰臉道：「是啊，若是長公主殿下想下令射殺其他什麼人，想必也是易如反掌吧？」

程抃聞言，忙護在官家身前。

長公主冷眼掃視著這些人，不住地點頭，道：「好哇，我算是看出來了，妳們都是一夥的！難不成妳們一個個的，都要造反嗎？」

允棠道：「長公主殿下與太子殿下乃是親姊弟，如此不顧太子殿下安危，行此強殺之舉，實在令人費解。」

「我不顧太子安危？」長公主怒極，反手指向自己。「要不是我，太子恐怕要死在越州！」

「妳說什麼？」官家詰問。

「蕭秉鋮派人將太子騙到有瘟疫的村子，太子得上蒼庇佑，安然無恙出了村，他又多次派人追殺太子，要不是我，」長公主指著跪坐在地上，哭成淚人兒的太子。「太子恐怕早就死了！他分明是死有餘辜！」說完一把扯起太子，喝斥道：「哭什麼哭？他剛才可是要殺你！」

「秉鋮不會的！」太子搖頭。「他不過是一時昏了頭，剛才提到弘易時，他明明已經——」

「你給我清醒點！」長公主拚命搖晃太子。「我做這一切都是為了誰啊？為了誰？」

太子哽咽道：「為了我嗎？可我從未想過要殺秉鋮啊！」

「他竟敢覬覦太子之位，難道他不該死嗎？」長公主的面目開始變得猙獰起來。「只有我們的母親，才是父親明媒正娶的妻子，才是中宮之主，只有母親的孩子，才配繼承大統！」又轉身指向貴妃、賢妃之流，嗤笑道：「她們在父親登基後封了妃，在王府時也都不過是妾室！她們的兒子，有什麼資格和你爭？」

皇后愕然。「舜華，妳瘋了！」

「我們的兒子不配繼承大統，所以妳就要害死秉鈺？」賢妃聲聲悲壯。「秉鈺他不過是一心想做一名像他舅舅一樣驍勇的武將，他就該死嗎？」

「秉鈺？」官家怔住。

賢妃踉蹌地來到官家跟前，屈膝跪下，哭訴道：「沒錯！長公主殿下已經不是第一次殺害親王了，我的秉鈺，就是被她所害！」

長公主紅了眼，吼道：「妳休要血口噴人！」

「真的是血口噴人嗎？」允棠步下臺階，質問道：「那我母親呢？妳派人千里追殺，連襁褓中的我也沒打算放過。」

「妳們母女倆都該死！」長公主咬牙切齒，瘋道：「我費盡心思，阻撓蕭秉鉞和崔清珞的婚事，還不是怕他有了崔家助力，有朝一日也像今天一樣逼宮謀反？本來已經功成了，誰知道崔清珞那個廢物，連自己的清白都守不住！」

皇后顫抖起身。「舜華……」

「守不住也就罷了，還要懷上蕭秉鉞的種！」長公主冷哼。「這是老天不讓她活，根本怪不得我！」

「妳這是承認了。」允棠握拳。

「承認又如何？」

皇后不敢置信。「為什麼啊舜華？妳為什麼要殺清珞？她就像妳的妹妹一樣——」

「您也說了，只是像！」長公主歇斯底里。「可她根本就不是我的妹妹啊！為何您待她，比待我還要好？我們三個人在一起的時候，我就好像一個外人，妳們母女情深，我卻在一旁眼巴巴地看著！」

皇后怔在當場。

長公主一指允棠，嘶吼道：「還有這個蕭允棠，您為何待她如此親厚？我的女兒佳兒跟婉兒，都不曾得您青睞，這到底是為什麼？難道就因為她長得像她母親？」

官家驚愕至極。「我知妳易走極端，才讓妳遠離這些紛亂，卻不知妳竟善妒至此！妳母親只是把對妳夭折妹妹的感情都投入到清珞身上，那時妳已經七、八歲大了，妳該知道妳母親有多傷心。」

「在沒有弟弟跟妹妹的時候，您和母親的目光從不離開我，不管什麼時候，只要我一轉頭，就能看到你們對我笑。」長公主哀怨道：「但自從有了秉欽後，你們就再也沒正眼看過我了。」

「這怎麼可能……」官家無奈。

長公主垂眸道：「幼時我便由太子太師講學，學經世之學，論致用之道，朝堂上諸多反對，父親亦堅持。可有了秉欽之後，父親竟也覺得，女子讀政論無用了，我多次要求與秉欽同學，都被您拒絕了。」

「就算朕有諸多不是，這也不是妳殺人的理由！」官家怒斥。「秉鈺是怎麼回事？妳從實招來！」

長公主不語。

賢妃雙膝向前蹭了幾下，淒厲道：「官家，長公主叫人假傳軍令，秉鈺剛從戰場上平安撤下來，卻被告知原摯還在身後苦戰，秉鈺想也不想便折回，最後……」說到後來，已失了聲。

官家悲慟欲絕。「她說的，可是真的？」

長公主仍是不開口。

「朕問妳，這是不是真的？」官家猛地提高音調，激動之下，吼完之後便躬身咳了起來。

程抃忙上前去為官家撫背。

賢妃額頭點地，悲愴道：「求官家，為秉鈺作主！」

長公主扭頭看了看賢妃，冷哼一聲。「是又如何？蕭秉鈺根本不像賢妃說的，只想當一名武將！他野心大著呢，還曾大放厥詞，說要將遼國、西夏盡數統一，這不是——」

啪！官家揚手甩了長公主一個耳光。

長公主被打得頭歪向一邊，不可置信地捂著臉回頭。「父親！」

「那可是妳弟弟呀！」官家的胸口一陣抽痛，蒼老的聲音裡盡是喪子之痛。

「我只有一個弟弟，就是秉欽！」

「妳口口聲聲都是為了太子殿下，實則不然，妳不過是為自己的妒忌之心，找了個冠冕堂皇的藉口而已。」允棠道。「就像妳引這麼多私軍入宮，若是其中混雜些別有用心的，或是別國奸細，後果又當如何？妳承受得起嗎？」

長公主斜睨過去。「妳休要在這裡添油加醋，我行事自有分寸！」

「殿下所謂的分寸，還有私軍的忠誠，都是拿錢買的！」允棠怫然道。「不知將殿下封地的玉礦充公，或是將令婿革職，殿下的分寸還在不在？」

長公主咬牙切齒。「妳與妳母親一樣可惡！」

「來人！將長公主拿下！」官家悲絕地閉上雙眼。

「官家！」賢妃不甘心，喊道：「官家準備如何處置長公主？」

官家卻不語。

今天他已經沒了一個兒子，難道還要再失去一個女兒嗎？

可想想秉鈺和秉鋮，心又痛得無以復加。

「官家！長定殿走水了！」外面有人倉皇來報。

「什麼？」官家頓時慌了神。「快，領多餘人手，去救皇太孫！」

允棠不由得一陣恍惚，怎麼發了信號，還是走水了呢？

就在這混亂之際，長公主拔下頭上金簪，一把拉過允棠，將簪子抵在她的咽喉處！

第三十章

「舜華！」皇后悲極氣噎。「妳到底要幹什麼？」

長公主哂笑幾聲。「這回你們信了嗎？蕭秉鋮根本就不顧弘易死活，他是反賊，他死有餘辜！為什麼你們就不肯相信我呢？」

官家氣憤喝道：「那妳呢？如今長定殿走水，妳卻藉此挾持人質，妳就顧念弘易的死活了嗎？」

長公主眼底閃過一絲慌亂，手上暗暗用力，狂吼道：「是你們逼我的！」

允棠只覺得皮肉刺痛，隨即便有溫熱的液體流下，她佯裝鎮定道：「長公主，妳是逃不掉的。」

「妳閉嘴！」耳邊傳來長公主的暴喝。

「殺了我，妳也出不了皇城，妳還是放棄吧。」

長公主冷笑一聲。「我送妳去見妳母親，難道妳不該感謝我嗎？」

允棠掃向眼底那根金簪，估算著到底要刺進去多少，才會要了自己的命。

「蕭舜華！」一個清靈的男聲從殿外傳來。

長公主驚愕轉頭，竟是駙馬義國公，身邊還跟著兩個驚懼錯愕的女子。

「佳兒、婉兒……」長公主幾近崩潰。「你帶她們來做什麼?!」

「母親！」年紀稍長些的濟寧郡主，瞬間流下淚來。「妳在做什麼啊？妳不要這樣，快放手！」

「你快把她們帶走！」長公主瘋狂嘶吼，胡亂用力之下，允棠吃痛，不得不再度高昂起頭。

義國公痛惜道：「舜華，妳怎麼會變成今天這個樣子？」

「是他們逼我的，都是他們逼我的！」

義國公苦口婆心道：「妳是公主，朝堂政事本與妳無關，無論誰是太子，誰當了官家，都是他們自己的命，妳又何苦要強行——」

「那我的命又是什麼？」長公主硬生生打斷他，痛苦地道：「我讀百書，難道就是為了藏在府中，相夫教子嗎？我不甘心！我若是男子，定比秉欽要強百倍，那是不是我就能當太子了？」說完又轉向官家，逼問道：「是不是，父親？」

官家搖頭。「妳執念太深，已經入了魔障，快收手吧！」

「母親，我們回家好不好？」安寧郡主弱弱地道。

長公主絕望地搖頭。「我已經回不去了。」說罷，轉頭對義國公道：「好好照顧她們。」

允棠聽出語調裡的決絕，脊背一涼，吞了吞口水，急道：「妳難道要讓妳的女兒們看著妳殺人嗎？」

「怎麼？妳怕了？」長公主冷笑。「有妳陪我，黃泉路上我也不孤單了！」說完，握著簪子的手微微揚起。

允棠看準時機，朝那手臂奮力一推，誰知長公主的另一隻手臂正死死抓住她的衣衫，她逃脫不及，眼看金簪就要朝她刺過來！

突然間，長公主的動作卻頓住了。

允棠用力一掙，衣衫都被扯破，她也跌出去老遠，伏在地上轉頭才發現，長公主的腰腹已被利劍穿透。

長公主愕然回頭，只見賢妃驚恐地拔出短劍，慌亂地丟在地上。「妳——」

賢妃臉上也濺上幾滴血跡，慌亂地搖頭。「我不能讓秉鈺白死，我不能讓妳就這麼逃了！」

長公主嘔了一口血，不甘地道：「我殺了妳——」

瑞王忙蹣跚上前，將賢妃護在身後，只聽撲通一聲，長公主栽倒在他們跟前。

「舜華——」皇后失聲喊道。

「母親！」

官家看著血慢慢從長公主身下溢出，又扭頭看了看瑄王，這個垂暮老人，再也受不了，仰天長嘯。「啊——」

殿外隱約傳來殺伐聲，還有火海中的呼號，殿內卻似死一般的寂靜。

允棠仰在冰冷的地上喘息。

這場辛苦曲折的復仇之路，她終於走到頭了。

周身再提不起一點氣力，什麼都懶得去想，她合上眼，感受著狂跳的心逐漸趨於平靜。

不知過了多久，又有人來報。

「官家，長定殿的火撲滅了，可是……」

官家正倚坐在柱邊扶額，聞言皺眉。「怎麼吞吞吐吐的？可是什麼？」

「並未發現皇太孫殿下和蕭洗馬的蹤跡。」

璟王上前一步。「父親，我去看看吧。」

貴妃一把將兒子拉住。「現在外面私軍還未剿清，會不會有危險？」

「母親……」

蕭卿塵……允棠一骨碌地爬起來，從地上撿起短劍，衝了出去。

正如貴妃所說，這一路上並不太平，私軍被圍剿之下潰不成軍，死的死、逃的逃，各憑本事。途中遇到有提劍與侍衛激戰的，有落荒而逃的，一不留神還會絆到幾具屍體。

她也顧不了那麼多，以蕭卿塵的本事，怎麼可能放把火就被燒死呢？

他一定和皇太孫一起藏在什麼地方。

一路小跑，剛轉過一道門，一柄劍迎面刺來，嚇得她忙側頭躲閃。

可對方不依不饒，又朝她面門橫削過來，她忙用短劍去擋，腳下急退數步，被凸起的磚石絆了個趔趄，失去平衡，摔倒在地上。

「嘶——」

尾椎傳來的劇痛，讓她倒吸一口涼氣，一抬頭，更是頭皮一麻。

那是一名不知藏匿了多久的私軍，此時已經殺紅了眼，劍身血跡斑斑，見她摔倒在地上，更是面目猙獰，殺氣盡顯，提劍就要砍！

允棠被嚇得呼吸一滯，攥緊短劍的手微微發抖。

可還未等那人將劍完全提起，一枝羽箭凌空而至，精準命中眼窩，那人悶哼一聲，徑直向後仰倒過去。

溫熱黏稠的血，濺了她滿臉，她怔在當場。

這一幕，與白露死時的情景如出一轍。

蕭卿塵提弓匆匆跑過來，將她扶坐起來，急問道：「妳沒事吧？」

允棠驚魂未定，扔掉短劍，一把攬住他的脖頸，大哭起來。

「妳怎麼在這兒？這裡很危險！」

允棠哭道：「我來找你，他們說你和皇太孫殿下都不見了！」

蕭卿塵笑。「明知道他們要放火，難道還在殿裡等著被燒不成？」說罷，將她扶起身，用手簡單抹了抹她臉上的血跡。「走，我先送妳回廣德殿。」

這場盛大的鬧劇收場之時，天已經黑透了。

殿前司舉著火把清點傷亡人數，內侍們將各處屍體都收羅到廣德殿前的空地上，放眼望去，屍橫滿地，觸目驚心，濃重的血腥味揮之不去，令人作嘔。

沈聿風和蕭卿塵正在跟官家稟報情況。

皇后拉著皇太孫說話；太子坐在臺階上，看著兩具蒙了白布的屍體發呆；賢妃依偎在瑞王懷裡，哭腫了眼睛。

翌日，沈聿風拿著官家手諭，聯合刑部尚書方荀、宰相富箏和樞密使竇談友，一同論罪。

瑄王謀逆一案，主謀蕭秉鋮身死，其子女貶為庶人，逐出汴京。經查實，淑妃不知情，但教子無方，降為梁婕妤。

侍衛司指揮使田賚，賜了凌遲，皇甫丘和一眾幕僚，梟首。以上逆賊皆連坐，族中十六歲以上者斬，不足十六歲者，沒入賤籍。

長公主因涉及多起親王、郡主謀殺案，其罪本當誅。義國公常年住在道觀，兩個女兒又都已經出嫁，故不牽扯其中。

賢妃為子報仇心切，情有可原，降為原嬪，停俸一年，以觀後效。

各官宦家中，不得招募私軍，違令者，斬。

瑾王和楚家姊妹的案子還歷歷在目，這才過去沒幾日，又出了這麼大的事。

此判決一出，文武百官乃至平頭百姓，無不愴然。

此事之後，官家一病不起。

太醫院數位德高望重的太醫輪番診了脈，出來皆嘆氣搖頭，跪呼「老臣無能」。

皇后知道，官家這是真的傷了心。

與蕭卿塵一起探過病之後，允棠終於來到母親的牌位前，上了一炷香。

知道她定有許多話要說，蕭卿塵拈香拜過之後，便識趣地退了出去。

「母親……我應當這樣喚您，畢竟這具軀殼是您給的。」允棠笑了笑。「只是，您若在天有靈，也當知道，這副身體裡的我，並不是您的女兒。

「我不知令嬡會不會做得更好，我只知我已經盡力而為，結果，我也認為是好的。為您洗刷了十幾年的冤屈，讓行惡者都得到了相應的懲罰。

「代價比我想像中要大得多。曾有人問我，若是知道為您昭雪會牽扯頗多，甚至傷人性命，我會不會罷手？如今我想要如此回答，我不會罷手，但我也許會選擇換另外一種方式，另外一種，傷害更可控的方式。

「今日之後，我想按自己想要的方式去生活，不再為身世所擾，想愛便愛，無所顧忌，肆意翱翔於天地間。我會過得很好，希望您也能獲得安寧。」

沒有一絲風，堂外的海棠卻輕輕搖曳起來，蕭卿塵驚詫地望過去，宛若笑靨無聲。

兩、三日不眠不休，沈聿風身心俱疲地回到國公府，來到門前，想起沈連氏，不由得長嘆一聲。

有小廝來牽馬，他撫著僵硬的肩頸，面色端肅地進了門。

「國公爺回來了！」呂嬤嬤喜道。

沈聿風並未理會，將劍拋給鄧西，徑直來到正堂落坐。

沈連氏聽到呂嬤嬤叫喊，忙碎步趕過來，一邊走，一邊還理了理衣裳。

從侍女手裡接過茶，沈連氏小心翼翼地端到沈聿風面前。「國公爺這幾天真是辛苦了。」

沈聿風不說話，也不抬手去接，只是直直地看著她。

「國公爺這是怎麼了？」沈連氏面露赧色，將茶盞放在几案上，便退到一旁。

「我讓妳想的事，想得怎麼樣了？」沈聿風冷聲問道。

沈連氏微怔，隨後笑道：「什麼事也不急於這一時，想必您已經幾日沒合眼了，不如，我伺候您沐浴？」

想起蕭卿塵調侃他，一把年紀了還吃美人計，沈聿風惱羞成怒，猛一拍案，茶盞裡的茶湯顫了又顫。

「國公爺這是做什麼？嚇了我一跳。」沈連氏來到他身邊，抬手揉捏他的肩，柔聲道：「知春知道錯了，還不行嗎？不過就是在吳嬤嬤的事情上扯了謊，她呀，得了些婦人之症，之前只是不好說出口，這才——」

聽她滿口胡言，沈聿風再也忍不住，拍掉她的手，冷聲道：「是我沒說清楚？」

「聿風……」

「連覺夏！」

沈連氏手一頓，眸子裡閃過一絲驚慌。

「我給過妳機會！」沈聿風起身，一把擒住她的手腕，怒道：「妳不肯說，我來替妳說！」

沈連氏奮力想要掙脫，沈聿風腕上一用力，將人猛地拉到身前。

「七年前，妳得知我夫人病重，覺得有機可乘，便在你們一家老小的飯菜裡下了迷藥，隨即又放了一把火，燒死連氏全家十一口，其中包括妳的孿生姊姊連知春。」

「你放手！」

「然後，妳裝作妳姊姊，孤苦無依，前來投奔我。沈、連兩家是世交，妳知道我絕對不會拒絕。」

沈連氏瘋狂扭動手腕，尖叫道：「我聽不懂你在說什麼！你弄疼我了！」

「事到如今，妳竟還要狡辯！」沈聿風暴怒，手上更加用力。「覓兒是妳的貼身侍女，與妳從小一同長大，妳行為舉止裝得再像知春，也騙不過她。她發覺妳有殺心，便裝作失心瘋，甚至伏在地上去狗嘴裡奪食，才讓妳放下戒心，可妳也留了一手，派了一個人蟄伏在覓兒周圍，就是要看她會不會露餡兒。那人看到吳叔去見覓兒，卻沒能制止，妳怕事情敗露，於是先下手為強，將吳嬤嬤活活勒死！好在吳叔機警，遠遠看到妳身邊換了人，便帶著覓兒向外逃，要不是我的人及時趕到，恐怕他們也難逃妳的魔掌！妳還要我繼續說下去嗎？」

連氏幾近力竭，乾脆放棄掙扎，眼睛死死盯住面前面目猙獰的男人，任由他將自己的手臂扯高。

「妳趁著我夫人纏綿病榻，處心積慮，利用我與妳姊姊青梅竹馬的舊情，讓我——」沈聿風咬牙切齒，卻不知如何往下說。

連氏梗起脖子，冷笑道：「國公爺怎麼不說下去了？」

「那可是妳的親生父母和妳的姊姊呀！妳怎麼下得了手？」沈聿風額頭暴起青筋，雙眼猩紅。「妳、妳根本不配為人！」

連氏嗤道：「我下套，也得國公爺您上鈎才行啊！這一個巴掌拍不響，要不是您對我姊姊念念不忘，我做再多也是枉然吧？」

「妳——」

手腕被緊緊扼住，血液不暢，整個手掌已經充血發紅，連氏乾脆放棄抵抗，獰笑道：「同樣是連家的女兒，連知春她處處都好，得雙親誇讚，得你愛慕，我卻不學無術，驕縱蠻橫，是個侮辱門楣的累贅！早知如此，在襁褓裡就該把我掐死的，何苦讓我來到這世上？」

「妳與知春雖容貌相似，卻是雲泥之別。妳事事與她爭搶，她從不放在心上——」

「從不放在心上？」連氏狂笑。「若真的沒放在心上，我們姊妹之間的小事，你又怎麼會悉數知曉？你們都被她的模樣騙了，她根本跟我是同一種人！」

「我殺了妳！」沈聿風勃然大怒，一把將她甩在地上，轉身去抽供在堂上的劍。

可劍到她喉邊，卻頓住，那隻握劍的手不住發抖。

連氏仰起頭，將雪白的脖子對準劍尖，面色坦然。「來吧，殺了我！」

沈聿風的牙齒咬得咯咯作響，胸口劇烈起伏。

「承認吧，要不是我，你這輩子只能空留遺憾。」連氏將散落下來的碎髮掖在耳後，面露嘲諷。「你伏在我身上，喚我姊姊的名字時——」

「閉嘴！」沈聿風暴喝。「別提妳姊姊！」他激動之下，劍刃滑過連氏的脖子，瞬間留下一道血口。

「我憑什麼不能提？明明是我先認識你的！」連氏面目猙獰。「在你認識她之前，你也誇過我的，你忘了？」

「我那是不知道妳醜陋的真面目！」

「伺候你這麼多年，如今倒嫌棄我醜陋了？我當初就不該心慈手軟，留下覓兒，可她畢竟是世上唯一一個真心對我好的……」連氏像是陷入深深的回憶，旋即又癲狂獰笑起來。

「不然你到死也不會發覺，夜夜睡在你枕邊的，是醜陋的連覺夏！」

沈聿風剛要說更多，鄧西急匆匆進來。

饒是有心理準備，看到眼前這一幕，鄧西也是一驚，隨後附到他耳邊輕聲道：「國公爺，官家……官家怕是不行了。」

「什麼？」沈聿風一驚，轉身剛要走，回頭看看地上的連氏，吩咐道：「鄧西，把連氏送到開封府去，連帶著吳叔、覓兒還有那些罪證，一併送去，告訴他們，按律判決，不得姑息！」

「是！」

來不及沐浴更衣，沈聿風滿臉鬍渣來到官家寢殿，殿外璟王直抹淚。

「父親已是彌留，魏國公還是快進去看看吧。」

進了寢殿，皇后、太子和皇太孫正圍坐在榻前，抽泣聲此起彼伏。

官家雙眼緊閉，呼吸濁重，嘴裡含糊不輕地喚道：「鉞兒、鈺兒，慢些跑……」

皇后泣不成聲。「官家已經神志不清了，可他……他一直叫著孩子們的名字，像是一直停留在眾皇子們還聚在一起、無憂無慮玩鬧的小時候……」

「父親！」太子哽咽。

沈聿風紅著眼上前，屈膝跪下，朗聲道：「官家，我會好好照顧太子，幫他守好皇位，您放心去吧！」

聞言，官家眉頭漸漸舒展，呼吸也開始變長，用盡所有氣力，呼出了此生最後一口氣。

「官家！」

「祖父！」

皇城內喪鐘大作，所有妃嬪、皇子、宮人、內侍們，皆伏地嚎啕。

宮牆之外，有百姓也聽到喪鐘，自發地跪地，朝官家寢殿方向磕頭。

消息傳到崔府時，崔奉老淚縱橫，跪在院子裡，高聲道：「臣崔奉，送官家！」

小輩們也跪了一地，允棠伏在其中，有些恍惚。

官家做了三十多年的皇帝，勤政愛民，為百姓建造了一個時和歲稔的太平盛世。

可晚年，卻親眼見證了子女相殘，蒼蒼白髮人，肝腸寸斷地送走了一個又一個黑髮人。

想起逼宮那日，官家那步履蹣跚的背影，才明白那團龍窄袍內，也不過是個普通的歲暮老人而已。

禮部連夜開始忙碌，忙先帝喪儀，忙新皇登基。

皇城內，乃至整個汴京城內，一片素縞，靜默非常。

適逢國喪，州橋夜市、瓦子、青樓都停擺，人們面無表情地在街上行走，兩頭的商鋪都自發地掛上白色的送喪燈，小娘子們頭上的簪花也換成了白色。

百姓們試圖將這個春天的生機和色彩，硬生生從汴京城內抹去。

太子蕭秉欽於次日，四月初二登基，更年號為建寧，此為建寧元年。

其餘皇子為避諱新皇，統一將名字中的「秉」字，改為「舉」。

皇太孫蕭弘易立為太子，入主東宮；官家嫡女福寧郡主，晉升為福寧公主，賜公主府。

太子妃立為皇后，側妃江氏為貴妃，眾妾室和庶子女們，還有先帝的妃嬪們，也都按禮晉升，此處略去不提。

先帝喪儀程序繁瑣，一直到四月末，才將靈柩葬入皇陵。

褪去素白衣衫，允棠躲在屏風後面，偷看一直陪在她身邊的蕭卿塵。

此時他正抱著團子在看窗外。

「等過了國喪，我們便成親吧。」

蕭卿塵驚愕轉身，放下團子。「妳……此話當真？」

「你傻嗎？誰會拿婚事開玩笑？」

蕭卿塵又驚又喜，一把抱起她瘋狂轉圈圈，笑道：「太好了，我終於等到這天了！」

「你瘋了嗎？」允棠猛捶他肩膀。「叫人聽到你大聲說笑，是要掉腦袋的！」

他立刻噤了聲，小心翼翼將她放下來，低頭柔聲道：「我真是太高興了。」

允棠忍不住笑出聲。「瞧你那傻樣！」

「對了，剛才妳換衣裳時，翟嬤嬤來過，說楚妙君在流放路上被人刺死了。」

「嗯。」

「萬家人我也給送回去了，伍巡見萬小夫人被養得白白胖胖的，對我千恩萬謝呢！」

允棠啞然失笑。

「還有，前國公夫人連氏，因殺全家十幾口，被判了凌遲，國公爺特意跟官家求了，她不在大赦的範圍內。」

這倒是讓允棠詫異，聽蕭卿塵簡單說了前因後果之後，不禁悵然。

「求不得，放不下，果然執念害人不淺啊！」

新皇登基的消息一朝傳遍大江南北，身在揚州的萬俟丹得知消息時，看了看正在對弈的盧文君。「妳們小姊妹也算是用心良苦了。」

盧文君含笑落下一子。「我朝君民一心，朝堂穩固，堅若磐石。小皇子，您輸了。」

建寧元年臘月底，官家宣布退位，在位不到九個月，成為當朝在位時間最短的皇帝。

太子蕭弘易繼位，改年號為建成。

官家上任第一件事，便是解散暗衛，將身手不凡的成員委派到各個軍隊當將軍或者校尉，封蕭卿塵——如今該是沈卿塵了，為鎮國公。

一門父子兩爵位，實屬罕見。

又按照崔家以及其他將軍的供詞，揪出朝中剋扣軍餉的貪官，嚴懲了幾人，以儆效尤。

太上皇試圖推行的「共濟堂」和「慈幼院」，還有文安郡主封地的「居養院」，官家正式跟內閣議了之後，先在京西南路和兩浙路各郡試行，繼而推向全國。

又在各地建立「義莊」，所有收入由當地官府監管，盡數用在進京趕考的寒門士子身上。

無上皇三年國喪期一過，魏國公府和鎮國公府便開始緊鑼密鼓地籌備婚事。而崔家，竟然接到太上皇和皇太后旨意，命崔家幾口攜崔家二娘子入宮。

祝之遙不由得心慌。「星兒，妳可知，召妳入宮所為何事？」

崔南星心虛。「我……」

崔北辰盯了姊姊一會兒，恍然大叫。「妳、妳不會是要當皇后了吧？」

「什麼?!」夫妻倆倉皇起身。

祝之遙按住剛要開始踱步的崔奇風，理了理思緒，道：「妳可知那宮中，是什麼地方？」

「我知道。」

「妳知道？」崔奇風急道：「那是吃人不吐骨頭的地方！就妳這大剌剌的性子……」

「父親，我真的知道。」崔南星認真地道。

祝之遙蹙眉。「那妳還想去嗎？」

「想。」崔南星認真地道。「官家力排眾議，想要娶我，我也絕對不能退縮才是。」

崔奇風問道：「不後悔？」

「絕不後悔。」

成親是件累人的事。

蕭允棠在還是現代社畜的時候，曾有幸參加表姊的婚禮，她的心思很簡單，能穿上那新中式的伴娘服，當一次美美的伴娘。

誰知凌晨三點就被抓起來上妝、盤髮，兩隻眼睛腫得跟核桃一樣，整整一天都渾渾噩噩，為新娘送戒指、拎包，妥妥一個工具人，照片出來的時候恨不得掐死攝影師。

而人在古代，事事都要更講究、更繁瑣些。

早在大婚的前一日，庭月和翟嬤嬤就領著七、八個手腳俐落的侍女，都去到文安郡主府（是沈卿塵非要入贅的）上鋪房了。

而崔府上下也是忙活開了，祝之遙領著周嬤嬤，整理大婚當日要用的鳳冠霞帔、胭脂水粉；崔南星負責清點嫁妝；崔北辰查驗茶酒和喜錢；崔奇風和懷叔則指揮小廝們懸燈結彩。

允棠像木樁子一樣立在屋子中央，被一群人拿著各種東西東比西比，早就睏得不行，哈欠連天了。

「哎喲，瞧妳睏的。」祝之遙在她臉上掐了一把。「小滿，快伺候妳們姑娘沐浴吧，要是明日頂著兩個黑圈，這新娘子可就不好看了！」

小滿歡喜應聲，轉身出去準備。

啊，終於解放了。

泡了個熱水澡，允棠幾乎是一挨著枕頭，就睡過去了。

允棠感覺剛睡就被叫了起來，被推著換衣裳、絞面、上妝，在梳頭的時候全靠小滿撐著，才不至於摔倒。

左一層、右一層，勉強把婚服穿好，足足有七、八斤重的頭冠壓得她頭都抬不起來，全靠之前受過傷的頸椎強撐著。

先聽見鞭炮作響，隨後催妝樂起。

「迎親隊伍來了！」小滿驚呼。「姑娘，咱們得快點了！」

允棠在庭月的攙扶下起身，心中叫苦，頭上這叮噹亂響的玩意兒，搞不好要頂上一天。

好在沈卿塵出手大方，不等堵門的親朋出什麼難題，先讓緣起把大把的紅包散了出去。說是紅包，都是一個個紅色錢袋，裡面裝的是真金白銀，砸在頭上都要砸起個大包。這樣的喜錢，身後的小廝抬了一籮筐，緣起一直扔到周遭再沒人直起身，才跟著沈卿塵大搖大擺地進門。

按照慣例，新婚夫婦要向長輩敬茶，沈卿塵畢恭畢敬向崔奉奉了茶，本做好了心理準備，要聽崔老將軍說上幾句，誰知老人嘴唇翕動數次，竟什麼也沒說出來，只是看著允棠紅了眼。

允棠的眼眶也發酸，她知道外祖父的心結，他還未來得及看到最心愛的女兒出嫁，如今見了她身披嫁衣，自是百感交集。

「請崔老將軍放心，我會好好待允棠的。」沈卿塵朗聲道。

「新郎官，還不改口？」喜婆掩口提示道。

眾人哄笑。

沈卿塵憨笑。「外祖父！」

崔奉這才眨了眨眼，又清了清嗓，沈沈地應了一聲。

輪到崔奇風夫婦了。

崔奇風正色道：「你小子，若是敢辜負她，我定不輕饒！」

「將軍！」祝之遙湊近了道：「人家現在好歹也是一品國公爺，您這樣說——」

崔奇風不以為然。「那怎麼了？他是不是得叫我一聲舅舅？」

沈卿塵喜笑顏開，雙手奉茶。「舅舅、舅母，喝茶。」

「欸！」崔奇風接過茶，得意地朝夫人挑了挑眉。

祝之遙無奈地笑笑。「那我祝你們琴瑟和鳴，恩愛白首！」

崔南星站在一旁癟嘴，扯起崔北辰的袖子去揩眼淚。

敬了茶後，由喜婆引著上了轎，允棠忙把頭靠在轎子的側壁上，借力休息一下。

魏國公早早地候在郡主府，急得團團轉，不時便去門邊翹首望。

鄧西忍不住調侃道：「國公爺也忒心急了，崔府那邊還得敬茶呢！」

「那也太慢了，那茶抿一口做做樣子就得了，難道要都喝完不成？」沈聿風嘟囔著。

話音剛落，便聽見鼓樂奏鳴，浩浩蕩蕩的迎親隊伍終於露了頭。

一對新人各牽著大紅綢緞的兩端，喜氣洋洋進了門，沈聿風見自己兒子丰神俊朗，一身大紅喜袍襯得更是貌賽潘安，不由得挺直了腰板，臉上難掩得意的神色。

再瞧允棠，雖由團扇遮面，可隱約能瞥見精緻五官，真是一對璧人兒啊！

「父親喝茶！」允棠纖纖玉指奉上茶盞。

沈聿風忙起身接過，口中不斷地道：「好、好！」

「咳！」屏風後傳來一聲。

沈卿塵驚喜，牽著允棠來到屏風後。「您怎麼來了？」

官家負手輕笑。「你成親，朕豈有不來的道理？」

允棠忙欠身行禮。

沈卿塵又道：「那我是不是也得敬您一杯茶喝？」

「好啊！」官家撩袍穩穩坐下。「朕等著。」

由喜婆引著入了新房後，新人對拜，隨後坐在床上，由婦人們撒些花生、紅棗、桂圓等彩果，撒帳過後，又分別絞了二人的頭髮，綰在一處，名曰「合髻」，又飲了合巹酒，這才算禮成，一眾人等呼啦啦地退了出去。

允棠長長地鬆了一口氣。團扇遮面，為什麼不是紅蓋頭啊？舉得手都痠了。

剛捏著手腕揉了兩下，門「吱呀」一聲又開了，她忙把團扇重新舉起。

「姑娘，是我。」

聽到小滿的聲音，允棠的肩膀都塌了，揉肩捶腿，再也顧不得形象。

小滿忙給她倒了杯茶。「國公爺說了，讓我給姑娘卸了妝，換身舒服的衣裳歇著。」

她忙接過來，咕嚕咕嚕地喝了。「這……不合規矩吧？」

「國公爺說，」小滿努力壓平嘴角。「今兒的妝是誰給您化的？好像剛從墳裡爬出來那樣白。」

允棠向上吹了吹劉海，翻了個白眼，把團扇往床上一扔，氣道：「不識好歹！來，都給我卸了，正好我累著呢！」

小滿噗哧一笑，忙上手幫忙。

這金銀首飾拆了一床，將綰緊的頭髮披散開來，又喚來庭月打了溫水，為她洗面，之後又換了身舒服的褻衣。

這一通折騰後，允棠又打起了哈欠。

小滿道：「要不姑娘先睡一會兒吧？外面不少賓客，國公爺怕是一時半刻也回不了屋。」

理智告訴她，應當拒絕，可睏意襲來，實在頂不住，允棠窩進鬆軟的被窩，喃喃道：

「那他回來，妳喊我一聲。」

「欸！」

前一夜就沒睡好，又折騰了大半天，沒一會兒，允棠便沈沈睡去了。

她好像作了一個夢。

一片虛無環境，面前女子背朝著她，一襲紅衣英姿颯爽，頭上一頂帷帽覆著紅紗，身後揹著一把纏著紅線的短弓。

這次沒等她喚，女子便轉過頭來，那張臉與她十分相似，卻又一眼便能看出不同。

女子笑盈盈道：「允棠，我的乖女兒，妳一定要幸福啊！」

她再也忍不住，低低地哭出聲來。

恍惚間，母親已不見了蹤影，不知從何處跑來一隻大狗，憨憨的，非常可愛，見她哭了，直去舔她的臉。

溫熱黏膩的舌頭劃過臉頰，又移到脖頸，來到鎖骨，她被舔得直癢，淚還沒擦乾，就縮起脖子笑起來。

「別鬧，好癢！」

緊接著，一隻大手探入她的腰下，不輕不重地捏了一把。

這一捏不要緊，允棠瞬間清醒，一睜眼，醉眼矇矓的沈卿塵正躺在她身側。

「你、你——」她慌亂地坐起身。「你回來了？這小滿，怎麼也不叫我？」

「很晚了，我讓她去睡了。」沈卿塵好像喝了很多酒，頭發沈，輕倚在她肩頭。「我們也趕緊安置吧。」

允棠斜瞥了他一眼，衣衫不整，半個胸膛都敞在外面，隱約還露出腹肌溝溝來……她不由得緊張地吞了吞口水。「那個……你不洗洗嗎？」

沈卿塵抬起頭，饒有興趣地盯著她，一言不發。

「我是說……呃……」她支支吾吾，心裡卻懊惱得想抽自己嘴巴，這麼說，好像她很著急一樣。

實在想不出什麼話能圓回來，她破罐子破摔。「沒事了，睡吧。」

說完，捲上被子躺下，只留一個後背給他。

沈卿塵難掩笑意，伸手去扯她身上的被子，誰知道左扯右扯，也沒找到被頭，她竟然把自己裹成了個粽子，要知道，現在可是六月盛夏啊！

無奈之下，沈卿塵只得用手撐頭，側躺著，盯著她的後腦勺。

雖然裹著被子，可是她的曼妙曲線還是一覽無遺，想想剛才吻過她的臉頰、脖子，又想想那不盈一握的細腰，他只覺得小腹有股熱流掃過，迅速遍布全身，整個人都燥熱起來。

他強忍著撕開那床被子的衝動，靜靜等待著。

果然，沒一會兒，允棠就捂不住了，額頭都汗津津的。

她偷偷掀開被子一角，想要放些涼空氣進來，誰知道他竟一頭鑽了進來！她驚呼一聲，去揭身上的被子。

沈卿塵探出頭來。「妳想把人都叫來圍觀嗎？」

「我──」

沒等她說完，沈卿塵就吻了上去。

這一吻他等得太久太久了，他迫不及待想要侵占她唇齒間的每一個角落，感覺到她在節節敗退，他伸出大手覆在她的腦後，將她緩緩放倒。

他的唇，摩挲過她如玉如脂的臉頰，來到她的耳畔。

「我洗過了。」

灼熱的氣息噴灑在耳畔，允棠只覺得後背一陣酥麻，好似有無數螞蟻在亂爬，她忍不住側過臉，想要把那隻不爭氣的耳朵藏起來，誰知又倏地被擒住了唇。

「唔──」

這次的吻明顯輕柔了許多，沈卿塵的唇齒之間帶著淡淡的酒氣，舌尖與她的糾纏，他粗糙的手指撫上她的臉頰，揉捏她嬌嫩的耳垂，拂過細膩光滑的脖子，又滑過鎖骨，慢慢向下……

「等一下！」允棠在窒息之前別過頭，大喘了兩口，這才重新活過來。

「怎麼了？」他聲音沙啞。在這個時候叫停，他可受不了。

「你剛剛還跟小滿說，說我的臉，白得像鬼……」允棠秀眉微蹙，雙眼懵懂像小鹿一般。「是真的嗎？」

沈卿塵無奈地在她唇珠上啄了一口。「妳一整天都拿團扇遮面，我只淺淺看到個側臉。」

「那你還那麼說……」她嗔道。

「我不過是想讓妳卸了頭冠，換了衣裳，舒舒服服地睡一覺，晚上好……」他沒再繼續說，細細密密的吻鋪天蓋地落了下去。

好什麼？她腦袋早就空白一片，索性放棄不再去想。她微閉起雙眼，全心感受著肌膚上混亂的氣息，和接踵而至的顫慄。

窗外月色皎潔，屋內曖昧的呼吸聲時輕時重，偶爾還會聽到一聲壓抑不住的低呼。

待一切平息下來，他翻身下來，將她攬入懷中。

出過汗的肌膚暴露在空氣裡，悶熱中蒸發出一絲涼意。

兩人都是一身黏膩，肌膚相貼時有些黏答答，可誰也顧不了那麼多，只是緊緊相擁著。

「我記得，妳說過，想四處走走，看大好河山。」沈卿塵道。「明日我們便啟程，好不好？」

「明日？」允棠一怔，抬頭看他。「明日要去拜沈家宗族耆老，還要給公爹敬茶……」

「不用，我跟父親早就討論過此事了，況且他自己也不是個守禮的人，妳不必在乎這些。」

「可是……」

「別可是了。」沈卿塵抬手替她撥了撥額前被汗浸濕的髮，柔聲問道：「妳最想去哪兒？」

她不假思索地道：「揚州，我想回揚州看看。」

沈卿塵笑意在唇邊漾開。「好，那我們就去揚州。」

「你不用上朝嗎？」

「回頭讓緣起遞上個摺子就是。」沈卿塵扯過軟枕放在腦後。「官家不會說什麼的。」

允棠伏在他的胸膛上，認真地道：「就算你跟官家從小一起長大，關係好，可也不能總這樣不守規矩，如此落人口實，會讓官家難做的。」

他乖乖點頭。「知道了。」

「你說，南星真的能當上皇后嗎？」

他看著她，臉上的緋色還未完全褪去，一頭烏黑長髮披散下來，隱約遮住胸口起伏，眸子裡霧色氤氳，朱唇微啟，唇珠上晶瑩剔透，盡是他吻過的痕跡，搖曳燭火映照下，越發顯得楚楚動人。

「應該能吧……」其實他腦子已經無法思考了，渾身血液似乎又重新集中到一處。

允棠還不知情，自顧自地說道：「其實言官們介意的，不過是她自小長在邊關，可她見過戰亂中的百姓，比別的高門閨秀更懂人間疾苦。」
「嗯……」他的手，不經意地滑過她的腰側。
「喂！你到底有沒有在聽啊？」
沈卿塵一把扯過被子，蒙住兩人的頭。「一會兒再說。」
「還來？」

翌日，待允棠醒來時，身邊已經空空如也。
小滿端著水進來伺候，瞥見凌亂的床鋪，抿嘴笑道：「姑娘成親前，嬤嬤們可是給我跟庭月好好上了一課，說是大婚當日，要仔細聽著，姑娘會傳水來伺候，可昨夜我豎著耳朵聽了一宿，怎麼沒聽到姑娘叫我呀？」
允棠正在喝鹽水漱口，聽到小滿說「豎著耳朵聽了一宿」，差點噴出來。
庭月都跟著羞紅了臉，輕搡了小滿一把。「不害臊！」
小滿梗起脖子。「怎麼，嬤嬤們給上課，妳沒聽嗎？是不是這麼說的？」又低頭湊到允棠耳邊，輕聲道：「那姑娘現在要不要洗一洗？」
允棠扯過帕子擦擦嘴，臉頰緋紅。「嗯。」
昨夜都不知什麼時候睡著的，不過話又說回來，這半夜傳水，不就等於昭告天下，他們兩個那啥了嗎？

允棠嘆氣，看來這高門夫人，也不是那麼好當的。

趁著小滿去準備水的工夫，允棠轉身問正在鋪床的庭月。「國公爺……去哪兒了？」

庭月轉身。「國公爺說是要入宮一趟，有事跟官家說，還說一會兒就回來，讓我們伺候姑娘盥洗、用飯，然後讓姑娘自己準備著要帶的東西。」

「知道了。」

看來他說要去揚州，不是說著玩的。

揚州街道上，一名小娘子仔細打量過菓子鋪前認真挑選菓子的翩翩公子後，掩口驚呼道：「這是小公爺！」

「誰？」

林家小娘子激動得跳腳。「這是汴京城來的，魏國公家的小公爺，就是我之前說的那個——」

同行的小娘子湊近幾步，待看清眉眼後，也泛起了桃花眼。「哇，是真的很好看吔！」

很快地就有人群圍了過來。

緣起熟悉這個場面，抱劍立在沈卿塵身後，不讓人近他的身。

沈卿塵終於選好了，指著幾盒跟老闆說道：「就要這三個吧！」

不遠處，允棠帶著小滿，在街邊飲子鋪歇腳，忽然聽到不遠處有人爭吵。

「姑娘妳看，那不是王江氏嗎？」小滿道。

允棠瞧過去，那肥胖的身子，有旁人兩個那麼寬，不是她是誰？此時正和對面媒婆打扮的婦人面紅耳赤地爭吵著。

「這都幾年過去了，她怎麼還在跟媒婆吵架呢？算起來，她家兒子也快三十了吧？」

小滿聽了，掩口格格地笑出了聲。

王江氏一甩帕子轉身，剛好對上她二人含笑的目光，知道被嘲笑，頓時氣沖沖地徑直奔了過來。

「喲，我當是誰呢！」王江氏雙手交握在身前，陰陽怪氣道：「若我沒記錯，姑娘不是嫁到汴京去了嗎？怎麼又回來了？是沒能進得了魏國公府的門啊，還是被人攆出來呢？」

小滿昂首喝斥道：「放肆！誰給妳的狗膽，敢冒犯文安郡主？」

允棠側目，小滿如今訓斥起人來，可是越來越像樣了。

「郡主？」王江氏上下打量一番，見允棠身上沒幾件首飾，衣著也沒多華麗，忍不住嗤笑道：「我倒是聽說有這麼位郡主，不過妳當我——哎喲！」話還沒說完，就被人從側面踢了一腳，橫撲在地上，好像一塊兩百斤的肥肉拍在地上，發出一聲悶響。「哪個不長眼的——」

緣起介紹道：「這是我們魏國公家的小公爺，現在是鎮國公。妳面前坐著的這位，是文安郡主，也是鎮國公夫人，妳這麼跟郡主說話，是活得不耐煩了嗎？」

「郡、郡主?!」王江氏忙從地上爬起，伏在允棠腳下。「小的、小的有眼不識泰山！」

「行了！」允棠輕笑。「別嚇她了，從前我們住揚州的時候，她就在隔壁院子開錢莊。」

沈卿塵點頭。「原來是鄰居啊！那一定是很照顧我們家允棠了？」

王江氏的汗都快下來了，陪笑道：「豈敢、豈敢！郡主天生麗質又聰慧過人，哪輪得到我這麼個糟老婆子照顧呢？呵……」

緣起使了個眼色。「還不快走？」

「哎！哎！」王江氏手腳並用，好不容易才站起身，忙挪著步，一溜煙跑遠了。

看著那狼狽的模樣，眾人都忍不住笑起來。

「夫人說懷念江南菓子的味道，我已經買來了。」沈卿塵揚了揚手裡的盒子。「回家吃？」

允棠點頭。「嗯！」

沈卿塵將盒子交到緣起手裡，回頭執起她柔若無骨的小手，兩人相視而笑。

「還想去哪裡？」

「嗯……蜀中？外祖父祖籍好像是蜀中。」

「好，就去蜀中……」

番外

世人皆知，沈卿塵與官家的關係非同一般，所以不管我們到哪個郡縣，都是幾名大官帶著一群小官，畢恭畢敬地夾道相迎，本想低調出行，結果根本低調不起來。

原本，他還想替官家看看新政之下的百姓，是否真如摺子上所說的那般「豐年人樂業，隴上踏歌行」。

可當見到住的院子和房間都是粉刷一新之後，便死了這條心。

揚州雖幾年前經歷過蝗災，但如今八街九陌，車馬駢闐，熱鬧繁華程度，絲毫不亞於汴京。

還未等我們啟程去蜀中，便得了京中來的消息，官家終於要冊立皇后了，我和沈卿塵當即踏上歸程。

因為這次出門前就做了長途旅行的準備，馬車自然也被我改造了一番，變成了能坐能臥的「房車」，雖然每日天黑之前，都會找驛站或旅店落腳，可路上顛簸很容易睏倦，能真正躺下來小憩一會兒，還是挺解乏的。

其實在「上輩子」，我坐車出行時，是習慣戴著耳機看書的，那種超脫了喧囂，沈浸在自己世界裡的感覺讓人著迷。

可馬車搖晃，無法集中精力看書，並且我也不希望在這個時代讓自己患上近視，再配上一副老學究模樣的手持近視鏡，實在有礙觀瞻。

於是我強迫自己（還有他），相互依偎著，去看窗外的風景，看湖光山色，看層林盡染。

他的臂彎溫暖舒適，讓我覺得心安，誰能想到我當鹹魚的夢想，竟這樣離奇地在這樣的時空裡圓滿。

趕回汴京，回了崔府，見到崔南星，我和她都紅了眼。

她埋怨。「成了親，就被他拐走，而且一走就是大半年，妳知道這半年我是怎麼過的嗎？」

我只好哄她。「您可是要入宮當娘娘的人，可別動不動就掉眼淚。」

提到入宮，她似乎有些焦慮。「允棠，妳說，我決定入宮，到底是對是錯？父親和母親都說我的性子不適合當皇后，我有些怕，怕他因我而遭受非議。」

我拉她的手，試圖寬慰她。「妳不是還常跟我說，崔家女兒從不知難而退的嗎？想想妳當初為何這麼選擇，或許能獲得一些力量。」

她扭頭朝窗外望望，不知想到什麼，竟笑了笑。「是啊，我當初那麼堅定，今兒個不知怎的，倒是打起退堂鼓了。」

「成親前都會焦慮的，這很正常。」我壓低聲音說。「當初我成親前一夜，也猶豫著要不要嫁。」

南星噗哧一聲笑了。「真的？」

「當然是真的。」

崔南星愁容消散，用肩膀撞了撞我的，壞笑道：「還沒問妳，你們兩個……怎麼樣啊？」

「什麼怎麼樣？」我故意逗她。「妳是指床上那方面啊？」

「妳——」她齜牙咧嘴地指著我。「這才不過半年，妳怎麼變得跟市井嬤嬤一樣，口無遮攔的？什麼葷的素的都往外說！」

我裝作無辜。「口無遮攔這話，不是一直用來形容嬤嬤的嗎？再說，我是真不清楚，才問嬤嬤的。」

「允棠！妳跟沈卿塵學壞了！」她插腰嗔道。「我可是跟宮裡的嬤嬤學了大半年的規矩了，再這麼下去，又要破功了！」

「好好好，不鬧了！」我歪頭認真想想。「他其實是很細心的一個人，細心到我隨口說什麼，他都記得。有時候覺得他很幼稚，有時候又成熟得不像話。」

「那你們……」看得出她努力選擇措辭。「你們有沒有聊起過收偏房、小妾這種事？」

我心頭一緊，搖了搖頭。

想當初，因病入住魏國公府的時候，我還信誓旦旦的，想著絕不跟其他女子共用丈夫。

這麼多年來，沈卿塵一直在我身邊默默陪伴，倒叫我放鬆了警戒，把這檔子事拋諸腦後。

他沒提過，我也就沒問過。

再看面前對鏡梳妝，明顯溫婉了許多的崔南星，願意為了官家，將那個放浪不羈的自己永遠藏起來，終身囚在那四方紅牆裡頭，咬牙學著以前不屑一顧的規矩，卻也改變不了官家會妃嬪成群的事實。

比起我自己，我更為她難過。

見我不說話，她忙放下梳子，拍了拍嘴。「瞧我，你們正是蜜裡調油的時候，我提這事做什麼？以後的事以後再說。」

我笑著點點頭。

她又拉我的手。「允棠，大典過後，妳和沈卿塵還要走嗎？」

我知道，在那陌生的宮裡，她一個朋友也沒有，每日只能巴巴地盼望官家來，這樣問我，定是希望我能多陪陪她。

我鼻子一酸，搖頭道：「總在路上奔波，也是挺累人的，暫時不走了，等明年天暖些了再說。」

正說話間，團子搖晃著進了門，見了我，先是警覺地嗅了嗅，隨後便用腦袋蹭起我的腿來。

「團子！」我驚呼著去抱牠。「你還記得我！」

崔南星笑。「妳都養了牠幾年了，才走半年，怎麼會不記得？」

「不過倒是重了許多啊！」我掂了掂。

「別看崔北辰不常回來，可每次餵牠，都大魚大肉裝上滿滿一碗，生怕牠吃不飽呢！」

「在說我什麼呀？」

說曹操，曹操就到了。

崔北辰一掀門簾進屋，見了允棠，驚喜道：「我一回府，便聽懷叔說妳回來了，就趕忙過來瞧瞧。怎麼樣，還好嗎？」

我忙放下團子，點頭道：「好，都挺好的。」

崔北辰早在太上皇在位的時候，就跟著舅舅的副將梁奪去了鄂州大營集訓，兩年來，除了遇到年節回京幾次，都在營裡日夜苦練。

如今他已經脫了稚氣，肩背寬厚許多，又長高了不少，眉宇間的英氣，頗有些舅舅的風采。

崔南星看著弟弟笑。「崔北辰如今已是校尉了，聽梁叔說，可是有一群高門閨秀追著看他騎射的英姿呢！」

見我也掩口笑，崔北辰面露赧色。

「別聽姊姊胡說，哪有的事！」

這一聲「姊姊」，倒是叫我恍惚。

初見雙生子時，他們還是三句話便要動手開打的冤家，如今，一個要入主中宮，一個是未來猛將。

這讓我想起了當年無上皇的賢妃娘子，有一個驍勇的將軍弟弟，這才惹得朝中有人忌憚。

不過崔家當年在巔峰時，也從未傳出過功高震主的流言，全仰仗外祖父一貫謹慎的作風，想必這些事，也不需要我來操心。

「不是我說，你年紀不小，也該物色親事了。」崔南星說道。

我啞然失笑。「怎麼說，他如今也是國舅，親事馬虎不得。」

「是啊！」崔南星恍然，隨即甜甜一笑。「那不如讓官家幫你選選？」

崔北辰忙擺手。「我這點小事，可不敢煩勞官家！」

建成三年，十一月，皇后冊封大典。

文德殿前，官家穿著紅日白雲紋的通天冠服，著絳紗袍，立於丹陛之上，文武百官東西相對，立於下。

禮官宣唱道：「贈先節度使，崔奉孫女冊為皇后，命公等持節展禮！」

崔皇后身著深藍色褘衣，頭戴二十四株花的龍鳳花釵冠，腦後六片博鬢，以無數珍珠作流蘇。

她緩緩步上丹陛，與官家執手並立，受百官朝賀。

我站在命婦一列，眼淚在眼眶裡打轉。

待帝后去換常服，拜太上皇和皇太后時，沈卿塵到我身邊來，輕聲問我。「老遠就看妳紅了眼，怎麼了？」

我輕搖頭。

他搓了搓我那被風吹涼的手。「我知道妳擔心她，放心，官家會好好護著聖人的。」

「官家會納很多妃子吧？」我仰臉問道。「這才幾日，我便聽說幾位尚書爭相把女兒往宮裡塞。」

他笑道：「太上皇像官家這個年紀的時候，官家怕是都已經兩歲了，他們急也是正常的。」一見我不說話，他又道：「其實……太上皇已經選了刑部尚書方荀之女，給官家做妃子，本欲后妃同日入宮，誰知官家大怒，把案桌拍得啪啪作響，搞得禮部一時半刻也不敢再提起這事。」

果然，這皇后的位置還沒坐熱，便已經有妃嬪上門了。

「你可知，這方家姑娘性子如何啊？」

他哈哈大笑。「我就知道妳要這麼問，這方大人為人處世頗為正直，家教甚嚴，想來家中嫡女，也是差不到哪裡去的。更何況，這麼多雙眼睛盯著，若是有不妥之處，早就被公之於眾了。」

我輕點頭。

他拉著我，轉身向外走去。「妳放心，我不是官家，沒有非得子嗣繁盛的重任，我有妳一個就夠啦！」

我錯愕地頓住腳步。「你說什麼？」

「我說，我不會納妾，更不會養外室。」他轉過頭看我。「妳可是官家的堂妹，我朝第一郡主，太皇太后的心頭肉，又有崔家兩位將軍做後盾，借我幾個膽子我也不敢胡作非為啊！」

我定定地看著他。

他以為我當真，忙替自己辯駁。「棠兒，我剛剛是開玩笑的，成親那日我不是說過嗎？願得一人心，白首不相離，我有妳一個就夠了。」怕我不信，又補了一句。「真的！」

看他急切的模樣，我莞爾一笑。「我很高興。」

「我不是為了哄妳高興才這麼說的！」

我輕笑點頭。「我知道。」

沈卿塵，你知道嗎？對於我來說，你此時此刻說出這些話時溢出的濃濃愛意，我已經感受到了，這比什麼都重要。

既然回了汴京，沈家的宗族耆老，自然是要見一見的。這件事本該成了親就做，如今推遲了半年，若是因此被長輩們斥責為難，我自然也沒什麼好說的。

小滿和庭月為我精心打扮，光是挑首飾就花了大半個時辰。既要大方得體，又不能有炫耀身分之嫌，這個分寸實在不好拿捏。

衣裳選了件藕合色的長褙子，可沈卿塵見了直皺眉，非要小滿幫我換件別的。

庭月不解。「郡主穿這件不是挺好看的，怎地國公爺非要讓換呢？」

小滿掩口笑。「妳不知道，之前有這麼一件事，我們郡主的舅母一度想要撮合崔小將軍和我們姑娘，用這個顏色的布料分別給兩人做了衣裳，結果……」

沈卿塵在屏風後清嗓，嚷道：「小滿，我可聽得一清二楚啊！」

小滿附在庭月耳邊說了幾句，惹得庭月驚呼。

「真的？」

「自然是真的！」

庭月努力壓平嘴角。「那可不得換嗎？估計國公爺往後都不能讓郡主穿這個顏色了，我還是收起來吧！」

沈卿塵抗議。「還說！棠兒，妳也不管管她們！」

我憋笑。「你自己做的事，還不讓人說啊？」

折騰了半天，終於出了門，坐在馬車上我有些忐忑，手心都出了汗。
沈卿塵取笑我。「怎麼，我們允棠，也有怕的時候？」
「我怕的時候可多了，有時候不過是硬撐而已。」我嘟囔著。「也不知道長輩們好不好相處……」
「有個年紀最大的，是我三叔祖，為人刻板守舊，是最不好相處的一個，其餘人都還好。」
「刻板守舊……」我真是兩眼一黑，古代刻板守舊的長輩，不都喜歡講究三從四德嗎？像我這麼典型的反面教材，還不得把老爺子氣炸了？
我忍不住瞥了瞥窗外，也不知道這個車速，跳車逃跑會不會受傷？
像是知道我在想什麼，他一把將我攬在懷裡。「想跑？晚了。」
擔心了一路，終於到了，我一臉凝重地下車，做好了被為難的準備。
沈聿風在門口迎我們。「來了？你們三叔祖等了好久，快進來吧！」
我一愣，明明是按說好的時辰來的，怎麼就等了好久？完了完了！
我瞪向沈卿塵，看得出他在強壓著笑意。
一進門，我便被沈家的陣仗驚著了，老中青三代足足有三十幾人！
映入眼簾的情景，就像是所有要畢業的學生，將老教授圍在中間般，所有的目光都齊齊看向我，只等我這個攝影師一喊「茄子」，再按下快門。

「中間坐著的，便是三叔祖。」沈卿塵在我身後，壓低聲音提示。

我看向中間的「老教授」，年約八十，鬚髮皆白，此時正將那沉香木的鳩杖拄在身前，一雙渾濁的雙眼在我身上不住地上下打量著。

我忍不住向沈卿塵投去求助的眼神，要拜也該是夫婦同拜吧，他怎麼一直不開口？要不，我自己先問候一聲？

我緊張得吞了吞口水，做好心理建設剛要開口，三叔祖竟朝身邊人一抬手，示意要起身，身邊人忙去攙扶。

老人顫巍巍地來到我跟前，盯著我的臉，半晌，才轉頭對沈聿風開口。

「這個女娃好啊！天庭飽滿，地閣方圓，是有福氣的旺夫相！」

旺、旺夫？

我有些茫然，轉頭看向沈卿塵，他開懷大笑起來。

「三叔祖，好久不見！我上次送您的鬥雞怎麼樣？厲害吧？」

三叔祖聞言，渾濁的眼睛都亮了幾分，忙不迭地點頭。「厲害，厲害著呢！從沒吃過敗仗！」又想到什麼似的，轉頭道：「我這老朽也就罷了，你們見了郡主，怎麼不行禮呢？」

我忙擺手。「不——」

「見過郡主！」眾人齊聲道。

那叫一個聲音洪亮，整齊劃一。

我乾笑兩聲。「呵呵，都是一家人，客氣了、客氣了。」說著，偷偷在沈卿塵的大腿上掐了一把，可他笑得更歡了。

在等吃飯的當口，我找個沒人的地方，猛捶他胸口。「讓你騙我！害我緊張得大氣都不敢喘！」

他攥住我的手。「不過是見個老頭子，還能比見官家更緊張啊？」

我忙左右環顧，管長輩叫老頭子，被人聽到了總是不好。

他看我的模樣，忍俊不禁。「妳放心，三叔祖是最開明的，我跟他可是忘年交，別看他年紀大，眼下汴京時興的東西他都知道，當面我也叫他老頭子。」

開明好，我喜歡開明的老人。

還記得上輩子，在得知我要讀建築學時，平日見不著的七大姑、八大姨都上門了，一個個憑著三寸不爛之舌，努力想要勸阻我去讀這麼個聽上去就該是男人搞的專業——

「小女孩家的，當個老師、當個護士，多好啊！穩定，離家還近。」

「就是！遠的不說，妳就說上學，好好一個姑娘扎在男生堆裡，那像什麼話？」

「現在誰家找媳婦，不願意找老師、護士之類的？妳這往後對象都不好找！」

聽聽，難以想像這是千八百年之後的人，能說出來的話。

我正胡思亂想著，他將我攬進懷裡，在額頭上輕吻一下。「放心，我不會讓任何人為難妳的，若他們真是難對付的，我才不會帶妳來呢！」

我順勢把頭倚在他肩上。

「咳咳！」

我忙把頭從他肩上挪開，還抬手正了正頭上的簪子。

一轉頭，發現三叔祖領著一個跟沈聿風年紀相仿的中年人。

剛剛便是這中年人在刻意提醒了。

我面露赧色，忙鬆開沈卿塵的手，還暗暗向一旁跨步，把身子挪遠些。

哪知三叔祖提起鳩杖便要打，嘴裡還喝道：「咳什麼咳？嗓子要是癢，便去喝水！兩個孩子好好的，你我趕緊走過去便是，非要弄出點聲來，要是塵哥兒明年生不出孩子來，你看我不——」

「父親，我知錯了父親！」中年人一邊躲，一邊又怕老人摔著，動作好像大猩猩跳腳，模樣滑稽得很。

看著父子兩人追著走遠，我忍不住笑出聲來。

沈卿塵也笑。「怎麼樣，我沒騙妳吧？」

我點頭。「我喜歡三叔祖。」

就算要作陪，我總也不能日日待在宮中，南星還是要學會與其他妃嬪，還有皇太后、太妃們相處的。

昨夜裡下過雪，陽光一照，明晃晃得刺眼。

「姑娘，回屋吧，冷。」小滿道。

我點點頭，剛一回身，便有人來傳。「郡主，有一位姓翟的夫人來訪。」

翟薛氏？我忙道：「快讓她們進來。」

一進門，翟薛氏便領著茯苓磕頭，我忙示意小滿去扶。「好端端的，行這麼大禮做什麼？快坐。」

翟薛氏起身笑道：「要不是郡主，我們娘兒倆孤苦無依，如今還不知凍死在何處呢！」

我不語。

若是當年我沒到莊子，她們又怎會孤苦無依……

像是知道我在想什麼，翟薛氏又道：「人各有命，夫君的死，是楚家害的，不是郡主的錯。如今看我們娘兒倆過得好，夫君在天上，也是能安心的。」

我輕點頭，轉頭看向茯苓。

那年在東臨莊，她還是個孩童，如今已經亭亭玉立了。

「快過來讓我瞧瞧。」我朝她伸出手，將她拉進懷裡。「真是大姑娘了。」

「託郡主的福，茯苓讀了許多書，明白了許多事。」茯苓道。「茯苓也想像郡主一樣，能畫很複雜的圖樣，將自己心中的宅子建造出來。」

我不禁一怔。

其實我也不過大她幾歲，卻是以長輩的心來看待她。當年我一時興起建造的水力磨坊，雖然存在不過一天，可竟在她的心中，埋下了一顆種子。

關於年少的詞語，多是描述不足的，年少無知、年少輕狂，卻不知這年少的心，才是最寶貴的。

茯苓沒看出我的異常，侃侃而談。「郡主，我認識一位先生，對建築頗有造詣──」

「茯苓，不要煩郡主了。」翟薛氏忙開口打斷。

我回過神來。「無妨，我喜歡聽她說。」

「這位先生姓楊，他讀過很多書，中原大地上各個地方的建築特點，他都耳熟能詳，就連幾百年前的建築，只要是史料上有記載的，他都能信手拈來……」

我瞧著小姑娘眉宇間盡是愛慕之情，忍不住轉頭與翟薛氏對視一眼。

翟薛氏無奈道：「郡主見笑了，那楊臻不過是退材場的一名小吏，也不知茯苓怎麼就認識他了。」

退材場，直白些說，不過是收集京中退下來的木材，再進行挑選，合格的繼續用作建築材料，不合格的，恐怕就只能當柴火燒了。

「楊先生若是真如妳說的這般博學多才，擱在退材場裡，倒是可惜了。」我笑道。「等國公爺回來，我同他說說，著人考驗一番，若是通過考驗，便將他調去修內司，如何？」

「真的？那修內司可是能修繕皇城的！」茯苓大喜，忙行了個禮。「那茯苓替楊先生謝過郡主了！」

我起身去書案旁拿起那本《營造法式》。「這本書送給妳，妳可能會喜歡。」

茯苓驚呼。「我差點忘了，我也有東西要送給郡主！」

翟薛氏遞上一個畫卷，我緩緩打開來，上面畫的是一座九層寶塔，屹立在城垣林蔭之中。

上面每一層的浮雕都不盡相同，層層飛簷高挑，雖畫筆略顯稚嫩，可氣勢恢宏之象已能窺見。

我驚詫道：「這是妳畫的？」

茯苓得意地點點頭。「正是。」

我喉頭竟一哽。當年我拿著快畢業時出去寫生畫的烏鎮古民居回家給奶奶看時，奶奶看得熱淚盈眶，當時我不明所以，如今總算懂了。「好，真好。」

小滿正在伺候我沐浴，熱騰騰的霧氣蒸得我整個人都有些倦怠。

「姑娘，聽說遼國小皇子又來汴京了，妳說，他跟盧姑娘不會真的有什麼吧？」

我伏在桶壁上，壓根兒沒睜眼。「男未婚，女未嫁，也沒什麼奇怪吧？盧文君比我還長一歲呢！」

「難道真要嫁到遼國去啊？」小滿有些惋惜。「盧姑娘雖然說話不好聽，但人還是挺好的，我倒是不希望她去遭這個罪。」

我緩緩睜眼。「這跟和親不同，兩情相悅的話，日子應該要好過很多吧？只是……人言可畏，天下人還不知道要說出什麼難聽的話來。」

有腳步聲接近，簾子一掀，是沈卿塵。

「妳去吧，我來。」

小滿難掩笑意，放下手裡的東西。「姑娘，那我出去了。」

「嗯。」

一隻大手覆上我光潔的背，我笑道：「緣起不是回來傳話，說你要晚些才回嗎？」

沈卿塵用細布沾了水，在我後背輕輕擦拭。「本是要跟韓大人一起吃酒的，結果他被官家叫去，我便回來了。」

「不洗了。」我慵懶地轉頭。

沈卿塵拿了衣袍，在我出水時迅速將我裹好，然後待我攬上他的脖頸，腰上一用力，將我橫抱起來，輕放到床榻上。

「可是韓恕韓大人？」

「正是。」沈卿塵扯了一旁的被子，將我蓋好。

允棠側躺，用纖細手腕撐著頭。「我聽舅母提過這位韓大人，十幾年的光景，就因為一個莫須有的通姦罪名，就這麼白白浪費了，實在可惜。」

「說起韓大人，當初還是蕭舜華幫他洗脫罪名的呢。」

「如此說來，這位先長公主殿下，也算做了件好事。」

沈卿塵脫去外衣和鞋子，上了床，把我攬過去枕在他肩上。「其實蕭舜華做了很多事來掣肘瑄王，要不是她，很多事情可能會在不知不覺中進展到無法收拾的局面。不得不承認，她對政事的敏感程度，是很令人驚嘆的，只可惜執念太深了。」

我不說話，只是抬手扯了扯被他壓住的頭髮。

沈卿塵忙抬起手臂，繼續道：「用韓大人自己的話來說，當初他太年少輕狂，缺少歷練，正所謂『寶劍鋒從磨礪出』，他認為，現在的他，才配得上官家給的頭銜。如今定期為官家講經，官家對他敬重有加，別人自然也不敢再舊事重提，也算是沒白費他一身賢才。而且韓大人的兒子，也是個才華橫溢的，竟能連中三元，日後必成大器啊！」

我輕聲「嗯」了一下。

沈卿塵這才反應過來。「乏了？」

我搖頭。「沒有。對了，退材場的楊臻，怎麼樣了？」

「確實是個有才的，已經調去修內司了。」

「茯苓該高興了。」

沈卿塵忍不住皺眉。「就算那楊臻年少有為，他也二十三、四了，茯苓才十五吧？妳可叫她母親把人看住了……」

我輕笑，他這麼爹味十足的時候，還真是少有，很難想像日後要是有了女兒，他會怎麼樣？「沈卿塵。」

「嗯？」

我仰起臉。「這麼久了，你還沒跟我說過，你為什麼怕……怕那個東西啊？」

沈卿塵只覺得渾身雞皮疙瘩都豎了起來。

我搖晃他的手臂，央求道：「說嘛，說破無毒，也許以後，你就不怕了。」

沈卿塵搖頭。「其實，也不算是怕，就是很噁心，又……」他整張臉都皺成一團，看得出是真的很排斥。他轉臉看看她，無奈地道：「好，我說給妳聽。」

我這才滿意，重新躺下來。

沈卿塵將另一隻手臂枕在腦後，看著床頂的紗幔，陷入回憶裡。

那還是他十幾歲的時候，跟著暗衛去山裡訓練。

既然是暗衛，那最首要的能力，便是蟄伏。

一行十幾人，被要求埋伏在林子裡，一天一夜不能動，也不能發出任何聲響。有幾處弓箭手會時時刻刻警戒，凡是有一丁點動靜，都會有五、六枝箭羽同時射過去。

吃喝拉撒，都要在原地。

他只有在渴得實在受不了的時候，才會抿上半口水。

不遠處的弟兄，剛花了很長時間，通過極其細微的動作，將乾糧掏了出來，拿了半晌，才緩緩往嘴裡送。

他眼看著，那黃白的饃饃上，覆蓋了一片灰褐色的樹葉，可那位弟兄只顧警戒周遭的動靜，完全沒低頭看。

他再定睛一瞧，哪裡是樹葉？分明是一隻飛蛾！

他摸起面前一枚石子，猶豫片刻，又輕輕放下。他這一丟，可能會同時暴露兩個人。沒辦法，他只能眼睜睜地看著那位弟兄，咬了一大口饃饃，也不知怎的，那飛蛾竟紋絲不動，硬生生被咬下大半個翅膀，才撲騰起來。

那位弟兄發現異常，低頭一看，立刻乾嘔起來，數枝羽箭瞬間破空而至，饒是靈活躲閃也中了一箭。

沈卿塵的胃裡也是翻江倒海，而且只要一閉眼，就能想起那半隻飛蛾，渾身的寒毛直豎，那種異樣的感覺，久久揮之不去。

「別說了。」我也皺起眉，撫起胸口。「我聽著都難受。」

沈卿塵笑笑，大手在我手臂上摩挲了幾下算是安慰，又問道：「去宮裡看過祖母了？」

「嗯。」

「她老人家怎麼樣？身子還好嗎？」

我點點頭。「還好，硬朗著呢！福寧公主常帶著孩子去陪她，小傢伙懂事，嘴又甜，哄得老人家開心，只是皇貴太嬪不太好。」

「是啊，瑞王的喘鳴之症雖是生來就有的，可真到了這麼一天，還是難以接受吧。」沈卿塵道。「不過值得慶幸的是，瑞王妃已經有了身孕，好歹能給老太嬪留個念想。」

我輕嘆一聲。

「怎麼了？」

「想想太上皇這些兄弟們，如今只剩一個璟王了，忽然覺得有些難過。」我仰頭去輕戳他的下巴。「說起兄弟，你的那位長兄，我還未曾見過呢！」

「沈卿禮如今在外遊學，等回來妳就能見著了。他呀，是個無趣的人，做什麼都一絲不苟的。」說著，他的手開始不老實，去掀我的衣裳。「聖人如今都有了身孕，我們還是先成的親呢……」

「生孩子也要爭個先後嗎？」我拍掉他的手，沒好氣道：「聖人有福，這個孩子能幫她穩固中宮地位，我又不需要……」

沈卿塵翻身起來，在我唇上輕啄一下，拇指在我朱唇上摩挲。

「我希望妳能給我生個兒子，都說兒子會長得像母親，那他就能像妳一樣好看，讓全汴京的小娘子都圍著他轉。我還要教他功夫，什麼朴刀、鞭子、長槍、弓箭，我都可以教。」

我笑出聲。「怎麼，重男輕女啊？」

他歪頭想想。「女兒也好，我要是有個女兒，我要把她寵上天，就是想要天上的月亮我也去給她摘，哪個臭小子也別想從我身邊把她搶走！」

我啞然失笑，果然。「那還是生兒子吧……」

他又欺身而上，一邊吻，一邊含糊地說著。「兒子、女兒都好，只是，別再喝避子湯藥了……」

我一驚，推開他。「你都知道了？」

「知道。」他定定地看著我水霧乍起的眸子，認真道：「我問過太醫，長期吃那個湯藥，對身子有損，不然，就別吃了吧？」

「可我不確定，自己能不能當好母親。」我紅了眼眶。「畢竟，我沒見過母親，想要學個樣子都是不能。」

「棠兒……」他在我額頭上輕輕烙下一吻，柔聲道：「不要怕，我們會是好父母的。」

我的眼淚滑落。「你怎麼知道？」

沈卿塵輕輕為我拭淚。「我去問過福寧公主，她說，母親都是天生的。當妳看到那個孩子的第一眼，妳便知道，妳會用餘生去愛他。從此他的一顰一笑都牽動著妳的心，妳自然而然地，會把世間所有的美好，都捧給他。」

「真的？」

「真的。」

建成五年初，崔皇后誕下皇長子，取名善晟；同年年底，文安郡主也為鎮國公誕下一子，取名曜之。

在兩個小傢伙長到五、六歲的時候，皇家秋獮，崔皇后一人單騎，遙遙領先。

官家站在高臺之上，含笑遙望著。

沈卿塵讚嘆道：「聖人到底是崔家人啊！」

「是啊，朕也許久未曾看到她玩得這樣盡興了。」

「父親，聖人姨母真厲害，比母親要厲害百——唔！」

曜之的話還沒說完，便被沈卿塵急急捂住嘴。

「曜之，你這樣說，母親會不開心的，你要誇她才是。一會兒母親回來，不要提聖人姨母，你就只管說，母親真棒，母親最棒了！這樣就行。」沈卿塵認真地教著。

官家無語地搖搖頭。

「曜之，我們去玩吧！」善晟過來拉曜之。

「去吧。」

兩名內侍領著孩子們下了高臺，沈卿塵卻望著允棠那拿著短弓的身形，有些恍惚。

「官家，我們小時候，是不是見過兗國公主？」

官家點頭，失笑道：「是啊，朕記得那年也是秋獮，清珞姑母也是這般脫穎而出，你小子都看呆了，後來拉著清珞姑母不放手，非要把你沈家魚珮送給她不可。」

沈卿塵想起來了，那是建安二十年，皇家狩獵……

崔清珞一襲紅衣，揹著短弓，策馬馳騁。

瑾王緊隨其後，大聲嚷道：「清珞，等等我！」

她回過頭笑笑。「那要看你有沒有本事追上我了！」

一個時辰後，兩人滿載而歸。

崔清珞走在前面，甜甜地笑著。

瑾王費力舉起提滿了山雞和野兔的雙手。「大哥，你看！」

珺王一左一右，牽著兩個三、四歲大的孩童，其中一個仰頭說道：「父親，清珞姑姑好厲害啊！」

「是啊，弘易。」珺王點頭道：「她是我朝最厲害的郡主啦！」

弘易轉頭說：「卿塵，我長大後，也要像清珞姑姑這麼厲害！」

沈卿塵沒說話，一雙大眼睛直直盯著那個紅色身影，直說要把沈家魚珮送給她。

那一襲紅衣的崔清珞，揉了揉他的小腦袋瓜，親暱地道：「我們卿塵啊，以後一定會找到自己的真命天女，到時候，你再把魚珮給她，好不好？」

幼時的沈卿塵疑惑地仰頭。「那怎麼才能知道，誰是我的真命天女呢？」

「等你見到她，自然就會知道啦！」

——全書完

2024年5月出版

算是劫也是緣

文創風 1261~1262

她這個大俗人是真的不明白，
卜卦神準的國師明明算過與她結親是命定大劫，
最終竟然還是同意皇帝的賜婚？
如果他不是窺得天機的非凡之人，
要麼就是下凡的時候腦子著了地……

縱使知悉天命，終也敵不過有情人／墨脫秘境

大婚之日，新郎官未能親迎，新娘只能與一隻大雁拜堂成親?!
身穿喜服的孟夷光縱有萬般無奈，也只能接受帝王亂點鴛鴦譜。
原以為深居簡出的國師是個又老又醜的，沒想到竟是性情如稚子的美少年，
偌大府邸就他一個主子和兩隨從，雖然上無公婆要伺候、下無妯娌需應對，
但是環顧四周，除了他倆的院落還堪用，其他則荒蕪得像是百廢待興，
更令人吃驚的是，這三個大男人還是妥妥的吃貨，不知柴米油鹽貴，
即使他上繳身家俸祿，她有娘家的十里紅妝陪嫁，也禁不起花銷如流水啊！
孟夷光驚覺結這門親根本是跳入火坑，想過佛系生活根本癡人說夢，
她只能當個俗人，平日看帳冊精打細算，找門路投資鋪面和海船以生財。
一向嫌棄錢為阿堵物的國師也被她賺銀子的熱情所感化，搗鼓起棋攤、書畫，
她正覺孺子可教也，怎料，一日他突地口吐鮮血，就此不省人事。
當初他算過自己有大劫避不過，難道是……她讓他動了凡心鑄成大錯？

別出心裁，與眾不同／雁中亭

2024年6月出版

廢柴么女勞碌命

荒唐恣意，是保住一條命的小心機；
兼容並蓄，是引領國家進步的真諦。
且看她融合古今科技，成為前無來者的女帝！

文創風 1263 1

身為一名頂尖外科醫師，卻在為患者動完馬拉松手術後猝死，
若要問這個悲慘的經歷帶給了趙瑾什麼教訓的話，
她會說：無論如何，「保住一條小命」最要緊。
正因如此，當趙瑾發現自己穿越成武朝的嫡長公主，
且可能被捲入皇儲之爭時，立刻偽裝成「學渣」，
怎麼荒唐就怎麼來，被當成混吃等死的廢柴也無所謂。

文創風 1264 2

趙瑾實在是想不通，選了一個出乎眾人意料的駙馬又怎麼了，
覬覦皇位的那個人，有必要在他們新婚三天就把她擄走，
甚至揚言要她替自己生下子嗣嗎？也太心急了。
不管怎樣，雖然火速平安獲救，她的信念卻更堅定了；
絕對不生孩子，說什麼都要遠離紛紛擾擾的朝堂。
於是乎，趙瑾拉著把她當女神的丈夫——侯府次子唐韞修，
結伴同去青樓競標花魁，大把大把銀兩往外撒……

文創風 1265 3

解決水災與瘟疫事件之後，趙瑾與唐韞修兩人「死性不改」，
堅定地過著你儂我儂、逍遙自在的享樂人生，
然而，意外到來的小生命卻引發波瀾，讓局勢變得更加複雜，
先是有人企圖用藥改變孩子性別，後有王爺帶兵謀反。
就在趙瑾接受自己即將落得「一屍兩命」的悲劇下場時，
她那平時一副紈袴子弟模樣的駙馬竟大顯神威，
率軍降服逆賊，無懈可擊地瀟灑了一回。

文創風 1266 4

儘管擺脫了通敵的嫌疑，趙瑾仍選擇帶著一家人離開京城，
只不過「天高皇帝遠」的生活終究有個盡頭，
一回到宮裡，她就悲劇地發現當年努力接生的皇姪竟有心疾，
偏偏皇帝哥哥還指名她代理朝政，然後自己閉關不見人？
這下趙瑾算是真切體驗到一國之主到底有多悲哀了，
她不但被剝奪了在一旁嗑瓜子看朝臣吵架的樂趣，
更差點遭堆積如山的奏摺淹死，簡直生無可戀。

文創風 1267 5 完

說起那幫認定只有男人擔得起重責大任的迂腐臣子，
趙瑾實在懶得理會他們，橫豎這個監國不是她想當的，
什麼蒙蔽聖上、謀害皇子、篡位奪權……愛怎麼說就怎麼說。
遺憾的是，利慾薰心者根本不管如今還在打仗，
傢伙一抄就上門逼宮，讓人想當作沒這回事都難，
既然如此，她乾脆來個一網打盡，順勢為朝廷大換血！

文創風 1273

小公爺別慌張 3 完

國家圖書館出版品預行編目資料

小公爺別慌張 / 寄蠶月著. --
初版. -- 臺北市 : 狗屋出版社有限公司, 2024.07
冊 ; 公分. --（文創風 ; 1271-1273）
ISBN 978-986-509-536-9（第3冊 : 平裝）. --

857.7　　113007933

著作者	寄蠶月
編輯	黃淑珍
校對	黃薇霓
發行所	狗屋出版社有限公司
地址	台北市104中山區龍江路71巷15號1樓
電話	02-2776-5889～0
發行字號	局版台業字845號
法律顧問	蕭雄淋律師
總經銷	知遠文化事業有限公司
電話	02-2664-8800
初版	2024年7月
國際書碼	ISBN-13　978-986-509-536-9

本著作物由北京晉江原創網絡科技有限公司授權出版

定價290元

狗屋劃撥帳號：19001626

網址：love.doghouse.com.tw　E-mail：love@doghouse.com.tw